U0539962

一紙千金

卷一

董無淵 著

一紙千金 一 目錄

第一章 勇猛妾室

白幡高直豎，廡房結靈花。

安徽宣州，陳家三房靜悄悄地辦著一場喪事。

靜悄悄，「靜」在人少，「悄悄」在不敢大膽聲張。

人自然是少，大半陳家人都去了前院哀悼——陳家唯一在朝為官的大房大爺也死了。

「賀小娘連死都不湊巧！」後院三房外廊，張婆子捏了把從前院順來的南瓜子，邊嗑邊感嘆，「大爺前夜嚥的氣，賀小娘昨兒閉的眼，三爺一早備下的橡木棺材壓根兒沒用上。」一頓，呶呶嘴，意在東南角，「被三太太生生摁下來了，說一個小妾入殮的風光蓋過朝上做官的爺們兒，腦袋打了鐵的人才會這麼做！」

張婆子說得那叫一個眉飛色舞，澄澈光暈下，嘴裡不斷噴射出幾道綿長的水霧拋物線。

拱柱後立著的賀顯金翻了個白眼，避開了這無差別物理攻擊。

廊下梳雙平髻的小丫鬟聽了好奇不已，「照您這麼說，要是賀小娘錯開時間死，豈不是能風光大葬了！」

「豈止風光大葬，我聽說三爺甚至在墓碑上刻了自己的名字，等百年後要和賀小娘合葬呢！」

「還得是張媽，啥都知道！」

張婆子被奉承得通體舒暢，分了一把瓜子給她，「我跟妳說，那棺材裡，賀小娘手裡攥著的和田玉，值這個數！」說著把手一抬，亮出五根肥胖的手指。

「五兩銀子？」小丫鬟嗑起瓜子猜測。

「沒見識！」張婆子順手一巴掌拍在小丫鬟頭上，「是五十兩！三爺一個月的花銷！」

「哇！賀小娘真是好福氣！」

這早死的福氣給妳要不要？賀顯金撇撇嘴，動了動手中的攢盒，內裡四色碟子碰撞在一起發出清脆的聲響。

張婆子偏過頭，見是賀顯金，拿瓜子的手一滯，隨後露出諂媚笑臉，「金姐兒可憐見的，快去看看妳娘吧！」想了想又加了一句，「正好三爺也在，趁爺們兒正傷心，趕緊把自個兒的事定下來！」

張婆子再看四下無人，好心提醒她，「有些事逾時不候，妳身邊伺候的那四個丫頭一早就托我另找差事了！」

賀顯金低頭理了理攢盒，再抬頭，臉上掛著恰當的悲和敬，「多謝張媽疼我。」說完提著攢盒頭也不回地往裡走。

少女戴孝最是俏，白白的麻紗，小巧的白花，哭紅的鼻頭和微腫的眼睛，再加上侍疾數月蹉跎出的纖細弱瘦的身姿。

張婆子看著賀顯金的背影，瞇了瞇眼，目光渾濁，「妳別說，金姐兒比她娘還勾人。」

張婆子這話含在喉頭呢喃，小丫鬟沒聽清，疑惑的「啊」一聲。

張婆子回過神笑著搖頭，「我是說，金姐兒指不定福氣更好。」

被三太太隨便嫁到哪家，當個福氣更好的小娘。

也只能這樣了，女人嘛，能幹啥？特別是賀顯金，主不主，僕不僕的，甚至還不如她們呢！

她們就算是下人，也是三書六禮，明媒正娶的，毛了急了，還能給當家的一頓罵，這些當小娘的敢嗎？

賀顯金提著攢盒繞進靈堂，一眼就瞅見蔫頭耷腦，跪在棺材前的陳家三爺。

「您先起來坐坐吧！」賀顯金平靜地打開攢盒，依次拿了四碟糕點擺在鼓腿彭牙四方桌上，「您跪了兩天了，飯沒吃，覺沒睡，太太記掛您，特意叫我去她院子拿了糕點過來。」

陳三爺一聽，猛抬頭，氣得目眥欲裂，「她叫妳去幹麼！艾娘都死了，她還想做什麼？」

陳三爺滿臉通紅，手撐在膝蓋上，顫顫巍巍地起身，一把將桌子上的盤子掀翻，「叫她少管漪院的事！」

盤子砸地上，發出乒乒乓乓的聲響，倒沒碎，只是糕點摔了個粉爛，肯定是不能吃了，真是可惜了。

賀顯金想起三太太說的話——

「前頭大爺擺靈悼念，闔府上下誰敢不去？」

「就他是個癡情種？就他是個梁山伯？」

「妳娘的死，也不是一日兩日間攢下的果，纏纏綿綿病了好幾年，誰心裡都是有準備的。」

「妳若是個好孩子，真心心疼三爺，就叫三爺換身衣服，抹把臉，趕緊去前院跪著哭一哭他那英年早逝的大哥！」

賀顯金再看一眼雙目赤紅的陳三爺——吼得中氣十足，精神頭還好，還能哭。

內心評估完，賀顯金順手遞了把小杌凳在陳三爺身後，「三太太沒想做什麼，也沒對我做什麼，您先坐。」

小姑娘神色淡淡的，瞧不出喜怒，只有紅紅的鼻頭洩露了她喪母的哀痛。

他痛，顯金只會比他更痛。他死了女人，顯金死了媽啊！

這世上，如今只有他和顯金是真心難過。

陳三爺癟癟嘴，眼裡一下子湧出淚，一下子頹唐地坐在小杌凳上，「妳娘她死了！」

賀顯金點點頭，「阿娘死時，我就在她身邊。」

「她再也回不來了！」

賀顯金再點頭，「每年清明您可以去給她上香，若想她了，也能去墳前陪她說說話。」

「我再也握不住她的手了！」

賀顯金還是點頭，「人死了，陰陽兩隔，入土為安，自然勿擾亡者清淨。」

陳三爺滯了滯，陡然號啕大哭，「可我想她，我好想她的啊！再沒有人真正覺得我好了！」

愛之深，思之切，對亡者的想念，總是難以輕易消退。當時間夠久到你以為你已經忘記她，忘記她的逝去帶給你的悲痛時，突然的出現，她喜愛的花，她熱愛的食物，她時常翻閱的書，會像把利劍再次刺穿你的胸膛，這才讓你痛徹心扉。

賀顯金等待陳三爺慢慢平靜。

棺前的香燃盡，靈堂裡的哭聲終於漸漸弱了下來。

「比起看到您痛不欲生，阿娘或許更願意看到您好好過日子，看到您好好吃飯，好好睡覺。」賀顯金聲音輕輕的，「您可以為她哭泣，但只能哭三日。三日之後，就把阿娘的箱籠收拾好，您若願意就好好封存，若不願意就埋進土裡，陪著她去下一世。看到您衣食無憂，喜有所好，愛有所依。看到您一生瀟灑，不為困苦所拘。甚至看到您兒女成群，膝下稚童可愛，盡享天倫。」

陳三爺哭得雙眼腫成一條縫，「這些都是妳娘告訴妳的？」

賀顯金抿抿唇，輕輕點了點頭。

這些不是賀小娘囑咐她的，是她死時，對病床前那群至親至愛之人，唯一所願。

賀顯金死了，準確的說，她死過，是過去式。

人死了，最後消失的是聽覺，賀顯金以親身經歷證明，這個說法是對的。

在她眼前漆黑一片，意識快要消散時，她耳邊全是一片哭聲。

上輩子，她活了二十四年，至少有十年都在病床上。

先天孱弱的心臟讓她不能大喜大悲，不能劇烈活動，甚至不能像正常人一樣的生活，她的人生充滿了小心翼翼與意外事故。

感恩家裡充足的經濟實力，幫助她一路避開意外與事故，努力地活下去，在活下去的基礎上讀書、升學，甚至成功拿到企業管理學士學位，進入家族企業從基層做起，慢慢累積經驗。

她以為她能一直小心翼翼地活下去，卻倒在即將跨入二十五歲的前夜。

親人與朋友的哭聲交織在一起，賀顯金卻能精準分辨出媽媽的聲音。

撕心裂肺，卻無力回天。

媽媽沒事的……這是好事……媽媽……

賀顯金很想安慰媽媽，努力張嘴，渾身卻像被混沌細密的線纏繞住。

耳邊的哭聲一點點弱了下來。

大家再見，小金走了。

賀顯金終於什麼也聽不見了。

當賀顯金再睜眼時，就變成了渾身濕漉漉的賀顯金。

大魏的賀顯金，宣州的賀顯金。

造紙世家，陳家三房，如今十五歲的賀顯金。

同名同姓同字，但截然不同的賀顯金。

這個賀顯金身體健康，通身無病，但有災。

這具身體的原主是因落水溺斃，一命嗚呼了，被她這抹剛死的，異時空的遊魂莫名其妙接替了身體。

作為一個臥病在床，常年混跡於二次元的新青年，她異常迅速地接受了借屍還魂，穿越重生等離奇事件的發生，並且立刻投入到新身分的摸索探查工作。

不查不知道，一查嚇一跳。

原主賀顯金，身世是有點小曲折的——她姓賀，但負責她吃喝拉撒的人家姓陳，這姓陳的主家是她娘的第二任郎君，她娘是這陳三郎君的寵妾，而她是她娘和前夫的種。

簡而言之，她是個拖油瓶，而且是依附著妾室生存的，不那麼名正言順的拖油瓶。

賀顯金咋舌，在封建時代二嫁，還帶上與前任的孩子，她娘真是個勇猛的妾室。

當賀顯金認真打量自己金碧輝煌的寢室和貼身侍候的四個丫鬟後，不禁再度感嘆，她娘真他娘的是個戰鬥力爆棚的妾室啊！

她一個拖油瓶物質條件這麼好，真的合理嗎？

只可惜賀顯金來的時候，賀小娘已經纏綿病榻好些年了，而原主的落水加速了賀小娘的病程——賀顯金借屍還魂後的第五日，賀小娘最終撒手人寰。

風動窗櫺，嘎吱嘎吱作響。

賀顯金思緒緩慢回轉，目光輕輕落在陳三爺臉上。

每一個勇猛妾室的背後，都有個戀愛腦的男人。

陳三爺確實是個戀愛腦，這個認知，是整個陳家的共識。

陳家造紙起家，現已有百年。

如今的大魏朝雖不存在於賀顯金有關封建時代的任何認知，但無論是風土人情、地域劃分還是文化背景、統治體系都留有宋明清時期的影子。

許多熟悉的地名和物件，讓賀顯金代入起來不算困難。

宣紙宣紙，其實就是宣州出產的紙張，而在宣州這個地界，陳家又算排得上號的紙商。

賀顯金剛來前幾天就拿著陳三爺三房的丙字牌，在陳家內院裡裡外外走了一圈。

光是內院就有四進，分作五個院子。

話事人陳老太太獨住篦麻堂，在京做官的陳大爺、陳家長房的選草堂，二房的漿造堂，三房的撈紙堂，另有一個空院子掛了晴曬堂的牌子。

一聽就是造紙的。

篦麻、選草、漿造、撈紙和晴曬，組成了一張張肌清玉骨的紙，也組成了闔家主僕七十六口的宣州陳氏。

簡單來說，陳家就是宣州做得不錯的本地民營企業。

老太太內外一把抓，老大負責開拓仕途市場，老二跟著老太太打理生意，等待著繼承陳氏紙業。

至於老三嘛……小兒子基本都是拖後腿的，陳老三也不例外。

陳三爺，名曰陳敷，六歲啟蒙，現如今三十有六，文不成武不就，十八娶隔壁江南道織造行業的孫家嫡幼女為妻，本應就此過上鬥雞走狗的富二代草包生活。

奈何在二十七歲的高齡，遇上了碰到災荒，看似柔弱如菟絲花的賀艾娘，和小拖油瓶賀顯金。

陳老三的戀愛腦開了竅，頂著壓力固執地納了二嫁的賀艾娘為妾，從此就跟魔怔似的，但凡陳三太太孫氏有的，管他龍肝鳳膽，他一定要給賀艾娘弄到手，就算被母親指著鼻子罵也毫不退讓。

賀艾娘纖細敏感，又體弱多病，陳老三便日日不離身，自掏腰包，人參燕窩如流水般地往賀小娘房裡送。

不僅送，還要敲鑼打鼓地讓所有人都知道。

讓所有人都羨慕，讓所有人都看到他陳老三雖然文不成武不就，但他會寵人，會疼人，不是幹啥啥不行！

三房內院都羨慕賀艾娘「盛寵」加身，賀顯金卻一邊打聽，一邊在陳老三戀愛腦的標籤前默默貼上「叛逆」與「幼稚」。

賀顯金東拼西湊出，陳老三和原主她娘，大概就是中二病叛逆草包富二代，與小白花柔弱女主的故事。

賀顯金的目光從戀愛腦陳老三的臉上，移到棺材前的牌位上，上面刻著「吾妻賀艾娘之位」。

吾妻，吾妻！賀顯金輕輕嘆了口氣，陳老三真正的妻，能忍了這口氣？

恐怕早就不想忍了。

正是原主莫名其妙的落水，才導致賀小娘病情突然惡化的啊！

陳敷又跪著哭了兩場，哭到膝蓋腫痛才扶著長隨站起來，有氣無力地囑託賀顯金，「妳給妳娘守夜吧，明兒第三天得出殯了，我必須跟去看著。」

賀顯金看了眼漸落的天色，輕聲勸道：「您記得去前院給大老爺上炷香。」

陳敷癟癟嘴角，有些不屑的樣子。

既沒說去也沒說不去，只朝賀顯金擺擺手，半邊身子靠在長隨身上一瘸一拐往外走。

賀顯金決定先去上個廁所再回來守夜，只是剛從茅房裡出來，卻被陡然竄出的黑影嚇了一大跳。

「小金妹妹！」

聲音是個男子！賀顯金有點怕。

這大魏，若是比照程朱理學的明朝，她私會男子，可是會被打死的！

賀顯金下意識向後退，那影子卻迫切地追過來，面部暴露在光裡。

是這幾日沒見過的男子，十七、八歲的樣子，手長腳長，臉上鬍鬚一茬青過一茬，就是個在抽條的高中生。

賀顯金心裡鬆了口氣，不那麼怕了。

可她不知道這是誰，不敢隨意搭話，低了頭又避開半步，「嗯」了一聲，就要往裡走。

男子見賀顯金要走，急切地道：「小金妹妹妳莫怕，我沒有惡意，只是想和妳道個歉，在湖邊是我孟浪了，妳落水後可沒事？」

賀顯金腳下一滯，就是你這個瘟傷讓原主落的水!?

高中生見賀顯金躲避的步子停了，便知自己這個歉道對了，長呼一口氣，抓緊向前逼近一步。

白燈籠掛得低低的，白光透過微黃的麻布絹紙照射在少女的臉上。

深茶色的瞳孔配上狹長的鳳眼，小巧挺立的鼻，還有像花瓣一樣的嘴，像在邀請他。

男子心頭一悸，緊跟著喉頭微動。

她太漂亮了，賀小娘已足夠漂亮，但賀顯金更漂亮。

賀小娘的美是凡間唾手可得的戰利品，賀顯金的美卻是來自地下十八層地獄的考驗，勾引人佔有她，揉碎她，欺辱她。

高中生刻意壓低聲音，聽同窗說，男人要低聲沉吟，要把鉤子放在話裡，沒有女人聽了不動心的。

「小金妹妹，妳聽我說，上回在湖邊我說的話是真的。我今年下場鄉試，我娘答應我要是鄉試過了，就准我一件事！」

高中生在變聲末期，聲音本來就難聽，壓低嗓門說話，就像喉嚨卡了口痰似的，聽著都覺得噁心！

「你若無事，我要去給我娘續香了。」賀顯金本來就煩，埋頭就往裡走。

高中生微微一愣，她似乎哪裡不一樣了，但他來不及細想，伸手擋住賀顯金的去路，自顧自地把後話說出，「等我過了鄉試，我就求我娘把妳給我！爹喜歡賀小娘，也同樣愛護妳，妳留在陳家，正好他也能繼續照拂妳。」

賀顯金眉頭一皺，不可思議地抬頭看向高中生，「你是三太太的兒子陳四郎？」

這是賀顯金打聽出來的，陳三爺和孫氏有三子一女，最小的兒子就是這個年紀。

此話一出，賀顯金頓覺不妥，立刻改了口，「你這樣的身分……把我給你，是什麼意思？」

少女的話說得坦蕩又自然，陳四郎卻因她的直接有些惱羞成怒，「就是……當我房裡的人。」

房你個頭！賀顯金本想忍了，畢竟她如今處境不明朗，看陳三爺也絕不是個靠譜的。

按道理，她忍下來比發洩出來明智，但是……去他娘的明智。

她在病床上躺了十來年，為了活下去，不敢生氣，不敢高興，七情六慾快被絕完了。

她與太監唯一的不同是，太監絕情慾用的物理手段，她則是生物手段。

如今這具身體卻健康得像頭牛！

賀顯金揚眉，「什麼叫當你房裡人？無名無分住到你院子去？」

「會有名分！等我過了鄉試，就抬妳做小娘！」

「那你要是一直沒過鄉試，我就一直免費陪你睡覺？」

陳四郎差點兒被口水嗆到。

「你跟我來。」賀顯金領他走進靈堂，拿了三炷香遞給陳四郎，「來吧，在我娘靈前說出你的願望，看她應是不應？」只要你有這個臉。

三支長香直衝衝地懟到陳四郎的下巴，打了他一個猝不及防。

「去啊！」賀顯金聲音清冷地催促，三支長香快要杵進陳四郎鼻孔了。

陳四郎條件反射地趔趄著往後退了一步，略帶驚慌地抬頭，卻見賀顯金抬頭挺胸地站著，眼神深暗，透出他不太熟悉的情緒。

她，她是在蔑視他嗎？陳四郎被這個認知驚到了。

賀小娘柔弱可憐，這個女兒向來沉默溫馴，非常有寄人籬下的認知。

見到他，要麼退避三舍，要麼忍耐安靜。

就連上次，他企圖趁夜黑一親芳澤，也只是把賀顯金逼得踩空落了水。

他被娘惡狠狠地揪著耳朵罵了半個時辰，後來又聽說賀顯金病了兩日，緊跟著賀小娘就駕鶴歸西了。

不是因為他吧!?陳四郎怕得要死，躲了幾天，就怕賀顯金跟他爹告狀，等到現在他都沒等到他爹來找他，便大著膽子摸進了後院。

賀小娘死了，沒有人保護賀顯金了！

況且離鄉人賤，誰能為她做主？

當初賀小娘來陳家前，還在逃災荒！一母一女渾身上下就只有兩套破布衣服，連名籍都被人搶了！

葡萄成熟了，可以摘了。

陳四郎膽子陡然壯了三分，將賀顯金手上的香一把拂掉，「賀小娘不過是妾，是僕！沒有我給她上香的道理！」然後不好意思地一笑，「不過小金妹妹成了我的人，她也算我半個丈母娘，我給她磕個頭、上個香也是無妨的。」

陳四郎逼近，手搭在賀顯金腰間，「小金妹妹別怕，我必不負妳。」

像一碗油潑到腰上，賀顯金看了眼腰，又看了眼陳四郎，笑了笑，抬眼高喚了一聲，「三爺，您又回來了！」

陳四郎「刷」地將手抽回，慌忙回頭看。

沒人！鬆了口大氣。

剛轉頭過來，卻感到右手火辣辣的疼！

不知何時，賀顯金將白燭落下的蠟油盡數倒在了陳四郎的右手上。

蠟燭油貼肉燙！陳四郎上竄下跳甩右手，嘴裡哇哇亂叫。

賀顯金將裝熱油的碗「啪」地摜到地上，瞬間四分五裂，然後一把捏住陳四郎的下巴，踮起腳，惡狠狠地盯著他，一字一句道：「你給我記住，你再敢碰我，你右手碰我，我廢你右手；你左手碰我，我剁你左手。我一條爛命，換你錦繡前程，我賺了！」

賀顯金表情太過於凶狠。

原先花瓣般誘人的唇，變成了妖怪吃人的嘴。

原先狹長上挑勾人的眼，變成了惡鬼索命的劍。

面冷心狠——陳四郎腦海中閃過這四個字，渾身不由自主地打了個哆嗦。

「聽清楚了嗎！」

賀顯金手指使勁，眼看陳四郎的臉上多了四指掌印。

陳四郎慌不迭地點頭。

賀顯金手一鬆，向後背手，偷偷活動微微發抖的關節。

「百福，水！涼水！給我找水！」此情此景，陳四郎也不在乎什麼低音炮了，齜牙咧嘴地往外跑著找涼水。

賀顯金一個眼神都不想多給，隔了一會兒，廊外哇哇亂叫的聲音消失殆盡。

躲在白幔後，將這一切盡收眼底的張婆子手裡摳著攢盒，渾身止不住發抖。

她看到什麼？她看到賀顯金那個拖油瓶，潑了陳四郎一碗滾燙的蠟油！

那蠟油遇冷就凝固，就像貼了一層甩不掉的滾燙鍋巴，四郎的右手手背紅得像煮熟的蝦殼！

那可是主子，還是三太太最喜歡的小兒子，而且是寫字讀書的右手！

張婆子的手抖抖抖，手裡的攢盒「磕磕磕」。

賀顯金凌厲的眼神橫掃過去。

張婆子膝蓋一軟，差點兒跪在地上，「金……金姐兒！」

賀顯金輕輕點點頭，「您給我娘送四色攢盒？」

「是是是！」張婆子慌忙點頭，「一天了，供奉的攢盒該換了！」

賀顯金朝她一笑，「多謝張媽疼我。」

張婆子快速將攢盒放下，一邊往後逃，一邊連連擺手，「不敢不敢！分內分內！」

快要逃出生天，張婆子咬了咬牙，還是半側身探了個頭道：「金姐兒，剛剛的事，妳最好趕緊知會三爺一聲，服個軟，哭一哭，三爺吃這套。別等到三太太興師問罪，到時候一切就都晚了！」

賀顯金有些驚訝挑了挑眉。

張婆子趕忙加了句，「妳也是我們看著長大的，妳小時候，我還幫妳洗過尿床單呢！」

哦，原來是一張尿床單結下的友誼。

賀顯金移開眼，沒說話。

沉默讓張婆子後背莫名起了一層冷汗。

「他不會聲張的。」在張婆子以為賀顯金不會說話時，賀顯金輕聲打破沉默，「前院大爺正在擺靈，他偷偷潛入後院女眷住所，被當家的知道了，他沒好果子吃。」緊跟著話鋒一轉，「不過，零碎收拾肯定是少不了的。您若真疼我，就幫我在外頭買十張黃麻紙，還有墨。」說著，塞了半吊錢給張婆子。

陳家啥沒有，紙還能沒有？

隨便到哪個門房，要也能要到幾張紙，況且還是最便宜的黃麻紙。

這半吊錢純屬送給她的。

張婆子搓搓手，沒敢拿，「還能要妳錢？妳娘剛死，做什麼都不容易，多留點錢傍身吧！」

賀顯金想了想又道：「那咱們有好寫的筆嗎？筆尖硬硬的那種。」

這個專業就不對口了，筆，這個生意，是隔壁王家的。

張婆子搖搖頭。

賀顯金前世在博物館裡見過竹管筆，記不得是哪個朝代挖出來的，估摸不是這個朝代。

「那煩您幫忙找一小截竹子尖頭，我有用。」

張婆子想問有啥用，又想到陳四郎被燙得通紅的手背，趕緊噤口，點頭應下。

不到一刻，張婆子便拿著東西回來了。

武力值這種東西吧，有時候就是簡單又好用。

當所有人都離開，整個靈堂安靜得連蠟燭燃燒都有了具象的聲音。

管他白日人聲鼎沸，來往如織，面子情了後，終究塵歸塵、土歸土，分道揚鑣，再無關聯。

前世在病床上，她的目標是活著。那現在呢？

在這個男人出一個月的花銷給女人買鎮棺玉，就被人交口稱讚的荒誕時代。

在這個「我是主，妳是僕，連上香都沒妳份兒」的奇葩時代。

在這個「妳好好求求三爺，趁他心軟把自己的事定了」的狗屁時代。

她的目標是什麼？

她的人生、她的價值、她的未來，都由別人決定，可誰也不能決定她的腦子裡面想什麼。

賀顯金跪在棺材前，眸光裡如有火苗跳動。

靈堂的燭火，一夜未滅。

第二章 伏龍鳳雛

天剛濛濛亮，抬棺的人就來了，陳三爺失魂落魄緊隨其後。

抬棺前，賀顯金認認真真朝棺材磕了三個響頭。自此以後，她要帶著三個人的命活下去。

陳三爺非讓出殯隊伍堂堂正正地從陳家大門走，內院的二門卻堅決攔住了年近不惑的戀愛腦。

出殯隊為首之人給陳三爺出了個主意，「咱們迂迴走，從遊廊的同心湖摸過去，我知道一個小門，常年沒人值守，那邊也能到前院。」

賀顯金不禁看了眼說話的人。

陳三爺則興高采烈地給出殯隊伍一人賞了一個銀角子，高聲激勵，「就這麼辦！只要艾娘的棺材從陳家大門出去，我一人賞十顆金瓜子！」

出殯隊伍就照這條路線，朝著前院一路狂奔，嗩吶也吹得更響了。

賀顯金抱著賀艾娘的牌位，披麻戴孝，緊緊跟在陳三爺身後。

眼看著就要撞到前院的另一樁白事，一個羊角鬍鬚的中年男人紅著眼衝上來，「使不得使不得！三爺喲，白事不相見，相見霉百年！您快帶著賀小娘從側門出去吧！」

陳敷一把拂開，「大哥明日出殯從哪兒走？」

「大爺自是從大門！」中年男子快哭了，拍著大腿，「就沒有姨娘從大門出殯的先例！」

「這回艾娘從正門出去了，下回就有先例了！」陳敷鐵了心，看了不遠處的靈堂一眼。

裡頭人多得像螞蟻，汲汲營營的，瞧不上！

陳敷昂著頭，把其中一個抬棺的人趕到一邊去，自己頂上，肩上抬著棺材，指揮眾人往前走。

「讓他發瘋！」

中氣十足的女聲，是陳家當家，瞿老夫人。

瞿老夫人梳著光滑的圓髻，穿了一身黑麻衣，臉圓圓的，身形不高，行走時，右腳拖在地上，明顯不便，卻杵著拐杖氣勢不減。

陳敷一見，條件反射地縮脖子。

誰知這回，他老娘調虎離山，不打後腦杓，「啪」的一聲，拐杖敲在陳敷的膝蓋窩裡。

陳敷膝蓋一軟，眼看棺材搖搖欲墜。

賀顯金抱著牌位，衝上前，賀艾娘棺材的一角狠狠撞在賀顯金背上！

「唔！」一股劇痛從脊柱迅速向上蔓延，賀顯金死死咬住嘴唇。

這該死的戀愛腦，害人又害己！

一連三夜沒睡，賀顯金本就略有暈眩，棺材砸背，這一下又著實有點猛，眼前便多了幾顆色彩各異的星星。

「快把賀姑娘扶住！」瞿老夫人中氣十足的聲音多了些氣急敗壞，「來人，把三爺綁起來！去請三太太到篦麻堂，賀小娘繼續出殯送葬。五叔，勞您跟著一塊去，務必將賀小娘的執佛禮辦得妥貼。我三子頑劣，個性狂狷，屢教不改，今日擾亂我長子陳恆停靈，我必家法伺候，絕不姑息。」

家家有本難念的經，陳家靠的便是老大支應門戶。

一個商賈之家，供出一個進士，做官做到四川成都府知府，雖只是個六品，卻帶領陳家完成了由商入仕的飛躍。

整個宣州府，哪個不敬他陳家三分？

如今飛到一半，翅膀斷了，連帶著陳家長房小小年紀就順利考過鄉試，成為舉人的第三代也只能中斷科舉，灰溜溜回鄉守靈，還不知前程在何處。

瞿老夫人擲地有聲，靈堂拜謁眾人或唏噓不已，或感同身受，或暗藏幸災樂禍。

賀顯金被人一左一右攙著，麻布孝帽扣在額前，正好擋住她大半張臉。

她忍痛睜眼，一抬頭卻見瞿老夫人身後站著一個身形頎長，冷漠玉立的少年郎。

這就是陳家那個希望之星？

看起來確實年紀不大，二十剛出頭的樣子，運道也確實不太好。

據說去年參加的秋闈考過了鄉試，名次還不錯，若是能趁熱打鐵，鄉試第二年順利參加會試，能不能中進士，對他對陳家都是巨大的一步。

如今親父去逝，至少守孝三年。

三年期滿，誰知這考場上又多了多少磨刀霍霍，躊躇滿志的讀書人？是二十幾歲的進士吃香？還是三十幾歲的進士吃香？

肯定越年輕，前途越香越光明。

年齡歧視，在哪個職場都逃不掉啊！

希望之星一直低著頭，無論是陳敷嘴裡塞了破布，囫圇著罵天罵地被綁著往裡走，還是賀小娘的棺材被剛才那個喚作五叔的中年男子井井有條指揮繞開另一場白事，都引不起他半點興趣。

直到瞿老夫人一錘定音決定賀顯金的去向，「送賀姑娘回漪院，再請個大夫來瞧瞧，這幾日就讓賀姑娘安安靜靜地在院子裡休養生息吧！」

把賀顯金徹底隔開了，她的歸宿或許將塵埃落定。

賀顯金意識到這一點，再次抬起頭來，正巧撞上希望之星的目光。

探究與深邃都藏在深棕色的瞳仁裡，像看啥都帶點好奇的吉娃娃。

和吉娃娃唯一的區別是，希望之星眼睛不凸，甚至還有點好看。

賀顯金目光坦蕩，希望之星卻率先蹙眉移開眼。

呃，好吧，換成是她，也討厭沒有邊界感的拖油瓶。

過了晌午，篦麻堂中高低錯落擺了十來疊紙，竹麻的澀味、石灰粉的苦味、桑褚皮若隱若現的清香味……紙間百味之中，嫋嫋一縷煙。

瞿老夫人端了杯茶，還沒喝，嘴裡卻滿是苦味，嘆了口長氣，看向下首惴惴不安的兒媳，「秋娘，老三是個混帳羔子，生老大、老二時，陳家還在涇縣討生活，等咱們陳家有了自己的作坊，僱傭了二十來個夥計才要了老三，他又是遺腹子，對他，我確有放縱、溺愛、寬宥三大罪過。」

瞿老夫人的遠房表妹兼老夥計瞿二娘，給三太太孫氏奉了四色糕點。

瞿老夫人招呼孫氏，「大中午把妳叫過來，沒吃飯吧？吃兩口糕點墊墊肚子。」

孫氏埋著頭，沒吭聲。

瞿二娘有點不高興，婆母都用上「罪過」這種重話了，做媳婦的少說也得勸慰兩句吧？

砰！瞿二娘放糕點盤子的動作不自覺地大了。

孫氏抬了抬頭，雙唇抿了抿，正欲開口，卻見瞿老夫人疲憊地撐起額角，朝她擺擺手。

「阿二，妳莫對秋娘擺臉色。老三行事荒唐，本就是陳家對不起她，她心裡難過也正常。老三現被我綁在馬廄，趁他還沒來，妳我婆媳二人當面鑼，對面鼓地說一說，往後的事到底該怎麼辦？妳若實在不想和他過了，我做主給你們寫封和離書，城東的桑皮紙作坊和旁邊的小院給妳，妳和老三的三子一女全都留在陳家，妳看，可是不可？」

孫氏如同遭了一記悶棒，她忍了快十年了，賀氏好不容易死了，守得雲開見月明了，她憑什麼這個時候和離？

「媳婦與三爺結髮二十餘載，最大的兒子年過雙十，媳婦……媳婦若此時和離，旁人該怎麼看媳婦？」孫氏眼眶一紅，「誰家爺們兒沒幾個喜歡的小娘？媳婦也不是容不得人的，這麼多年也都這麼過了。」

瞿老夫人點點頭，話鋒一轉，語氣帶了點凌厲，「妳既不是恨老三入骨，又何必攛掇他扛著賀氏的棺槨去老大的靈堂鬧事!?」

孫氏猛的一滯，「娘——」

瞿老夫人手一擺，一語封喉，「送賀氏出殯的人有妳奶娘的乾兒子吧？」

孫氏辯解的話堵在了喉頭。

「老三那個狗腦子，單憑他自己能做成事？什麼時辰出殯？怎麼恰好掐在前院弔唁人最多的時候？怎麼從二門順利出來繞到前院？他自己能安排妥當？」瞿老夫人說著，有些提不上來氣，「他一個蠢材，先被賀氏把弄。賀氏眼皮子淺，只要些金銀珠寶，倒也罷了。妳卻攛掇著他丟臉，老大丟臉，陳家丟臉！」

孫氏一眨眼，兩行淚砸下來，跟著淚落下的，還有跪到青磚地上的膝蓋。

「娘，媳婦只是嚥不下一口氣啊！您知道他給賀氏的牌位上寫的是什麼嗎？吾妻，寫的是吾妻啊！」孫氏哇的一聲哭出來，「賀氏不可恨，壞了規矩的是三爺！媳婦只是想叫他出出醜，叫宣州城的人都知道媳婦平日過得有多苦！」

這兩口子也是一對伏龍鳳雛，一個腦子蠢，一個心眼壞。

是人都知道家醜不外揚，這婆娘卻恨不得讓所有人都知道陳家的醜事，還是先暫時分開吧！

瞿老夫人捏了捏鼻梁，「我預備將老三發回涇縣作管事，他剛出了大醜，避避風頭也好。」

孫氏張了張口，肩頭一歪，順勢低頭擦了擦眼角。

「賀氏的女兒，妳預計怎麼辦？」

孫氏腦中頓時浮現四郎紅腫的手背，雙手一攥，絕不能讓那個小賤人留在陳家！

老的是狐狸精變的，禍害她的男人！

小的也是狐狸精，禍害她的兒子！

「賀氏是逃荒來到宣州，說是家裡人都死了，應當沒人給金姐兒做主了。金姐兒這個身分有點尷尬，賀氏一死，她就更沒立場待在陳家了，照媳婦看，要不再讓人去找找？」

「是可再找一找。」瞿老夫人嘆了口氣，「但找到的希望很渺茫，都九年了，若還家裡有人活著，就算再難，也不至於放任正頭大娘子和族中血脈流落在外。還是要有兩手打算。」

孫氏撇撇嘴角，「娘說得是，金姐兒去年及笄，一針一線都是媳婦給她操辦的。她們娘倆身分雖尷尬，我們陳家卻是好好養著她的，甚至您還准她學字、繡花。」

一定要把這小狐狸精趕出去。

孫氏眼珠一轉，「三爺納賀小娘時，順手把這娘倆的名籍都落在陳家，姑娘大了留不住，咱們好歹也算長輩。娘，您看要不要添一副嫁妝，把她發嫁出去算了？」

「她剛死了娘，要守孝三年，莫要鬧出陳家逼迫孝期姑娘嫁人的醜聞，再丟陳家的臉面了！」瞿老夫人敲打孫氏，「老大剛沒了，宣州做紙的哪個不盯著咱們家抓把柄？不過一個小姑娘，一個月能嚼用多少？好好養她三年，宣州城的人知道了，也只會讚咱們一聲仁義！」

三年！孫氏咋舌。

豈不是把一塊肥肉放在四郎嘴邊！

他能忍住不咬嗎？很難吧？

孫氏想起四郎對賀顯金的垂涎，不由焦躁，抬眼看了瞿老夫人兩眼，終是遲疑開口，「媳婦覺得還是儘早將她送出去合適……賀小娘家學淵博，金姐兒也不遑多讓，四郎年輕氣盛被她勾得竟入了迷！這……這還怎麼讀得進去書啊？」

瞿老夫人沒想到這層。

瞿二娘倒是打量了孫氏一番，得了吧，也不知道誰勾誰呢！

孫氏沒聽到瞿老夫人反對，趕緊打鐵趁熱，「您看一個賀小娘就把我們三房攪得家宅不寧，她女兒當真是留不得了！媳婦是這樣想的，鄉下守孝也難有守滿三年的，咱們就說是賀小娘的遺願，想把姑娘早些送出門子，等金姐兒守滿一年，咱們就二一添作五，給她備上十兩嫁妝發嫁出去得了。」

瞿老夫人面無表情，「妳倒是已有成算。」又抬抬手，示意孫氏說下去。

「金姐兒如今無父無母，又沒親族，不好說親。配個咱們家的管事或帳房，媳婦覺得不錯。」

孫氏一早就想過怎麼處置賀顯金，真要養著，她膈應！

真金白銀花費不說，她天天看賀顯金那張臉在跟前晃蕩，她都要少吃兩碗飯！

「咱們家城東桑皮紙作坊的帳房年先生還不錯，是個讀書人，如今是家裡實在供不上了，這才出來一邊找營生一邊讀書。金姐兒若是運道好，還能當當舉人娘子呢！」

瞿老夫人皺眉，「我記得年先生年紀不小了？鄉下家裡可有正頭娘子？」

孫氏連忙擺手，「沒有沒有，剛死了！」

瞿二娘不禁在心裡暗罵，果然歹毒！

「這是最妙的！」孫氏興致勃勃，「他原配是個賢慧的，日熬夜熬地做女紅供年先生讀書，熬來熬去熬成了個肺癆鬼，身子骨弱更沒留下一兒半女。金姐兒嫁過去，立刻能當家！要是生個兒子，跟原配又有什麼區別？」

瞿老夫人神色有些微妙。

妙……妙在何處？妙在這男人是個吸血螞蝗？

孫氏覷了眼瞿老夫人，趕緊加碼，「更好的是，年先生也剛死了妻室，也要守制。咱們就說這門親事是賀小娘死前急匆匆定下的，先在官府處把六禮給過了，再把金姐兒放到郊外的莊子備嫁。」

孫氏咬咬牙，斬釘截鐵道：「媳婦以後定會好好約束四郎，好好管束子女，好好打理三房，再也不同三爺爭嘴鬥氣了！」

別的沒打動瞿老夫人，「好好約束四郎，好好打理三房」倒是打動了她。

孫氏若真能從此打起精神來當母親、當媳婦，她真是阿彌陀佛了！

見瞿老夫人的表情略有動搖，孫氏急忙對症下藥，「四郎剛考過童生，大伯家的金鱗郎我們不敢比，可放在讀書人裡，四郎也算爭氣了，等來年順利考下秀才，兄弟兩扶持上進，那時候您老人家臉上才有光呢！」

這說到瞿老夫人心坎上了，所有的一切都不能阻撓爺們兒讀書。

隔了良久，瞿老夫人方輕嘆道：「就按妳說的辦吧！提前和金姐兒通個氣，跟她說明白，不是我們家不讓她守孝，只是她娘的遺願是她早點有歸宿，最好讓她相看一下年先生，看得上就好，看不上再找找。」

無所謂，陳家三間鋪子，四個作坊，管事、帳房們多著呢！

孫氏了卻一樁大心事，神色雀躍，「好，等她再守幾天，媳婦就告訴她這件事！」

孫氏風風火火地行了禮衝出去，瞿二娘給瞿老夫人添了熱茶，「比起拴在馬廄的丈夫，還是親生的兒子更重要。」

陳老三被綁在馬廄裡，孫氏一句話、一個字都沒問。

在婆母面前一點不關心郎君，也不知道是蠢，還是真的不在乎了？

瞿老夫人手冷，捂熱茶暖手，「傻人有傻福，老大從小就聰明，妳看——」

寄予厚望的長子死了，半個月前她接到來信，一直硬撐到現在，喉頭哽咽，「我原先盼他上進，盼他做官，盼他飛黃騰達，入閣拜相……我前天看到他的屍首，我寧願他是個傻子，是個蠢材，只要他能活著，平安健康就好……」

瞿二娘還想再勸，卻見瞿老夫人深吸一口氣，擺擺手，語氣已復原，「老二憨實有餘，機敏不足，守成已是勉強；老三……」提起這個孽障都晦氣，「只希望篯方能好好念書，期滿三年後一次登科；二房好好做生意，用銀子給篯方鋪好青雲路，咱們陳家才能長長久久地興旺發達，蒸蒸日上啊！」

⁘

漪院這幾日人來人往，先是來了四個長隨把陳敷放在漪院慣用的衣物、消遣和擺件清理運送出去。

又來了兩個穿紅著綠的丫鬟在賀小娘的房間關著門清理了大半天，運出五個大的樟木箱子後，把房門和窗戶關得緊緊的，還拿漿糊貼了封條。

這防得還真是不帶掩飾的，賀顯金實在無語。

漪院隨著凶猛妾室賀艾娘的落幕，終於逐漸冷清下來。

被賀顯金武力值折服的張婆子偷偷告訴她，原先配的四個丫鬟，職業嗅覺異常靈敏，在賀艾娘去世前夕紛紛找出「嬸嬸去世，要回家一趟」、「弟弟腳斷了，屋裡沒人照顧」、「家裡母豬生崽，要伺候豬媽坐月子」等等令人匪夷所思的藉口，收拾東西打包回家，期待下一場主與僕的相遇。

其他的都能理解，母豬生崽，這個確實不能忍。

找理由能不能用點心？能不能讓人感受到一點點敷衍的尊重？

總而言之，這些時日，賀顯金後背養了兩天就不痛了，身邊也沒有人照顧，每日要自行打水、燒爐子、浣衣、清掃院落，偌大漪院沒人過問，日子也算自得其樂。

幸而陳敷是個不讀書的，連盤了半個月的核桃都打包帶走，三十來本書卻全留下了，全便宜了賀顯金。

原主識字，手絹上時常要繡兩句酸詩，多是自怨自艾、自憐自哀。

詩詞水準不敢恭維，賀顯金憑藉例如「妾憐自身如草芥，憑空拂柳萬人嫌」此類一聽就懂，再聽皺眉的口水大白詩，判斷出原主也就是個認字寫字的文化水準。

有點小文藝的夢想，但不多。

有點小矯情的作感，還不少。

妳衣來伸手、飯來張口，妳還命如草芥？

叫那位回去伺候豬媽坐月子的大姐做何感想？

既然原主識字，賀顯金就可以毫不掩飾地看書，對這個石頭縫裡蹦出來的大魏朝，心裡有了個譜。

這確是個神奇的朝代——融合了宋元明三朝特色，程朱理學尚未成為主流，儒學、道學、理學、心學正在爭奪話語權，文武發展平衡，農商環境較好，北有韃靼，西有紅沙瓦底，南有倭奴，女人地位雖不高，但也沒低到被人看了臉就剜面守節的地步，也沒低到要纏三寸金蓮，被人從生理控制心理的畸形局面。

總的來說，賀顯金認為這是另一個宋代。

無論是歷史文化發展，還是百姓吃穿用行都更偏向於未陷入戰亂的北宋。

這是好事，時代和平，總比戰亂瘡痍好。

至少還能試一試，像個人一樣活下去。

賀顯金越安靜，漪院的日子就過得越不留痕跡，不留痕跡的結果就是，日子越來越難過。

首先體現在吃食上——

每日三餐愈漸潦草，原先早上一顆蛋、一碗清粥、幾碟小菜外加兩個素菜包，大概是普通的早膳店水準。

這幾日的早膳，半個饅頭、一碗米湯，偶爾放幾顆青豆佐餐，瞬間下降到監獄服刑的地步。再慢慢發展到一頓飯，廚房只給一盤水煮青菜、一小碗沒去殼的穀米。

賀顯金在蒸氣升騰的廚房揭開蓋子，看看菜，抬頭看看放飯的師傅，再看看菜。

師傅嘿嘿笑道：「金姐兒，妳守孝，好吃好喝的，怎麼守孝？」指指地下，「妳娘都看呢！」

看，看你腳底長瘡，頭頂流膿。

賀顯金沒說話，提起食盒往外走。

一頓兩頓還行，一連五日頓頓都是這個樣子，連青菜的種類都沒有變化，實在難受。

賀顯金半夜餓得翻身坐起，探身從床板摸出個狹長的木匣子，打開來是疊放的三張百兩銀票，還有兩支沉甸甸的金釵和三個粗粗的金戒指。

這是賀艾娘留給賀顯金保命的，顯然賀艾娘沒考慮到這大面額銀票和金釵在深宅後院的流通實用性，至少她不敢拿一百兩銀票去換三個素包子。

她敢拿，下一秒，三太太就敢來抄了她的家。

賀顯金蓋上木匣，嘆了口氣又藏進了床板。

再等等吧，再忍忍吧！

叩叩叩！窗外有人輕敲。

賀顯金跪在床上，推開木窗，一個食盒被人推了進來。

「快吃吧！」張婆子的臉出現在月光裡，看賀顯金眼神愣愣的，趕緊催促，「快吃！三爺叫我給妳送的。」

賀顯金打開食盒，裡面放著一碗雞蛋羹、一碟醬油蔥花豆腐，還有一碗白米飯，都還冒著熱氣。

「三爺被老夫人捆在馬廄裡，狠狠地打了五十下板子，發了三天高熱，皮開肉綻的嚇死個人！」張婆子四下看了看，從袖裡掏了一個荷包放在窗臺上，「給妳帶的銀子，三爺的錢全被老夫人管起來了，掏了一袖兜這就是全部了。明天三爺被發去涇縣，這家裡也不知道是怎麼個光景？他交代妳不要和三太太較勁，忍一忍，等他業成歸來給妳找個好歸宿。」

張婆子沒文化，使了牛鼻子勁兒才記下這麼多文縐縐的話。

賀顯金仍舊有些怔愣，她一直覺得陳敷單純就是一個不靠譜的叛逆加幼稚戀愛腦，怎麼迅速又荒唐地把自己老娘氣死的無腦富二代。

賀顯金緊攥了荷包，手又緩緩鬆開。

張婆子猶豫半晌，一咬牙還是把今天她半路打聽到的傳言一股腦兒倒了出來，「三太太這麼作踐妳，不過是想讓妳吃一吃守孝的苦頭。她給妳找了門親事，是城東桑皮紙作坊的帳房先生，上上個月死了先頭的娘子，手上握著桑皮紙作坊的帳，她一直想要那個作坊，是想拿妳籠絡住那個帳房。」

還有徹底絕了陳四郎的心吧！

「我還在守孝，是要守三年不准婚嫁吧？」

「妳個傻妮子啊！守三年那是當官的、讀書的家裡這麼做，妳去鄉下看看，誰敢守三年？三年不成親不生娃？家裡誰幹活誰下田？」

是，農村人口就是生產力。

三年不准成親，就是四、五年都可能不會添丁，這可是大事。

陳家不過是個做生意的，本來也不講規矩。

賀顯金眯了眯眼，「老夫人將三爺發回涇縣，可有說何時招回來？」

「說涇縣作坊的收益能超越城東桑皮紙作坊的收益，就讓三爺回來。」

噢，比拼關鍵績效指標的時刻到了。

「桑皮紙作坊收益幾何？」

「這個……」這屬於機密，張婆子不知道，但女人的關注點永遠不一樣，「應該很好，桑皮紙作坊姜管事的婆娘逛街買東西從來不眨眼！」

「那涇縣作坊收益幾何？」

「涇縣作坊趙管事的婆娘還穿著三年前的補丁衣裳！」

完了，這個戀愛腦，可能一輩子回不來了，接下來只能靠自己了。

翌日，三太太孫氏醒了個大早，一睜眼，左眼皮子就一直在跳，她正吃早膳，一身綠衣服的丫鬟翠翠急匆匆跑過來。

「太太，漪院走水了！」

孫氏氣急敗壞地把手裡的油餅子一扔，她就知道賀顯金不會老老實實、安安分分吃青菜！

孫氏提起裙襬，風也似的向漪院跑，火急火燎繞過迴廊就看見漪院院落牆角下縮著個瑟瑟發抖的身影，身影旁邊圍著瞿二娘和張婆子，再看漪院裡頭，沒見哪處火光四射，煙霧嫋繞啊？

「哪兒走水了？」

張婆子默默指向漪院的茅房。

孫氏望過去，正好看到一縷弱弱的青煙竄天，但竄到一半就沒了。

孫氏咬牙切齒，看了眼瞿二娘，壓抑怒氣，「把金姐兒帶到我房裡吧？叫幾個婆子丫鬟再看看院子裡還有沒有其他地方著火，必須徹查起火的來由！」

「帶回篦麻堂吧！」瞿二娘俐落地再給賀顯金裹了一層大麻布，「這火來得奇異。」

怎麼不奇異，茅房起火，聞所未聞！

誰會在茅房玩火？

在茅房玩屎，都比玩火正常。

篦麻堂那個老虔婆必是懷疑她對漪院做了什麼吧！

孫氏憋了口氣，她確實是做了什麼——她不准廚房給這丫頭吃飽飯。

孫氏來不及說什麼，就見瞿二娘和張婆子一左一右地把賀顯金扶起來往出走。

走了兩步，瞿二娘轉頭道：「請三太太一併去往篦麻堂吧，這院子都是拿木樺搭的，起火是大事，一旦處理不慎，咱們陳家一張紙一張紙賣出來的家產就全沒了！」

還要對她興師問罪？

孫氏氣得快要發瘋，一抬頭正好看見賀顯金巴掌大的小臉從大麻布裡探出來，對著她隱密又燦爛一笑。

孫氏真的恨不得立刻衝過去撕爛那張臉。

氣死算了！賀顯金裹緊麻布，步履匆匆地跟在瞿二娘身後，一路逐漸嗅出石灰的澀味和青草樹皮特有的腥味。

篦麻堂布置簡單，一張方桌、兩盞燈、三個五斗櫃，還有一壁放滿冊子的書櫃。

除卻這些，就是好十幾摞各色紙張。

賀顯金飛快掃視一圈，做出判斷。

屋主是個非常務實的人，務實的人更喜歡直球。

故而在瞿老夫人一進堂屋，賀顯金在跪與不跪中迅速做出抉擇——跪吧，妳剛燒了人家房子的廁所呢！

賀顯金「撲通」一聲砸在地上，跪出了現代人的錚錚鐵骨。

「老夫人，小金錯了。小金早上起來用火摺子點燃了茅房的欄木，等欄木燃起來，小金就拿水給澆熄了，再請張媽給三太太和您處報漪院走水。」

孫氏正想聽賀顯金要放什麼屁，沒想到聽完更氣了。

瞿老夫人卻一臉平靜，「妳放火，只是為了見我？」

賀顯金點頭，是的，她在孫氏的高壓下，在放棄和放縱中，選擇了放火。

「妳為何要見我？」

「我不想嫁人，比起嫁人，我還可以為陳家做更多的事。」賀顯金從懷裡掏出用黃麻紙和麻繩線裝訂的冊子，遞到瞿老夫人眼前，「這是我娘死後，漪院的帳目和人情送往，三太太屋裡的兩個姐姐將正房貼了封條，所以漪院存續的固有資產，噢，不能立刻換算成金錢銀兩的物件，我就沒有算進去。冊子上的總帳是三爺撥給漪院的治喪費，共計五十兩，收到人情送往十八兩四錢，支出喪葬、回禮共計三十九兩八錢，結餘十八兩六錢。」

孫氏聽得雲裡霧裡，以為賀顯金想要和陳家算總帳，便低聲呵斥，「錢錢錢！一個小姑娘家家，陳家養妳十年，妳現在來算帳是不是晚了點！」

賀顯金一言難盡地看了看孫氏，單從智力來說，孫氏和陳敷應該能百年好合。

瞿老夫人挑眉接過賀顯金的帳冊，紙張非常粗糙，但麻線裝訂得很規範，字有些奇怪，筆劃細細的，看上去不像是用毛筆寫出來的。

張婆子覷一眼，恍然大悟。

噢，金姐兒那天找她要黃麻紙和竹管子就是做這個？

黃麻紙做冊子，竹管子寫字？

第三章 展現價值

瞿老夫人仔細一看，當即一愣。

首頁首行，注明兩個信息。

一，立帳時間，昭德十三年十一月初四至十一月十三總結。

二，帳冊名稱，漪院賀娘治喪總費。

第二頁畫為兩行，中分數列，天干地支，上進下繳，收方與付方即來方與去方，兩頁看下來明細清楚、來方去方相等，收與支分佈明晰，大類小類一目了然，總的採取的「日清」，每日終了後在上日的基礎上加總當日變動，五日一滙總，十日一加總。

這種記帳方式……瞿老夫人震驚地看向賀顯金。

賀顯金面上坦蕩，內心羞愧。

對不起了，山西晉商的前輩們，借你們清末初創的「龍門四腳帳」一用。

賀顯金翻書得出這大約仿照未陷入戰亂的北宋時期，元宋時期帳目仍以「流水帳」為主，單一進出收支，月末合算，屬於「單一型記帳模式」，缺點很明顯，就是流水大白帳，比如「X年X月X日，張小花買了五塊錢頭花」這就屬於支出，「X年X月X日，張小花在路上撿了八塊錢，但她並未交給員警叔叔，而選擇自己揣著」這就屬於收入。

「單一記帳」，其實記的是時間和簡單收支，遇到大宗流水，或者非先進收支就傻眼了。

「複合型記帳」在歷史上最先出現的就是山西晉商發明的「天地合帳」，又叫「龍門四腳帳」，最基本的原理就是——有來必有去，來去必相等，從大類講有「進繳該存」的分別。

簡而言之，「單一記帳」記的是時間，「複合記帳」記的是類別。

大商號如果用時間記帳，不僅工序繁瑣，且翻閱舊帳時就是一堆爛帳死帳，所以在清末民初時期，民營資本發展迅速的情況下，催生出了更為便捷的「龍門帳」、「四腳帳」。

學商科且有家族企業的賀顯金從小切口入手，將賀艾娘的治喪費用粗略做成「龍門帳」的形式，向瞿老夫人展示了一把——帳還能這麼記。

簡單來說，賀顯金在用後人智慧碾壓前人，用漫長歲月凝結的時代發展，欺負眼界狹窄發展滯後的舊時光。

嗯，不光明，但挺磊落。

不提倡，但很好用。

瞿老夫人輕輕合上帳冊，瞇眼看向下首單薄又清冽的少女，「妳……想當帳房？」

「我可以當帳房，我也可以不僅僅當帳房。就像您，可以做偌大陳家的話事人，可以帶領陳家從涇縣走到宣州，可以舉全家之力供出一個官身，讓陳家脫胎換骨。」賀顯金語氣逐漸堅定，「比起嫁一個帳房，我可以做一個帳房。您盡可以隨便甩一本爛帳給我，再叫來城東桑皮紙作坊的年先生，同我比一比，看看誰算得快，誰把帳做得準。」

賀顯金此言一出，瞿老夫人率先橫了孫氏一眼。

孫氏頓時面色煞白，天老爺作證，她只是餓賀顯金飯，還沒開始逼賀顯金嫁人呢！

「讓年先生來。」瞿老夫人一錘定音，「去把庫裡去年涇縣作坊和城東作坊的冊子拿過來，拿十月至臘月的。」

最後一季的帳本，按道理來說是最難的。

很多積壓未銷的帳目都會卡在年關緊急入帳，有些憑證不全，有些程序不全，甚至連金額數目都對不上。

年底的帳，很考驗基本功。

沒一會兒，年先生跑得滿臉是汗地佝身進來。

來人身形不過五尺，倒三角臉型，許是自矜讀書人的身分，兩腮蓄鬚，闊鼻之上王八綠豆三角眼，和臉型是一對，有點像長山羊鬍的老鼠。

年先生見到瞿老夫人又是作揖又是鞠躬，正好露出空白一塊的頭頂。

一隻長山羊鬍，腦門斑禿的老鼠。

賀顯金面無表情地將目光移向孫氏，我可真是謝謝妳啊，竟然配隻耗子給她！

冊子被搬來了，瞿老夫人讓人搬了兩套桌凳、兩套文房四寶，「金姐兒對城東桑皮紙作坊的帳，年先生對涇縣作坊的帳，帳都是真實的，只把最後的核算抹了，二位以月為單位，以一炷香的時間，只算當月利錢，看誰算得多算得準。」

只算利錢？那就相當於數學考試，難度瞬間降低。

賀顯金看到那支羊毫筆，默默從兜裡掏出竹尖筆來，「夫人，我可否用自己的筆？」

她學的是商科，她認識毛筆，毛筆不認識她。

讓她用毛筆寫諸如「壹貳參肆」此類筆劃又多，結構又複雜的字，那乾脆別比了——她保准交一紙的墨團。

瞿老夫人看了眼那支奇形怪狀的竹尖筆，聯想到剛剛帳簿上那粗細整齊的字，蹙眉點了點頭，「那開始吧！」

瞿二娘點香。

開始？賀顯金蹙眉，「夫人，我們沒有算……」想了下，換種說法，「鼓珠嗎？」

鼓珠就是算盤。

「算盤？」對面年先生一聲嗤笑，「那種東西方才興起，合不合用、好不好用都還不知道呢！不過是剛出現的新鮮玩意兒，妳一個小小姑娘不知從何聽到這些歪門邪道便張狂，帳房可不是誰都能做的，水深著呢！」然後一副勝券在握的樣子，「送妳三個字，夠妳學！」

才興起？賀顯金想了想大學專業課，珠算確實興起於南北宋時期，元代末期就有記錄，在北宋張擇端的《清明上河圖》裡就出現過算盤的蹤影——「趙太丞家」的藥鋪桌子上畫有一個小小的算盤！

等等，清明上河圖！

《清明上河圖》畫的是東京街景，東京是普及了，可東京是北宋都城，最繁華的城池。從前車馬很慢，書信很遠，一生只夠愛一個人——傳播一樣東西同樣也很慢，要數以十載記。一線大城市流行的東西，真正傳到十八線小縣城的三流人家，還需要很長很長的時間。

「那你們平日用什麼算數？」

心算嗎？賀顯金的眼神不自覺移向耗子斑禿的頭頂。

所以你才禿了嗎？殘存的功德克制她沒有問出這句話。

耗子自得意滿又奉承恭敬地先朝瞿老夫人頷首致意，再從懷裡掏了二十根粗細長短一致的小棍子，「托老夫人的福，除卻依靠某家努力與勤勞，便離不開這吃飯的夥計了。」

算籌！該死，她怎麼能把算籌給忘了！

在算盤沒有興起普及之前，人民群眾算數的工具就是算籌！自漢代起，向後一千年都是算籌的天下！甚至有文獻記載，祖沖之是用算籌將圓周率計算出來的！

事實證明，牛人用小米加步槍，照樣打贏飛機大炮。

在沒有鼓珠的基礎上，賀顯金只好拿出九年義務教育的深厚功力埋頭列公式苦算，瞬間找到當年在考場上揮斥方遒的手感。

出人意料，這幾冊帳本不算難。

支出與收入基本固定，由此可見陳家的業務面基本固定，每個月的支出與收入都相差不大，買進桑麻、竹子、石灰粉等原材料的價錢基本一致，賣出的數量和種類也大體相近，工錢沒有變過，說明僱傭的人手長期固定，不存在頻繁更換的情況。

這樣的帳是最好算的，不過讓賀顯金驚訝的是，桑皮紙作坊每月純利竟能達到一百五十兩！

當朝流通貨幣是銅板，一銅板為一文，一千文為一貫錢，一兩銀子一貫錢，按照陳敷留下的話本子的物價，大概一碗羊肉湯是二十文，賀顯金在心裡給它的定價是十五元現代貨幣，那麼一貫錢大概就是七百元。

一百五十兩銀子，就是十萬的純利。

一個作坊一個月，十萬純利！

陳家如今有四個作坊，城東作坊應當是純利最高的，拉高扯低估算下來，陳家一個月的純利收入應當在三十萬元左右，年利穩在三百餘萬元。

三百萬的年收，陳敷勉強算個民營小富二代，屬於買得起別墅後，換不起法拉利的級別。

當賀顯金把最後一個數字填上，一抬頭，耗子還在擺算籌。

二十根小棍子，擺弄出一個奇怪的陣法，劍指賀顯金這個張狂的妖怪。

可惜的是，耗子先生不屬於小米加步槍的牛人。

賀顯金默默把頭移開，輕輕向瞿二娘頷首，「二嬸，我算完了。」

瞿二娘將賀顯金的帳本送到瞿老夫人眼前。

瞿老夫人掃視一遍，口吻清淡，「年先生，你不用算了。」

耗子驚恐抬頭。

瞿老夫人緩緩合上帳本，「金姐兒已經算完了，三個月，全對。」

「怎麼可能!?」孫氏一聲驚呼，難以置信。

「她……她沒有用算籌，也沒有用鼓珠！」耗子先生也不願相信，「她怎麼算出來的？不可能！」

是九九乘法表打敗了你的小棍子！

「我在這裡做了算術。」賀顯金雲淡風輕地指了指腦袋，「無形之形方為大形，無為之為方為大為。順應天然，承接自然，年先生輸在了太過刻意。」

這個酷裝得，她給自己打滿分，其實有些勝之不武。

這個年代的人沒有經歷過九年義務的毒打，自然不明白「得數理化者得天下」的道理和算術對國人長達十八年的支配！

不管過程如何，結果都是，她贏了。

瞿老夫人讓孫氏也先回去，將賀顯金獨留了下來，看她的目光帶有打量與思考，「妳娘生前常在漪院，極少外出，我對她的瞭解屬實不多。」

賀顯金埋下頭，沒解釋。

算術和做帳這種東西，有些人生來就會，她沒辦法解釋她為什麼會，所以只能不說話。

瞿老夫人未等到賀顯金開口，想了想又道：「女子多艱難，妳如果是因為不中意年先生，我做主給妳再找歸宿，等妳熱孝期滿再做打算？妳只看到我帶領陳家一步一步向上走，卻沒看我與管事斡旋、與官府奉承、與買方算計的艱難……」

「夫人，今年的稅，我建議您多上兩成。」

賀顯金突兀開口，打斷瞿老夫人後話。

「嗯？」瞿老夫人眉頭一皺。

賀顯金緩緩開口，「剛剛的帳簿，桑皮的買入價有三次是三百文十斤，四次是五百文十斤，八次是七百五十文十斤，同一地域、同一時節、同一買家，價格浮動不應該超過五成。」

把控成本，是避稅最常用的手段。

賀顯金此話一出，瞿老夫人瞇了瞇眼，眸中閃過一絲精光。

賀顯金笑了笑，沖淡了素日纖弱清冷的氣質，「賦稅猛於虎，做生意自然各有各的訣竅和門道，只是今年不同於往年。往年，陳大人還在四川任官，官場相見留一線，咱們家是官府的『自己人』，今年陳大人英年早逝，官場上的那些人會變成誰的『自己人』，咱們無從知曉，更不知道會不會被人翻舊帳、拿把柄，我認為咱們還是捨小利而謀大定為好。」

送上兩成賦稅，當官的願意衝業績就衝業績，願意飽私囊就飽私囊，只要你別人走茶涼，別來查我就行。

賀顯金再一笑，鞠躬再道：「我是飄零孤寡之身，除卻陳家給我一口飯吃，我也再難有謀生之路，對陳家，對您，對三爺，我始終感懷，永生不忘。」

耗子先生有句話倒說得很對，帳房不是誰都能當的。

要麼心腹，要麼直系，要麼挺進大牢獄，勇當背鍋俠。

她一個孤寡之身，除了陳家，又能依靠誰呢？

瞿老夫人看賀顯金的眼神，短短幾瞬，變了三變，隔了良久，方開口，「三爺今日要去涇縣上任，還缺個帳房，妳願意去嗎？」

賀顯金要跟陳三爺去涇縣一事，還不到午時，整個陳家就知道了。

孫氏咬碎後槽牙，尖叫著在屋裡扔了好幾樣東西，劈里啪啦一陣響。發洩過後，雙腿伸直，後背直挺挺靠在椅背上，頭仰著，喘了幾口粗氣，隔了好一會兒才平靜下來。

她氣啥？煩人的夫郎走了，討厭的妾室死了，連妾室帶來的拖油瓶都不在她眼前晃蕩了，這後院就是她的天下了！

大房的嫂嫂向來因她爹是舉人出身，眼睛望到天上去，從不與人爭搶什麼；二房的嫂子家裡落魄，只是涇縣做紙師傅的閨女，就算二伯當家，她也說不上什麼話，更何況她還沒兒子；篦麻堂的老婆子年紀大了，還能活幾年？

等老婆子一死，二伯沒兒子，他就相當於是她兒子的長工！

陳家最後還是她兒子的！

孫氏雙腿一蹬，開心地向上蹭了蹭，喊丫鬟朱朱進來，「給舅爺家的二郎和四郎送些銀錢去！」她必須先把人情關係打點好。

「那可要順道給表小姐送點東西？」

孫氏一嗤，「送什麼送？小丫頭片子，也不值幾個錢！」

又想起同是小丫頭片子的賀顯金跟去做帳房的事，終於梳理清楚自己哪裡不快活了。

那小賤人就該嫁給那頭頂沒毛，腮邊沒肉的老鰥夫，因錢財操心得夜不能寐，又因生孩子而粗腰身、掉頭髮、生斑紋，一把屎一把尿一把奶將孩子拉扯大後，人過三十，又碰見夫君拿著家中為數不多的積蓄在勾欄瓦舍傾家蕩產，喝得爛醉就動手打人的局面啊！

她憑什麼像個男人一樣瀟瀟灑灑地出門遊蕩？

孫氏氣得又把桌上的茶杯拂到地上！

這頭孫氏多雲轉晴又轉陰，那頭賀顯金回漪院收拾東西，沒一會兒瞿二娘帶著兩個身強力壯的丫鬟過來，「老夫人給您撥的丫鬟，一個叫二絲，一個叫五妞，您看著用吧！」

賀顯金看也沒看，搖搖頭，「二嬸，這不合適。我剛和老夫人簽了約，陳家用一個月兩貫錢請我做帳房，我若做得好，陳家可給我漲薪或分利，到時我再用自己的薪酬去僱傭侍從。」

瞿老夫人可以賞賜幼子妾室的女兒，卻不能賞賜僱傭的帳房。

瞿二娘看賀顯金的眼神中多了讚賞，「妳真不像妳娘。」

呃，如果妾室是一份職業，賀艾娘做得也還行，除了孕育後代的績效未達到，其他的都超額完成了。

賀顯金笑了笑，沒說話。

臨到中午，三輛馬車、兩輛驢車終於從陳家大門出發，瞿老夫人對陳敷仍一肚子氣，並未來送，陳家大太太段氏新寡不出門，三太太恨不得在門口放鞭炮歡送瘟神，她若來送可能會忍不住笑出聲。故而參加長亭送別的只有一臉敦厚的陳家二爺和個子高高、臉大大的陳家二太太許氏。

陳敷臀部抱恙，垂頭喪氣地趴著，張婆子體貼地把他的頭放在柔軟細膩的雲錦靠墊上。

「您不高興我來？」賀顯金聲音輕輕的，想起前夜傍晚熱騰騰的飯菜，帶著笑意，「城東桑皮紙作坊的年先生有些厲害，我費了好些功夫才贏了他當上帳房的，您可別趕我回去。」

「妳娘託付我照顧妳，不是要妳去做帳房！」陳敷頭埋進靠墊，甕聲甕氣，「涇縣遠得很，要坐一天的馬車，骨頭都坐散架了！我被發配邊疆，妳跟著胡鬧什麼？家裡還敢少了妳的吃穿不成？」

嗯，你老婆只給我吃青菜。

這當然不是主要原因，賀顯金不知怎麼和古人解釋，諸如價值、諸如理想、諸如追求。

她嚥氣後重活一世，總想活出點名堂。

她也不敢躺平，在這個年代，躺平的代價就是隨波逐流，放任自己來自千年後的頭腦逐漸沉淪，變得麻木、冷漠。她不想被這裡同化，就只能拼命掙扎。

在陳敷這條純種鹹魚面前，賀顯金同樣不知道該怎麼表達自己的不認命。

好在鹹魚翻了個身，自己想通了，「算了算了，妳想做就做吧！妳娘以前也跟我說過，她想開家茶館子，既幫人點茶又賣茶，一年賺個兩三吊錢，自己給自己當夥計和東家。」說著，不屑的嘖嘖兩聲，「兩三吊錢有啥好賺的，也不嫌累得慌。」

賀顯金抿抿嘴，這小富二代真欠揍。

陳敷使勁伸出脖子，探頭看向漸行漸遠的陳宅，嘟囔了兩聲，轉頭貼向車壁。

按道理來講，商賈不得騎馬，更不能坐轎乘車，這就是著名的「輿擔之責」。

自漢起對商賈的限制頗多，有「重租稅以困辱之」的說法，商人及其後代子孫不得為官、不得名田、不得衣絲、乘車、騎馬。

到南北宋朝「辱商」風氣才慢慢好轉，地仍是不能買的，可買商鋪及民宅，後世子孫也可讀書科舉。

坐轎騎馬雖不能，可在這小地方，官府需要商賈的賦稅，商賈需要官府的扶持，一來二往便睜一隻眼閉一隻眼，只要不在市集打馬狂奔，或是宵禁後點燈出行，都可容忍一二。

若真要賀顯金徒步走到涇縣，那就是越野跑加馬拉松，屬實挑戰前先天性心臟病患者的極限。

在馬車上吃了幾個乾饢，又在郊外茶鋪買了幾碗水，算是應付兩頓。

小富二代哪裡吃過這種苦，疲憊得臉都青了。

臨到天黑，拐過護城林，在陳敷一張臉徹底變紫前，終於抵達涇縣，車夫一路向東邊走，馬車外漸漸有潺潺的流水聲。

賀顯金好奇拉開車簾向外看，兩條河溪，並肩平行。

陳敷有氣無力，「這是涇縣烏溪的支流，一條嚐起來有鹼味，適合泡草皮、泡竹子；一條嚐起來有酸味，適合做成紙。」說著，虛虛一指，「看到那兒了嗎？」

看不到，天都黑了，那又太遠，古代又沒有路燈，黑漆漆一片，完全看不清。

同時，賀顯金也發現了這具身體和她前世的相同之處——夜盲，到了晚上就像個瞎子。

「看到了。」賀顯金敷衍地應一聲。

「烏溪旁邊的山地有嶙峋奇石，涇縣做紙的都在這石灘上晾曬檀皮、稻草，這樣曬出來的原料做紙才白亮生光。」

哦，就是喀斯特地貌下的日光漂白嘛！

賀顯金是理科生，一聽就懂了。

不過……這條鹹魚怎麼會知道這些東西？

賀顯金試探性地看向陳敷，目光中充滿懷疑。

陳敷一下子悲憤起來，「我現在誠然是個廢物紈褲，可我也有個勤奮上進的童年啊！」

山路崎嶇，陳敷被顛得屁股疼，舊傷未癒又添新傷，整個人處於狂躁狀態。

「痛痛痛！煩死了，涇縣啥也沒有，把我一個人丟這麼遠，心也太狠了！不過，榔橋鎮天香樓的醬肘子是一絕，酥爛鹹香；溪香閣的琴魚乾柔韌鮮甜，美味耐嚼；茂林十二碗熱涼葷素，湯麵飯包；雲嶺鍋巴鹹香脆爽，一口咯嘎。嘿，等我好了，我一家店一家店的去吃！」

說著說著，樓就徹底歪了，陳敷喜形於色，眉飛色舞。

戀愛腦就屬於自我修復能力極強那種類型，一邊狂躁抱怨，一邊自我療愈，生命力和抗壓能力堪比草履蟲。

賀顯金默默把頭移開，不自覺地彎了彎嘴角。

和這樣的人相處，挺輕鬆的——只要你不是他媽。

馬車轆轆沿著烏溪上游向涇縣駛去，隨著天色越暗，路況反而越好，從崎嶇國道駛上高速公路的區別。

漸漸燈火通明，路過涇縣城門，四盞碩大的油燈隨霜雪搖晃，昏黃燈光映照在古老陳舊的磚牆上，「猷州」二字高掛城樓。

涇縣古稱為「猷州」。

賀顯金寫不好毛筆，但能看出這字不錯，蒼勁清雋，很有風骨。

陳敷探過頭來，見賀顯金專注地看著城門牌匾，撇撇嘴，「青城山長題的字，昭德元年的探花郎，官拜通政司右參，可惜身子骨不好，三次辭官回涇縣開書院，是咱們涇縣這幾十年來最厲害的人物。」

陳敷像想起什麼，陡然幸災樂禍笑，「我那大哥寒窗苦讀一輩子，一輩子都在追趕他，結果追到一半死了。」

也不知道這兩兄弟到底有什麼仇，什麼怨？

賀顯金默了默，有些不贊同開口，「人死燈滅，冤仇隨雲散。」

陳敷耷拉眼，不置一詞，隔了一陣才甕聲甕氣道：「好吧！這話，妳娘也說過。」

賀顯金無語了，戀愛腦名不虛傳。

過城門，守門的小吏趾高氣揚地攔住馬車。

賀顯金撩開門簾向外看。

第二輛馬車上的董管事趕忙下車，畢恭畢敬地奉上名帖和路引，順勢捎帶三個小荷包。

待小吏看清名帖後，一瞬間綻開真摯的笑顏，「陳家的少東家回來了？吃晚飯了嗎？要沒吃，等會兒我下了值請少東家吃酒？」

「不敢不敢！」董管事點頭哈腰，「少東家前幾日摔了腿，回來養病的。等大好了，我們陳家做東請您去天香樓吃肘子。」

小吏樂呵呵放行。

陳敷與有榮焉地挑眉，「讀書是一條路，做生意也是一條路，咱們家和青城山長並稱涇縣雙姝。」

你願意當姝沒問題，人家青城山長倒不一定願意。

進城後的景象，有點顛覆賀顯金的想像。

四方街高懸油紙燈，茶樓酒館門庭若市，街頭各色小販，行人往來如織，如一卷栩栩如生的清明上河圖以天為色，以地為絹，緩緩鋪開。

賀顯金一直以為古人日出而作、日落而息，天黑了就足不出戶，一心造人，之前在陳家別說夜晚出門，就是白天也沒有出門的機會，造成她對這個時代的認知只有陳家後院乾乾巴巴的四方天，與各色心懷鬼胎的家眷。

賀顯金巴在窗欞，如饑似渴地向外看，這一瞬間，她感受到了未曾有過的自由。

人聲漸遠，馬車拐進一處掛著「陳宅」牌匾的僻靜院落，兩輛馬車、驢車，總計五個人，陳敷、賀顯金、張婆子、董管事，還有陳敷的長隨百樂，十二個箱籠，其中陳敷的箱籠九個，另外四個人的箱籠合計兩個半，還有半個裝了幾罐宣州的水和土。

古人多宅家，出門幾十公里都算遠門，就怕水土不服，前幾天要喝來處的水過度，必要時還可以加點土在水裡一起喝。

也不知道科學道理在哪裡，但賀顯金決定隨大流，別人喝這個「沖劑」，她也喝。要遵從各種規則，按照各種形式，根據各種原理，全方位保命。

來時已晚，陳家舊宅接到信後早已收拾妥帖，借助微弱燈光，賀顯金見一佝僂老頭帶領八個年歲各異，有男有女的侍從立在門口歡迎。

佝僂老頭一見一瘸一拐的陳敷，頓時眼眶通紅，「三哥兒！」

陳敷半靠在百樂身上，拱拱手，刷白一張臉，「六叔您安康。」

賀顯金跟在陳敷身後，微微抬了抬眸。

賀艾娘出殯時，瞿老夫人讓一個叫「五叔」的人打理事務，這位是「六叔」。

所以是「五叔」在宣州打理，「六叔」留在老宅？

果然還是逃不了家族式管理模式。

陳老六抹了把眼，「你這是怎麼了？去年見你還好好的，這怎麼走路都困難了？可有大礙？」

陳敷擺擺手，「無礙無礙，摔壞了，再過幾天就好了。」說著率先朝內院走，「今天太晚了，趕了一天路，六叔要不先歇了，明日咱們再坐下來慢慢談？」

談？談什麼？陳老六一愣，同身後的管事交換了一個眼神，隨即笑道：「是是是，明日我做好安排的，咱們先去水西市集吃灌湯包，再去天香樓訂一桌八涼十六熱的席面，下午去看桃花潭……」

「明日先去鋪子和作坊吧！」賀顯金開口打斷陳老六的安排。

被這道清冷纖細的聲音打斷，陳老六頓時轉頭去看。

是一個白皙纖瘦的小姑娘，沒見過。

但他聽說了陳三爺的愛妾剛死不久，這莫非是新歡？

有錢真好，數不盡的妞兒，談不完的愛。

陳老六一笑，「這位是？」

「我是新來的帳房。」賀顯金聲音仍舊清冷，神色平靜，「我叫賀顯金，六叔可以叫我顯金，也可直接喚我賀帳房。」

陳老六克制住挑眉的衝動，他倒是收到來信，陳家三爺要來接管涇縣作坊，隨身跟了一個厲害的帳房。

他以為是扶著陳三爺走路的年輕男子，卻不想，竟是她？

「妳是女子？」陳老六沒克制住發問。

賀顯金笑了笑，「我以為，這個答案已經很明顯。」

是很明顯，很明顯的小妾樣啊！

陳老六眼神一暗，眸光在賀顯金身上來回打轉，還欲說什麼，卻被陳敷一把攔住，「好了好了，有事明日再說吧！明天先不去玩了，聽金姐兒的，把作坊和鋪子的事理一理吧！」

他屁股這個樣子，玩也玩不盡興。

做完決定，陳敷打了個呵欠，便一瘸一拐又熟門熟路地往上房走。

賀顯金抬頭看了眼陳老六，微微頷首，由張婆子領路，向內院走去。

陳老六身後的管事緊張地捏住衣角，遲疑道：「這三爺莫不是真來接手作坊與鋪子的？」

「接個屁！」陳老六向地上啐口痰，「他也配！」

第四章 無人敢欺

老宅的「六叔」明顯把她當作不受寵的女眷收拾，分了間最邊上，逼仄的東廂給她。

房裡只有一張單人床，一個小梳妝桌，一套小小的四方桌並兩把矮杌凳。

張婆子的房間就在她隔壁，面積都比她的大。

張婆子「嘖」一聲，預備找人換房間，「老宅我熟，內院好十幾間房，得臉大ㄚ鬟睡的房間都比這個好！」

「東家提供住宿就不錯了。」賀顯金把自己的位置放得很正，「更別提我跟著三爺還蹭到了三餐、瓜果和點心。」

張婆子頓時打住話頭。

這樣也好，她不是還因為賀顯金差點兒成小娘而看不起嗎？

如今這小姑娘跟她一樣，憑本事吃飯，好得很！

張婆子發覺自從賀小娘死後，她越看這小姑娘越順眼——先是因這小姑娘非暴力不合作的姿態而懼怕，後來又發現這姑娘有點真東西，現在越發覺得她行事說話都極有章法。

活了半輩子的嗅覺告訴她，跟著這姑娘，可能比跟著陳三爺有前程。

張婆子表達愛意的方法就是投餵，從廚房摸了四塊綠豆糕來，「多吃點兒，瞧妳這小臉瘦得，那三太太忒不是東西了，什麼年頭還餓飯！」

賀顯金道了謝，一口一口吃得認真極了，每一口都慢慢咀嚼後再吞下。

張婆子走後，賀顯金繼續收拾。

她沒帶多少東西，四套俐落的棉布衣裳，一小盒既能擦臉又能抹嘴的類似凡士林的油脂膏，幾支木簪。

還有就是象徵身分證的名籍、代替手機可與人通信、記錄、書寫的竹管筆、漪院她小房間的鑰匙還有幾兩碎銀子。

賀顯金把賀艾娘留給她的三百兩銀票貼身放在褻衣衣縫裡，幾件金飾鎖在漪院上了鎖的梳妝櫃裡。

除此之外，沒了。

她想找一個算盤，可在宣州任陳家得意門市帳房的禿頭耗子都不知算盤為何物，更偏遠、更小的涇縣，自然不可能出現算盤。

不過還是得想辦法弄到一個，否則以後這帳不好算啊！

賀顯金閉上眼，古時沒那麼多人，也沒暖化問題，陳宅背靠烏溪支流田黃溪，加之臘月的天氣，著實冷得讓人發抖，賀顯金在硬邦邦的床板上翻來覆去睡不著。

等她有錢了，必要燒個日夜不滅的暖炕，捧八個玉石手爐，再鋪上三床厚厚的蠶絲被褥，讓自己燃起來！

陷入沉睡前，賀顯金給自己立了目標。

鎮上鄉間的清晨，由一聲接一聲的雞鳴喚醒。

賀顯金和張婆子剛吃完早膳，昨日夜裡見過的那個管事就來了，身後兩個低著頭的長工捧著兩摞半人高的冊子。

「賀帳房，您是宣城來的，身分和我們不一樣。」管事有點胖，肚大如懷胎五月，臉上油光閃閃，就像《西遊記》裡的豬八戒。

呃，陳家雇人都不看樣貌的嗎？

前有鼠精年生，後有豬妖八戒，再選選能湊齊妖界十二生肖。

豬八戒說話笑咪咪的，「昨兒三爺不是說今天要打理作坊和鋪子嗎？這是我們三年的帳冊，出帳、入帳，採買、借貸，都在這兒了，您請查閱。」

六老爺昨兒打聽清楚了，這女的不是啥大人物，不過是陳三爺那個愛妾先頭的姑娘。

既沒有陳家的血脈，又不佔陳家的名分，連當親戚都名不正言不順，叫聲表小姐都談不上。也不知使了什麼花招，跟著陳三爺來了涇縣，多半是來躲家裡正頭娘子磋磨的。

賀顯金抬頭看了，至少有五十本帳冊，隨手摸了一本，粗略掃視，又是「單一記帳法」，記的時間、金額和事由，最小的一筆才兩文錢。

這假帳，做得還真細呢！

賀顯金笑了笑，「您是？」

豬八戒仍舊笑咪咪，「鄙人姓朱，是陳記紙鋪的管事之一，另一位是作坊的管事，手上功夫好，做紙水準不錯，為人卻不得貴人青眼，故而您以後見我機會要多點。」

真姓朱啊!?賀顯金默默點頭，「朱管事好。」

簡言之，兩個管事，一個負責技術，一個負責市場，做市場的排擠做技術的，懂了！

賀顯金翻了頁帳本，隨口問道：「原先的帳房呢？我來了，是不是搶了他的位子？」

朱管事輕咳一聲，「瞧您這話說得，誰在哪個位子，做什麼事，還不是東家一句話？只要東家不說辭，換個位子做事也要盡心竭力啊！」

瞿老夫人可不會專門為了她特設一個職位，更不會因為陳敷要來，就把她也放過來，讓陳敷給她當靠山。

瞿老夫人讓她來，一定是需要有人來改天換地。

需要改，就說明前面做得不好。

一個在大東家印象裡都做得不行的人竟然沒說辭退，只是換了個職位!?

不論店大店小，帳房先生都極為重要，牽扯著千絲萬縷的關係。

看來前面這位，背景挺硬的啊！

賀顯金笑笑，把帳冊放回去，「原先的帳房先生和您是什麼關係呀？小舅子？大姐夫？堂兄弟？或者……是昨兒那位六叔的關係？」

朱管事笑容凝了凝，緊跟著笑得更開，「您真是愛說笑！」轉頭便高聲吩咐長工把帳冊往裡搬，「快給賀帳房把冊子搬進屋，誤了賀帳房的事，看我饒不饒你們！」

「帳冊不出帳房門，這是規矩。」賀顯金伸出手臂擋住來人，「我不知道前頭那位規矩是怎樣的，我既走馬上任，那我的規矩就是帳房最大的。」

賀顯金臉上的笑意漸漸斂去，「冊子上是數字更是錢，您把帳冊搬出帳房，擬了清單嗎？查了頁數嗎？記了檔嗎？水牌對了嗎？憑證簽了嗎？有第三人佐證嗎？」

朱管事不想第一天這小姑娘就如此咄咄逼人，想發火，卻又顧忌陳三爺。

賀顯金以一夫當關之態，攔住長工的去路，「帳本，哪兒來的抱回哪兒去！」然後伸手指向左側看起來更老實沉默的長工，「你前面帶路！我要跟著你們，親眼看你們把帳本搬回去！」

搬回去!?她還要跟著!?

豬八戒瞬間慌了神，這套假帳是他們應付上頭檢查做出來的東西。是花了大價錢的，可謂是出神入化，誰看都找不出漏洞，他們還指望用這套帳拖陳三爺十來日呢！

陳三爺是什麼路數，陳家誰都知道。

這回接到信，他們便什麼準備都沒做，那套漏洞百出的真帳簿，還在紙鋪裡放著呢！

朱管事愣在原地，臉上的職業笑容沒來得及完全收回。

「走吧！朱管事，您帶路。」

口吻不容置喙，像一根釘子直衝墜下，意圖戳破朱管事不多的狗膽。

張婆子沒見過這麼強硬的賀顯金，不自覺吸了口氣屏住呼吸。

朱管事下意識要笑，扯扯嘴角才發現自己正笑著，沒辦法笑得更開了，表情就顯得有點怪，「這……這不好辦吧？三爺都還沒去，您去合適嗎？」

「那去問三爺，要不要一起去？」賀顯金轉身就朝上房走。

「別別別！」朱管事趕緊把賀顯金攔住，當機立斷，「賀帳房要去就去吧！您是老東家派來的帳房，相當於啥？相當於欽差大臣！您要看帳本，不是應當的事嗎？這點小事就別驚擾三爺了，他老人家本就身子不暢，讓他多歇歇。」

朱管事話說到最後，明顯服軟了。

賀顯金睨其一眼，手背其後，抬起下頜，「那就走吧！」

語氣還是很硬。

她必須得硬，一則，她是女人；二則，初來乍到；三則，她不姓陳。

一旦她表現出分毫軟弱，就會被人立刻欺到頭上。

陳記紙鋪就在陳宅旁邊，出了門左拐走百來米就到。

開在水西大街正中，背靠田黃溪，拱橋下烏篷青船下降桅杆過橋洞，紙鋪旁的遞鋪是傳送公文的機構，對面是胡餅攤和藥鋪，人流如織，想來是涇縣繁華地段。

朱管事見賀顯金幾個大跨步進了鋪子，便抹了把額上的汗，背過身招來學徒，「快去叫六老爺過來！」

朱管事甫一進店，便見賀顯金腳在地磚上粗略量了量，又聽其沉吟道：「地磚長寬均圍十八寸一塊，橫有十二塊磚，豎有九塊半磚。三尺見方，店長有二十一尺，寬有十七尺，合計四十餘方。」

就是四十多坪，不算大。

算這麼快！朱管事忍住哆嗦的手。

怎麼算出來的？幾乎是脫口而出啊！

這個速度算帳本？還不如算算他命還有多長！

賀顯金雙手背後，環視一圈——整個店錯落擺放二十幾摞紙，草木味與鹼味比瞿老夫人的蔥麻堂更盛，幾個斗櫃沒有章法地擺在角落，斗櫃合葉門虛掩，裡面應是更值錢的紙。斗櫃上擺著幾個燃香的瑞獸雙耳爐，嫋嫋生煙。

賀顯金目光落在那香爐上。

朱管事趕緊上前，「這幾個銅製香爐是我特意買的，放在咱們店裡又清雅又漂亮，您若喜歡，我給您買個新的，哦不，我給您買個銀的，您看可好？」

賀顯金收回目光，「在放紙的地方燃香，找死？」

但凡有個火星子躥出來，直接來一場篝火晚會。

別人看晚會，他們是篝火。

朱管事一愣，隨即大義凜然，「就是說啊！我一早就提醒六老爺，別做這些附庸風雅的蠢事，他老人家偏偏一意孤行、孤注一擲、獨斷專行。」

出賣隊友，盡顯伶俐機警。

朱管事被賀顯金斜了一眼後，默默住了口，側身讓出一條路，向賀顯金殷勤介紹，「裡頭就是咱們陳家的做紙工坊，由李管事做主。前兩日他老娘在田裡摔傷腿，告了三日假，後天就回來，您請進看看吧！」邊說邊嫌棄地將放在穿堂擋路的凳子踢開，「這老李頭，東西總是不好好收！老李頭是個粗人，做紙是粗活，咱們作坊的利潤比不上另幾個，我私心覺得許是因為老李做紙手藝不行。這紙好不好，用的人知道，紙張好了，生意怎麼可能不好？」

不僅出賣隊友，朱管事還擅長背後扣鍋。

老李頭純屬娘在田上摔，人在家中坐，鍋從天上來。

賀顯金擺擺手，「先把帳看了，等李管事回來，請他帶三爺熟悉店裡的狀況。」

朱管事趕忙點頭，「是是是，咱們先把正事做了。」說著一抬手，吩咐兩個長工把帳冊拿上來。

「不看這些。」賀顯金熟門熟路地繞過櫃檯，彎腰從第二層試探著摸到兩本嶄新本子，一本寫「昭德十三年臘月入繳」，一本寫「昭德十三年臘月支出」。

賀顯金拿出竹管筆，揚了揚帳冊，意有所指，「我先看新帳，再算舊帳。」

做生意的有兩本帳太常見了，瞿老夫人是撐了陳家半輩子的人精，她都看不出涇縣的帳有問題，這說明帳本做得很好——除了盈利不好，其他都很到位。

朱管事給她看的，必定是假帳。

人老成精的瞿老夫人都看不出洞天，這麼短的時間，難道她可以？

她對自己倒也沒有盲目自信，還不如選擇近帳。

近一個月的帳目，他們來不及做假帳。

不一定能抓住大的把柄，但能大概小窺鋪子的真實狀況。

朱管事頓時冒出一額頭的汗。

臘月的帳有虧空嗎？應該沒有……很大的虧空？

一般年底要待查，陳六老爺都不敢把帳做得太過分，何況他？

朱管事擦了把腦門的汗，暗自呼出一口長氣，見賀顯金頭上單插一支木簪，臉上素白，未塗脂抹粉，一身深絳色麻布夾襖，袖口泛白有磨毛，一看就穿了很久。

這麼看，倒看不出這女子實質是個夜叉。

昨夜，他真是老眼昏花，竟覺得這女子纖纖弱質，惹人憐愛。

也不知看了多久，夜叉放下竹管筆，蹙眉凝視。

朱管事趕忙問道：「可有誤？」

夜叉點頭。

朱管事心口揪起來，「誤差可大？」

夜叉，哦不，賀顯金搖頭，「差了三文。」

「呼——」朱管事舒出一口長氣，肉眼可見地輕鬆起來，「才三文啊？來來來，我給補上。補上這三文，臘月的帳是不是就結平了？」

賀顯金表情頓時一言難盡，會計不怕差一萬，只怕差一分。

算帳用資金佔用等於資金來源的法則，資金來源都一分不差的落實在資金佔用上才能平帳，才能說明帳目清楚正確。有時帳目出錯，差一萬容易找出錯誤所在，差一分找錯誤比較困難，這需要會計把帳從頭到尾覆核一遍，看到底是核錯了，還是帳錯了。

無論時代如何變更，這個法則都不應該改變。

偌大紙鋪的管事，這點常識都不懂？竟預備自己出錢墊資？

賀顯金臉色有點難看，她能夠想像之前的帳有多亂了，一定有虧空，且這個虧空不會小。

「補平三文錢？」陳六老爺氣喘吁吁地跑來，瞪了朱管事一眼，「不懂事的東西！」一邊說，一邊從袖兜掏出一捲銀票，「賀帳房顛簸一路來涇縣做事，三文錢也是你說得出口的？」

陳六老爺將捆成捲的銀票放到賀顯金手邊，慈眉善目地笑道：「賀帳房，您看，這點銀子補得平這筆帳了嗎？」

扎扎實實一捆銀票！

賀顯金不動聲色地將眼睛掃到帳簿的某一行，再抬頭環視一圈，心裡有了底。

「我看帳冊，咱們鋪子裡做紙師傅如今是四人，採辦買賣一人，夥計跑店二人，分行管事二人。」賀顯金把玩似的將那捆銀票攥在手裡，摩挲幾下，笑了笑，「我從剛進店到現在，沒去瞧做紙坊裡面，單看店肆也只見一垂髫學徒及朱管事二人，其餘人呢？也和李管事一樣，親娘摔傷腿？」

朱管事忙道：「今天是旬休！」

「旬休呀！」賀顯金點點頭，「您看，我一個帳房多這個嘴，真是欠打。」

朱管事頓時將腦袋搖成波浪鼓，「該問該問！您是老東家派來上工的，您想問什麼，我必知無不言、言無不盡！」

他似乎隱約覺得這位夜叉見了銀票，脾氣要好些了，口氣也軟些了，甚至給了他非常好相處的感覺。

朱管事與陳六老爺隱密對視一下，躬身諂笑，「那帳冊的事，您看⋯⋯」

賀顯金方恍然大悟，如夢初醒般將那捲銀票拿起來，掂了兩下。

都是五十兩的銀票，大概八張到十張，四百兩到五百兩，相當於二十萬到三十萬。

前日瞿老夫人拿涇縣、城東兩間鋪子帳冊來打擂臺，她做的城東那份，純利是十萬元一個月，她剛剛計算的涇縣臘月帳目，純利不過五十兩銀子，等於三萬五千元。

拿了將近十個月的利潤封她的嘴，更別提之後準備給陳敷的孝敬，金額只會多，不會少。

賀顯金將銀票熟練地往陳六老爺方向一推，「這些還不夠三爺給我娘買幾副頭面貴。」

朱管事心頭一跳，這夜叉倒是看不出一身的銅臭味。

陳六老爺則大喜，又從袖兜掏了一捲銀票出來，順勢與原先那捲放在一處，「不愧是宣城來的小姐，眼界、見識都比咱們這小地方的大！」

貪財的心也更大。

「八百兩能買幾副頭面，老朽不清楚，但老朽知道，宣城一套兩進的宅子不過三、四百兩，涇縣價格更低，一、二百兩的院子還捎帶一套榆木家什，再採買兩、三個麻溜利索的丫鬟、婆子，您就等著舒舒坦坦過一輩子呢！」

賀顯金也笑開了，將兩捲銀票若無其事揣進兜裡，將帳簿俐落合上，站起身來向外走，一邊走，一邊叮囑朱管事，「三爺只是腿腳不便，眼睛、嘴巴、耳朵卻是好的呀！你們就把三爺丟老宅悶著？」

這是在點他們呢！

拿了錢就辦事，這夜叉真上道，是一個戰壕的兄弟！

朱管事受教地低頭聽訓。

賀顯金態度如沐春風，「轎子咱們有吧？」

「有有有，有頂二人抬青布小轎！」

「城裡，南曲班子有吧？」

「有有有，長橋會館裡有貴池儺戲、皮影戲、黃梅戲！」

賀顯金兩手一拍，「那您還等什麼？臨夜抬小轎請三爺往長橋會館一坐，演上一齣精彩的皖南皮影戲，再叫上兩壺好酒。三爺愛熱鬧，您前幾日把他伺候得舒舒坦坦的，後面等店肆的夥計『旬休』完了，要開始加班加點做紙了，也沒工夫伺候他了，到那時三爺一高一低，兩相一比，落差頓起……您說，他在涇縣還待得住待不住？」

陳六老爺聽得連連點頭，是是是，他還沒想到這一層呢！他只想到怎麼把陳敷伺候舒坦，沒想到那廝要在這兒待得開心，樂不思蜀了怎麼辦？

就照這小蹄子的話來辦，先把陳敷捧得高高的，再借個由頭不理他，到時候那廝自己都鬧著回宣城。

他們禮數到位，熱情接待，也沒得罪那個廢物。

陳六老爺開心的與朱管事一起將賀顯金送到門口。

賀顯金擺擺手，「不送了，我一個人在城裡溜達溜達，您二位先忙。」

陳六老爺又拖著朱管事說了一通年少有為，另眼相看的屁話，眼看賀顯金拐過牆角才收斂起笑意。

「做事大氣點吧你！」陳六老爺一巴掌拍在朱管事腦袋上，「三文錢補平？老子一張臉都被你敗完了！」

朱管事諂笑抱頭，「那夜叉一來就一副油鹽不進，正氣凜然的樣子，我縱是有心，也怕弄巧成拙啊！」

陳六老爺一聲冷笑，「油鹽不進？正氣凜然？」

一個小娘生的拖油瓶，沒了依仗，往後怎麼活都不知道，哪來的底氣油鹽不進？

這麼大一筆錢，夠她衣食無憂地過完這輩子。

若是男人，能寫幾個字，能讀幾頁書，還有個奔頭。

這小蹄子長得這般好看，等過了孝，怕就要被陳家捉回去嫁人了！

她這時候不趁機撈點好處，還指望啥時候？

陳六老爺作勢又要打朱管事。

朱管事抱頭連呼，「六叔！六伯！六爺爺！」

「放聰明點，叫六祖宗也沒用！」陳六老爺掃了一圈店肆，「等老三走了，把李三順叫回來，他做的紙不錯，有人喜歡。其他的人，潑皮的就一人一兩銀子放出去，老實的找兩個人去嚇一嚇，叫他們自己辭工。」

而賀顯金拐過牆角，一路神色平靜，步履穩健。

張婆子跟在身後，亦步亦趨，偷覷了幾眼，把要說的話嚥了下去。

她是覺得跟著金姐兒有前程，可這奔前程的方式好像不太對啊？

靠坑蒙拐騙和黑吃黑？

「金——」

「張媽——」

二人同時開口。

張婆子住了口，「妳說妳說。」

賀顯金一邊眼神從街面上的店肆一一掃過，一邊漫不經心地開口，「您說您在老宅很熟？」

昨夜說的，張婆子準備幫她爭間大房子。

張婆子連連點頭，「陳家老一輩的，幾乎都是從涇縣出去的，親連親，熟得很。」

門口懸掛一束長麻絲的麻鋪，懸掛絨線的絨線鋪，懸掛皮襖的皮貨鋪……賀顯金的視線一一掃過，「那麻煩您找一找，這縣城裡在陳記紙鋪做工的幾個夥計，給他們帶句話。」

這簡單。

「帶什麼話？」

啊，找到了！掛著木頭栓子的木匠鋪！

「跟他們說，陳家三爺陳敷來涇縣了，今晚會乘一頂青布小轎去長橋會館聽戲。」

沒頭沒腦的。

張婆子愣了愣，「沒了？」

「沒了。」賀顯金邁步向那間木匠鋪子去。

第五章 這心太黑

臘月陡生風霜雨，臨到天黑，陳六老爺和朱管事請陳敷前往長橋會館看皖南皮影戲並去天香樓吃飯，賀顯金作陪。

賀顯金知道皮影戲，但從未真正看過，更不用說深入瞭解。故而當一齣完整的《賣錦貨》呈現在賀顯金面前時，賀顯金頗為驚訝——比她想像中勾人，特別是武打戲，一人同時操縱八影四對打，生旦淨末丑大多連臺，可謂是「一口說盡天下事，雙手舞動百萬兵」。

賀顯金和陳敷看得津津有味，少女雙眼放光，戀愛腦翹首以盼。

兩張並不相似的側臉重疊在一起，張婆子一眼望去，竟從這對奇奇怪怪的「父女」身上看到了一絲奇奇怪怪的默契。

這兩個的心都不是一般大啊！

一個敲詐別人八百兩銀子還跟沒事人似的，一個屁股被打爛了，為了看戲不惜翹起臀斜著坐。

她一個守寡的婆子跟來涇縣是對的——在陳家內院裡待著，哪能看到這麼精彩的事啊！

張婆子沉默片刻，以同樣的角度仰起頭認真看戲。

算了，打不過就加入吧！

看皮影戲門檻不高，三文錢一張坐票，有錢沒錢的都看一場戲，但位置不相同，比如陳敷為首的就坐在樓上包廂，再比如周二狗一行就在猶如沙丁魚罐頭的大堂竄行。

周二狗掏空了身上僅有的三文錢擠進會館，身後跟著五個一身短打、皮膚黝黑的力工。

「二狗哥，三文錢，一碗素麵啊！我早上到現在還沒吃飯呢！」

「對啊，在外面堵陳三爺不就行了，非得花錢進來！錢還沒要到手，先把錢灑出去！」

「陳家的都是一路貨色，沒用的！」

「照我看還不如趁烏漆嘛黑的，咱們幾個把那個豬頭打一通！」

身後傳來牢騷聲，周二狗轉身沉聲警告，「不想要錢的就回去！我把三文錢補給你，要回來的錢也別想平分！」

後面全噤聲了。

周二狗瞇著眼睛抬頭，看到二樓包廂裡豬頭畢恭畢敬地給一個粉面男人倒茶。

瞄準目標，周二狗埋頭向前擠。

他八尺的身材，又因常年靠力氣吃飯，身上的肉把薄夾襖撐得發緊，像頭壯牛一樣往前衝得飛快，沒一會兒就衝上二樓。

「見我？」陳敷眼睛盯著戲，嘴裡疑惑問道：「陳記紙鋪的夥計見我幹嘛？」

會館小二哪裡知道，「說是有急事。」

陳六老爺給朱管事使了個眼色。

朱管事起身趕人，「去去去！別來煩我們少東家看戲！」

會館小二正準備走。

賀顯金開了口，「三爺，要不見見吧？萬一人家來給您巴巴問好呢？」

畢竟是涇縣雙姝之一。

陳敷想了想，「那叫上來吧！」

周二狗聽店小二召喚，緊了緊關節，向後招手，示意所有人跟上。

六個壯漢在包廂站定，烏壓壓地擠滿剩餘空間。

陳老六面色陰沉，眯眼掃視一圈。

這要幹什麼？逼宮？還是告狀？

陳老六看了眼朱管事，使了個眼色：必要時，把這群人綁出去！

「少東家！」周二狗氣沉丹田，中氣十足地喊一聲。

陳敷扭頭一看，被嚇了一跳，「哎喲！這麼多人！」

「我們都是陳記紙鋪的夥計。」周二狗彆彆扭扭地作了個揖，「我叫周二狗，這是我弟弟周三狗，另四個姓鄭，是堂兄弟，我們和陳家原來是一個村的，你娘提攜鄉親，招夥計時多會照顧村裡的青壯。」

賀顯金覺得這人還挺有規矩的。

陳敷則認定幾人就是來問好，便笑道：「那還挺好的，我後幾天要去鋪子，到時候請你們喝酒。」

周二狗恨恨地咬了咬後槽牙，「少東家，我們預備集體辭工。」

陳六老爺立刻插話，「你們要辭就辭，跟老朱說一聲便是，鬧到少東家跟前來，難不難看？」又轉頭和陳敷笑道：「小夥子不懂事，進了縣城被迷了眼，要走的人留不住，等會兒我讓老朱在帳上一人支五兩銀子給他們。」說著，橫了周二狗一眼，語帶隱密威脅，「再多，也沒有了。」

周二狗身後的人唧唧咕咕地商量，頗有些意動。

五兩銀子啊！

他們一個月工錢不過八錢銀，一年也不過九兩銀子。

陳家每個月發一半工錢留一半工錢，說剩下的工錢等他們做滿三年一次給完。

翻過臘月，就滿三年了，但朱管事壓根兒不提這事。

三年，一半的工錢，就是十五兩銀子。

本來也沒想過能把工錢要回來，能要回來五兩銀子不錯了。

朱管事是個只吃不吐的，放話讓他們去告官，又說陳家大爺是在朝廷做官的，他們怎麼可能告得贏？

素來，民不與官鬥！跟來的漢子有的打起退堂鼓。

「不行！」周二狗心一橫，擲地有聲，「三年一半的工錢，一人十五兩銀子，一分一毫都不能少！」

賀顯金向後仰了仰頭，果然，她今天看那本帳冊就覺得不對。

工錢是如數支出去了的，簽字的憑證卻是朱管事一個人的私章。

就算這群夥計不會寫字，摁手印總會吧？

也沒有，一個手印都沒有。

她斷定，陳六老爺和朱管事必定剋扣夥計工錢，卻沒想到，這兩個人膽子這麼大！

一年只發一半工錢，還剋扣三年！

媽的！這心太黑了！

賀顯金原身家裡是從事裝潢業的，知道勞工大不易，不僅給出優渥工資，還提供各項福利吸引人才呢！

她如今也是個小帳房，一個月守著三兩銀子過日子，實在無法接受這種事。

「口說無憑。」陳六老爺陰惻惻開口，「你們在陳記也做了好幾年了，要一直欠你們工錢，你們還能待在陳記？現在突然跳出來說陳家欠你們工錢，少東家憑什麼信？你們當別人是傻的？」

陳敷看看這邊再看看那邊，有些無措。

「我信。」賀顯金從袖兜掏出一捲捆得嚴嚴實實的銀票，重重地拍在桌子上，「十五兩銀子，六個人，總計九十兩！三爺給你們支一百兩，算做三年的利息。你們若願意繼續做，就留下來，三爺承諾按時按月發薪，絕不拖欠。」

陳六老爺眼睛猛的睜大，那一捲銀票看起來，真他媽的眼熟呢！

陳六老爺肢體僵硬地轉向賀顯金，這小蹄子真是厲害，騙他的銀子，然後用陳敷的名義給店裡的夥計發薪資，讓人對陳敷感恩戴德，他們倒裡外不是人了！

陳敷也被賀顯金這豪邁一拍驚住了，看了看桌上的銀票，「這錢……」這錢哪裡來的？

陳敷才說出口兩個字，就被賀顯金打斷，「這錢是三爺自家的私房。」她面無表情，語氣卻與有榮焉，「拿私帳補公帳，作為帳房，我是不建議三爺這麼做的，但三爺執意如此，我也只好聽從。」

陳敷大大的眼睛盛滿了疑惑不解，「我有嗎？」

隨即就接收到賀顯金冷靜卻篤定的目光，只訴說著一個信號——不要反駁。

陳敷脖子一縮，嚥下後話，好吧，他有。

周二狗的目光在桌上的銀票和桌邊的少女身上打轉。

銀票是真的，印章紅豔豔的，賊好看。

這女的，倒是沒見過，瘦巴巴的沒有幾兩肉，皮膚比旁邊的牆壁都白，像條白黃瓜似的。

「妳是帳房？」周二狗問完發現自己不太關心這件事，誰是帳房和他有屁關係，拿到手裡的真金白銀才跟他有關係，「我們兄弟六人不多拿，該是九十兩就是九十兩，我拿兩張銀票，再給做一年，互相都不相欠。」

賀顯金點點頭，「還願意在陳記紙鋪做工的，明天早上準時上工，一個月照舊八錢銀子，包食宿、包回鄉車馬，一旬兩休。寒食、冬至、春節三大節放三日假。端午、中元、中秋放兩日假。在座諸位都是工作三年以上的老人，每年還有三日帶薪休假。」

賀顯金掏出白邊紙和竹管筆、印泥和擦手的毛紙，「刷刷」幾筆寫完，分作兩份，分別推向周二狗，「這張是領銀子的憑證，這張是工作契約，你看完若是沒有問題，就直接摁手印。」

沒半個字的廢話，乾脆俐落。

周二狗也乾脆俐落地摁了兩個手印，再看賀顯金，覺得還行，雖然是個女的，但是豪爽不囉嗦，處起來方便。

賀顯金拿著契約，轉頭就找陳敷，「三爺，勞您在狗爺手印旁蓋個私章。」

「啊？」陳敷沒反應過來。

賀顯金言簡意賅，「二人協商一致方為契約，契約不可破，破者為背信棄義之輩，遭萬人唾棄、千人辱罵、百人不齒，子孫千秋萬代都將背負背約負盟的罵名！」

陳敷愣了，只是簽個夥計，有必要這麼狠嗎？

他娶媳婦，也沒下過這麼重的誓啊！

陳敷不敢不蓋章，他從賀顯金眼神裡又看到一個信號——蓋章，不蓋章者死。

賀顯金笑著將其中一份契約遞到周二狗手上，「狗爺，契約已成，按照約定，您付出勞力，陳記保您薪酬溫飽，若有違背，陳記天轟地裂，永不得成業！」

皮影戲中場休息，鼓聲鑼聲唱聲逐漸勢微，長橋會館陡然陷入片刻寂靜，少女的聲音就顯得高亢尖利。

「從前陳記如何，今日咱們一筆勾銷！陳家三爺自請來涇，只為正陳記衣冠、塑陳記新貌、強陳記新業！大家好好跟著三爺，三爺有肉吃大家跟著吃肉！三爺無湯喝也必為大家割骨刮肉，共吃一勺稀粥！三爺在此謝過諸位了！」

周二狗身後的漢子們陡然鼻頭發酸，這東家太有誠意了！

周二狗之後，無人再談請辭。

鄭家年歲最小的兒子，紅著眼眶摁下手印，拿了契約好好折疊放在袖中，對著陳敷深深一鞠躬，「謝三爺，我一定好好幹！」

陳敷只覺整個人快飄到天上了，屁股都不痛了。

夥計簽完，樓下的皮影戲還在換佈景，一樓大堂諸人都在看二樓包廂。

賀顯金朝周二狗耳語兩句，便見周二狗巴在包廂邊緣，聲如洪鐘，「陳記三爺陳敷在此，凡與陳記有銀錢、業務、採辦糾葛的，攜真實憑據來長橋會館，五日之內，三爺均認帳付帳！」

賀顯金一拍手，張婆子從包廂後端了一個盤子出來，盤子裡四疊銀錠子摞得高高的。

張婆子得意洋洋地將盤子「咚」一聲砸桌上，一樓大堂驚起一陣接一陣熱烈的叫好和掌聲。

陳敷嚥了口口水，「這……這也是我的私房？」

賀顯金笑了笑，「不是您的私房，難道是我走的公帳？」

朱管事已經很急了，就在剛剛給周二狗一行發錢時，他後背、手心，甚至腳掌心都在大冒汗，如今見這夜叉端了盤銀子出來要把欠帳都了完，他整個人已在慌得發抖。

夜叉根本不需要看帳本，合不上的帳，他們企圖隱藏的帳，未告知老東家被他和陳六老爺合夥吞下的帳，全都會隨著這一盤銀子浮出水面！

夜叉哪裡需要對帳本，帳本自會來找夜叉！

到時候，夜叉手裡拿著憑證，兩相核對虧空，他還有命在嗎!?

天知道，這些年，他和陳六老爺都從這帳裡摳了多少銀子!?

少說一年也有三、四百兩吧？

更不要提他們用二等貨換下李三順做的一等貨，把一等貨運出涇縣賣出高價，從中賺取的差額。

誠然涇縣作坊不賺錢，可再滿的糧倉有兩隻貪得無厭的碩鼠，糧食也保不住啊！

如今，貓來了。

朱管事急切地看向陳六老爺，救命啊！

陳六老爺陰狠地看向那盤銀子，這銀子是不是有點像他給出去的另外四百兩？

「老三，你這是什麼意思？」陳六老爺臉色鐵青，「溼縣作坊不賺錢，你以為是我和朱管事從中搗鬼？什麼糾葛？什麼欠帳？你現在演這一齣，是不是想打你六叔的臉？」

陳敷下意識看向賀顯金。

賀顯金慢條斯理地從布背篼裡掏出一個矩形木框，中間鏤空，橢圓木珠一串串的整齊排列，上下晃動，還發出「嘩啦啦」的聲響。

「瞧您說得……打您什麼臉？作坊的管事是朱爺，帳目經手的章也是朱爺蓋的，各類採買辦理的契約更是朱爺談的。」賀顯金撥弄了幾下算盤，找一找手感，「錯是朱爺犯的，您至多是監管不力，不算什麼大事。」

朱管事難以置信地看向賀顯金。

錢是昨天貪的，鍋是今天背的，憑啥啊！

朱管事再把目光移向陳六老爺，誰知卻見陳六老爺怔愣片刻後，默默把頭轉向另一邊了。

這什麼意思!?

意思是，打了他老朱，就不能再和別人計較了？

是這個意思嗎!?

朱管事心頭發慌，像甩了根麻繩掉進沒有底的深水井，直接往下墜。

「妳……妳什麼意思？」朱管事結巴起來，「我……我……我什麼也沒做！妳別亂說啊！」手指頭哆哆嗦嗦指向賀顯金，眼睛看向陳六老爺，「六老爺，她亂說我啊！」

賀顯金笑得和藹可親，「還沒有到您的事呢！」

陳敷不自覺打了個寒顫，就像閻羅王笑咪咪告訴你，「還沒到時間呢，您的死期還在議呢！」

笑咪咪的夜叉，難道就不是夜叉了嗎？照樣嚇死人！

朱管事的臉一下刷白，眼神掃到桌上的銀子，從懼怕瞬間變為憤怒！

陳六老爺今天早上來救場，一下子掏了八百兩，眼見夜叉收了，他們兩個的心就放回肚子裡了，陳六老爺就說要不他們一個人出四百兩，出點血，捨財免災。

他忍下血淚，硬生生拿四百兩出來，像在剜他的肉啊！

現在回想起來，他憑什麼和陳六老爺出得一樣多？吃錢的時候，他們兩個怎麼不平分？怎麼就是陳六老爺佔七成，他佔三成了!?

錢，陳六老爺拿了，現在有危險了，卻想推他去抵債！

呸！想美得！

朱管事氣得都語無倫次了，「妳嚇唬我做什麼？我不清白，難道別人就乾淨？妳就是欺負我不姓陳，我告訴妳，我姓朱的也不是團漿糊，由得妳一個小浪蹄子搓圓捏扁！」

「你再說一遍，我是什麼？」賀顯金驀地一下站起身，動作迅速，拿包廂柱子做掩護，擋住了大堂望向包廂的視線，順勢用竹管筆尖尖的筆頭深抵住朱管事的喉嚨，壓低聲音，「你再拿我的性別說事，我發誓我一定用你的血當這支筆的墨水！」

筆尖死死抵住朱管事的喉嚨，印出深深的痕跡。

他驚恐地看著，艱難吞了口水，只見喉結堪堪從筆尖上劃過。

賀顯金惡狠狠地道：「聽清楚了嗎？」

朱管事忙連連點頭。

賀顯金將筆收回袖中，神色如常地落坐。

陳六老爺驚呆了，花白山羊鬍翹到頰邊。

陳敷也驚呆了，手裡的瓜子落了一地。

唯一不驚的是早已見識過賀顯金用蠟油燙人的張婆子，和在心裡深覺這白黃瓜幹得漂亮的周二狗——就算是女的，要沒幾分血性，作坊的青壯弟兄憑什麼跟她混？憑什麼從她手裡拿錢？

早該整治整治這狗屁豬頭了！

「我早說了，事情還沒到那個地步！」賀顯金恨鐵不成鋼，「你我同事，何必劍拔弩張？不過是幾兩碎銀，記差了、算錯了、寫漏了都是常事。大魏律法，凡罪罰兮從減輕，獨於治贓吏甚嚴。」

賀顯金蹙眉搖頭，很為朱管事著想，「三爺若真想收拾帳目，盡可以報官。憑陳家在涇縣的關係，縣太爺必定是要理一理的。為何沒有報官？不就是念在同事情誼嘛！銀子缺了就補上，帳目算錯了就改正，數目寫漏了就添上，哪有解決不了的事？」

賀顯金眼睛一掃，意有所指地點了陳六老爺，「六老爺，您說是吧？」

陳六老爺看了眼賀顯金，臉色鐵青地緩緩點頭。

堂下皮影戲佈景換好，朱管事憋著一口氣先行告退，陳六老爺亦如坐針氈，沒一會兒也走了。

大堂中人流如織，時不時抬頭望二樓包廂，唧唧咕咕不知在說什麼，連臺上的皮影戲都吸引不了他們的目光。

陳敷也在瘋狂打量賀顯金。

賀顯金則氣定神閒坐在包廂邊上，見賣錦貨的黃郎背上行頭東山再起，便輕嘆了一聲。鑼鼓聲敲響，緊跟著是熱鬧的嗩吶和胡琴，長橋會館的人今日看了兩場戲，心滿意足的離開了。

賀顯金同張婆子一道收拾算盤、筆墨。

「金姐兒——」陳敷終於開口。

賀顯金「誒」一聲，規規矩矩地將手裡東西放下，老實坐在凳子上，認真答了句，「我在，您說。」

陳敷千言萬語，真不知從何說起，「今天的戲挺好看的。」

賀顯金笑了笑，「您後來都沒看進去，黃郎被奸人所害失去全部家產，後來靠貨郎擔再起家業，是個好故事。」

天已經黑了，賀顯金望了眼窗外，店肆鋪子都在往回收燈籠了，保持笑意，「謝謝您沒有拆我的場，今天早上六老爺和朱管事企圖用這八百兩銀子賄賂我放過涇縣這幾年的帳，我收了。又見鋪子裡沒人，與帳冊上每月發放的例錢對不上，便想其中必有蹊蹺，這才設下這一局。」

「我看出來的，我又不是個傻的。」

是，你只是動腦子的次數比較少。

賀顯金點點頭，表示贊同了他這個說法。

「朱管事和六老爺有問題，妳預備怎麼辦？」陳敷憂心忡忡，「他們願意給妳八百兩，帳上的虧空必定不止八百兩，我們補上了這八百兩，多餘的怎麼辦？我身上倒是還有四、五百兩銀子，等會兒讓阿董交給妳。頭開了，總要圓上，不能虎頭蛇尾，咱們能走一步是一步吧！」

實在不行，一封快信送到宣城，掏空他娘的荷包！

不肖子陳敷有恃無恐。

賀顯金笑著搖搖頭，「會有人補齊的。」

陳敷沒聽懂，但見賀顯金胸有成竹的樣子，便跟著高興起來，「妳可真厲害！」

賀顯金以為陳敷要表揚她不到一天就把端倪揪了出來，正在組織語言自謙，誰知便聽陳敷興致勃勃又道：「妳把筆尖磨那麼尖，是故意的嗎？」

故意啥？故意拿筆尖當凶器嗎？

那她的兵器還挺特立獨行。

賀顯金無語地默了半晌，見陳敷一瘸一拐地預備下樓，便跟了上去，隔了一會兒方輕聲開口，「三爺，我擅自插手涇縣作坊的事情，您會不高興嗎？」

陳敷一下子沒反應過來，「啊」一聲後，想了想才直白道：「我聞此藝在專攻，莫起妄念思冥鴻，我雖然不清楚妳是哪裡學來的這些辦法，但明顯妳比我厲害，我雖姓陳，卻一定沒有妳做得好，妳願意做，也是我的福氣。」

意思就是讓專業的人做專業的事。

她就像陳敷手下的執行長，陳敷控股，她管事，算是高級打工仔。

陳敷想了想又加了一句，「我娘從來不覺得我聰明，但我看人還挺準的，妳對陳家沒有惡意，妳對我更沒有惡意。妳若有惡意，完全可以收了那八百兩銀子，夥同那兩個傻子來哄騙我，但妳沒有。」

就像妳娘，妳娘臨到死都沒愛過我，但她也沒傷害過我。

這樣就很好了，我很知足了。

第六章 連本帶利

賀顯金言出必行，一連五日都到長橋會館二樓包廂。

第一日，唯有一人前來，涇縣城中名喚「小稻香」的酒家，憑據上龍飛鳳舞地簽著朱管事的大名「朱剛烈」。

賀顯金覺得自己真是能掐會算，未卜先知，豬八戒還有一個名字——豬剛鬣。

「朱管事來我們那兒喝了三場酒，一共記了兩吊錢的賒帳，陳記的人不至於賴帳，我們就從來沒催帳。」

來人不過十五、六歲，白面小生，怯生生的，「但是前兩日我爹病了，飯館開不了，我娘才把這個憑據翻箱倒櫃找出來。」

造孽，真是造孽！

賀顯金臉色發冷，板正地像塊搓衣板，雙手接過少年手中的憑據，按月息二分利的高利貸利息算給他，順手簽好單子遞給張婆子，張婆子取來小秤，秤出碎銀，雙手給少年奉上。

「趕緊去給你爹請大夫，抓藥。」賀顯金語氣真摯，「對不起，我們來晚了。」

少年一下子紅了眼眶，一手拿了碎銀，一手把憑據交給賀顯金。

有了「小稻香」成功案例在前，第二日、第三日來人漸多，有涇縣本城被陳記拖欠貨款的小商販，也有預定紙張卻被陳記無限放鴿子的倒楣買家，還有更多明明定的是一等品，拿到手的卻不夠好。

只要有真實憑據，全都付款！

只要買家認為貨不對，名不副實，那好，請把剩餘的紙張拿過來，立刻退回全款。如果紙張已用完，只要拿出購買憑證就立刻遣張婆子回鋪子拿相等品質的紙張補還。

這年頭買得起陳記的人家，也不至於訛你兩張紙。

人家還願意來訴苦，要調換，就說明對你這個品牌還殘存有一絲信任。

真正失望的，直接拉入黑名單，休想再從他包裡掏出一枚銅板。

這可是涇縣，十里長街，八家做紙。

只是陳家起家起得早，瞿老夫人膽子大，以帳上基本不留現銀的代價迅速擴張了好幾間鋪子，又乘上陳家大爺的東風，產業比那些小作坊更大罷了。

若真說紙張的品質有多大個上天入地的區別，其實也還好。

真正有區別，能夠顯示出陳家卓越做紙技術的貨，尋常人也買不起。

賣東西都是這樣，金字塔頂端的貨，金字塔頂端的人買，基本不流入市場；低價位做的是薄利多銷，賺一個辛苦錢；中價位的利潤與投入產出比才是最強的，也是兵家必爭之地。

更何況，陳家賣的是紙。

這個年頭，什麼人需要用紙？

讀書人。

能供得起讀書人的，家中至少是有點餘糧的，這就是市場裡的中價位消費族群。

照這五日的情形來看，陳家以次充好的程度快要把市場中價位消費族群得罪完了！

更別提原料供應方，三寸高的拖欠貨款單子粗略加起來有五百餘兩，拖得最久的一筆拖了整整三年！拖得最小的一筆才二兩銀子！

二兩銀子啊！連二兩銀子都要拖！

賀顯金和董管事每日清算當天的帳到凌晨，第二天繼續黑著眼圈對帳出帳，托盤裡的銀子逐漸見底。

董管事還不會打算盤，操持著那二十根可憐的小棒子這裡擺一擺，那裡擺一擺，愁眉苦臉地和賀顯金訴苦，「八百兩銀子，支作坊六夥計一百兩，支欠款六百三十一兩八錢，支退款一百四十五兩一錢，餘……餘……」

賀顯金向後一靠，有氣無力，「是負七十六兩九錢。」

這錢是拿作坊帳面上的現銀補的。

這幾日賀顯金凌晨收了工，還回鋪子收拾了帳面上的現銀。

就沒見過這麼可憐的帳，一間擁有七、八個夥計的店肆，帳面上只有七十八兩銀子。

補足了長橋會館的缺口後，涇縣興盛三十載，跨出鄉鎮打入城市，與青城書院並稱涇縣雙姝的陳記，目前帳面現銀一兩一錢。

賀顯金嚴重懷疑，隔壁雲吞鋪子帳上的現銀都比陳記多。

董管事快要氣笑了，眼睛向下耷拉，嘴角向上翹，「再過十來天就是正月，一年一稅、除夕的紅封、來年房屋的租金、作坊需每年更換的打春、草木椎……粗略算下，至少要幾百餘兩。」

陳記紙鋪的宅子竟是租的!?

這可是陳記的大本營，陳家居然沒把老陳地買下來!?

賀顯金挑眉。

董管事機敏地抓住賀顯金神色變化，維持住苦笑，隱晦道：「那間鋪子是衙門的私產，不能買賣。」

哦，另一種形式的稅。

只是這個「稅」，直接造福當地衙門的官吏。

這得交，商賈要懂事，才不會被割。

賀顯金蹙著眉，手一翻把算盤豎起來，算盤珠子嘩啦啦地挨個掉下去，然後又把算盤換了個方向，算盤珠子又嘩啦啦地砸在另一邊。

別說，這聲音還挺解壓的。

「妳也別太擔心，老夫人把三爺放到涇縣來，總不至於真把他逼到絕境。不過幾百兩銀子的事，叫三爺寫封信回去，母子間服個軟，多少錢要不來？」

賀顯金搖搖頭，「我沒想這個。」

「那妳琢磨什麼呢？」

賀顯金笑了笑，把算盤一橫，算盤珠子總算去了它該去的地方。

「我在琢磨，我訛多少錢合適？」

賀顯金經過一翻精打細算，就將資金缺口數額請周二狗送去給陳敷口中「兩傻」之一的朱管事。

朱管事看完周二狗送來的東西後，立刻讓人去找另一傻——陳老六。

朱管事在自己寬敞明亮的二進院落裡來回踱步，焦慮得無法自拔，隔一會兒就招來僕從問問，等了半天總算是等到陳六老爺陰沉著一張臉，彎腰駝背地從大門進來。

朱管事趕忙迎上去，未語淚先流，「那蹄子……」想起前幾日抵在自己喉頭的筆尖，立刻改口，「那拖油瓶太過分了！」

朱管事一邊哭，一邊把攥在手心裡的條子拿出來，「今天早上周二狗送過來的，您看看吧！」

陳六老爺接過條子，瞇起眼睛。

條子正面寫著——大魏律法，貪贓、妄佔私產者杖五十，刑三十載。

背面則寫著——三日內銀一千兩，可買五十杖、三十載；五日內價漲至一千二百兩；五日後不見銀，便於獄中見您。

五十杖……他早死了吧！

別在獄中見他了，相約亂葬崗吧！

「六老爺，我哪還有一千兩啊！我把這宅子賣了，把我自己賣了，也湊不到這麼多錢啊！我乾脆跑了算了！」

跑？你跑得了嗎？

大魏人丁管制森嚴，十戶為一里，進出城門皆需路引，甚至還需所在行當、家族或里正開出的單子才可放行。

這一千兩，再加上他們之前付出的八百兩，恰好是他們這五、六年從鋪子裡貪走的私房，再加上二分利。

這是要讓他們怎麼吃進去的，就怎麼吐出來。

陳六老爺只覺心頭竄火，他被人欺負得無法還手，不不不，不僅無法還手，甚至他連對方的招式都沒看清，就被打得暈頭轉向、予取予求！

「把你這宅子賣了，有個兩、三百兩……」陳六老爺環視一圈，涇縣地價不值錢，能賣個兩、三百兩不錯了，又看朱管事身後的美婢玉僕，粗略算算，「再把你買的這些丫鬟美婦也賣了，湊個一百來兩。你置在你父母名下的那些地呢？還留著做什麼？你死了，銀子能跟著你下黃泉？」

陳六老爺語氣嚴厲，一副教訓自己子姪的語氣。

朱管事愣在原地，哭都忘了。

媽的，這個時候了，還想把他吃乾剝淨！

還讓他把地也賣了！那他以後怎麼活？他還能回陳記做事嗎？

這個老不死的！

朱管事冷笑一聲，「難道銀子能跟您下棺材了？六老爺，您把銀子攥那麼緊，不怕銀子化掉啦？我從陳記貪錢的時候，您可是一點沒閒著啊！您貪得比我還多，還狠！」

「這一千兩，我不給，誰愛給誰給！」朱管事梗著脖子吼，「等我下了獄，我該說什麼就說什麼！帳目的事，我有一份，您就有兩份，到時候您看陳家饒不饒您！」

「你瘋了！」陳六老爺羊鬚胡飛起，警覺地四下看了看。

他和這豬不同，這死豬是陳家雇來的，貪點錢最多是把銀子吐出來，再受點刑獄之災。

他是陳家人！他兒子，甚至還在青城書院讀書的孫子若還想有出息，就要仰仗著宗族父老！以後讀書、做官都還要族長寫薦書！

這年頭，沒有宗族撐腰的人，就像離了枝幹的葉子，別人想踩就踩，想撕就撕。

先前瞿氏不動他，不過是因為大哥死後，老五帶著他站在這個嫂子後面，硬把她給拱上去，瞿氏要對他、對老五動手，就是恩將仇報，狼心狗肺。

如今這個局面……陳六老爺氣得胸口發悶，像大錘抵在胸骨，如今這個局面，他要是不把銀子掏出來，這隻死爛豬會像頭王八一樣咬住他不放！

這就不是瞿氏主動動他，是他的把柄被遞到瞿氏手邊，他的脖子已經被伸到瞿氏刀邊，瞿氏只要一抬手，他們這一房活路就斷了！

要是這頭豬死了就好了，陳六老爺瞇瞇眼。

朱管事扯開嗓門，「我家裡是有本帳的，記著這些年的帳錢，甚至還有六丈宣、八丈宣的流向。李老章的死，李二順的殘……就算我沒了，這些帳也該送哪兒就送哪兒！」

陳六老爺眼神一變，喉嚨發癢，輕咳一聲，「你這個豬腦子！」

豬腦子，但趨利避害的本能卻很靈敏，居然還記了本帳!?

帳本和李老章、李二順都不怕，怕的是追究六丈宣、八丈宣去了哪兒?

陳六老爺忍下心頭的燥，態度自然地安排下去，「這樣吧，帳我出七百兩，你把剩下的銀子給了，我調你去旌德做檀皮採買，咱們避避風頭，等那兩個殺千刀的蠢貨走了，咱們再碰頭發財。我等會兒差人把銀票給你送過來，你給陳敷送去。」

離開涇縣?朱管事平靜下來。

離開涇縣也成，有錢在哪兒不成?

陳六老爺見安撫下來了，又道：「你這個宅子該賣就賣，不想賣留下也成，裝你那些心頭肉正好。事不宜遲，也不曉得陳敷接下來還要做什麼，你趕緊收拾，今天連夜離開，我來安排你的去路。」

朱管事轉了轉眼珠子，隔了一會兒才點了點頭，「那就先不賣吧，等您把陳敷趕走，我還回來住呢！」

陳六老爺樂呵呵地自嘲一句，「但願我這把老骨頭還鬥得過那兩個傻子！」然後安撫朱管事兩句，才轉身出了這套風格華麗的宅子。

一出門，臉垮得比馬還長，吩咐長隨，「去送信，照舊在寶禪多寺埋伏，等死胖子一露臉就砍了。他如果真有帳本，要出遠門必定隨身攜帶，金銀財寶請那幫土匪們分了，帳本給我送回來。」

身邊的長隨阿根，也是一個老頭，留著兩撇八字鬍，聞聲立刻點頭哈腰應是，然後遲疑的問道：「咱們真給那七百兩？」

「不給怎麼辦？陳敷那小子鐵了心要這些錢，他要就給他。」

「可惜了！」

「可惜什麼？」陳六老爺笑起來，「去票行做個日子，半年之後才能兌換現銀。」

「那也能兌出銀子啊！只是在日子上卡了他們一把罷了。」阿根不明其意。

「你自己算算，他們把那些債還清了，店肆作坊的租金、更換設備、過年的紅封……他們還有多少錢能查出來？」陳六老爺笑得慈眉善目，「更別提還有個大頭。」

阿根明白過來，笑彎了腰，「是是是，您真是好算計！年初要是定不上銅陵的檀皮和稻草，那就只能用三縣的了，做出來的紙可就大打折扣了！」

「他要是往宣州去信要銀子，我那嫂嫂倒也會給，只是他在這兒估計待不長了。」

本來闔家上下都認為這老三就是個廢物，去封信要銀子不就是落實他就是個廢物嗎？廢物憑什麼把持涇縣作坊？憑那個姓賀的小賤人嗎？

等他們徹底對老三失望，在涇縣陳家還不是他想幹啥就幹啥，那小賤人性子烈，但模樣是真不錯，收了房或是強佔了去，誰又能為她出頭？

陳六老爺笑呵呵，阿根也笑呵呵，其樂融融。

到了夜裡，朱管事來了趟長橋會館，姿態放得很低，一出手就是全額一千兩，「六老爺派我去收檀皮，許是到年後才回來。」

在賀顯金意料之中，接下銀票，看了鮮章又看了錢莊，再遞給董管事，「您可真是解了我的燃眉之急啊！倒是這錢湊得……快到我還以為是假銀票呢！」

「哎喲喲，您熟知大魏律法，製造假銀票是個什麼重罪，我可沒那麼多腦袋掉哦！」

賀顯金看向董管事。

董管事微不可見地點了點頭。

賀顯金方笑道：「那您去好，後會有期。」

卻，後會無期。

第三日，賀顯金便收到了官府的信，據說朱管事前往旌德的馬車在寶禪多寺被劫了，金銀財寶遭洗劫一空，人被抹了脖子，黃燦燦的脂肪和紅豔豔的血流了一地。

民事官司變成了刑事官司，中間必有比假帳更厲害的彎彎繞繞。

賀顯金突然想起什麼，心頭一驚，忙讓董管事前往錢莊兌帳。

「兌不了！」董管事垂頭喪氣回來，「這樣大額的銀票要提前與錢莊招呼，這幾張銀票的兌款日期要六個月後了。」

賀顯金緊抿雙唇，隔了一會兒方笑了笑，「有意思。」

陳六老爺，您還有什麼驚喜是我不知道的？

銀票兌不出，就意味著紅封包不出、貨款交不上、原料訂不了。

從人事、財務、市場等方面，對陳記都是很大的打擊。

要是在平常，兌不出就兌不出，她還能仔細欣賞一下古代大額鈔票的尊容。

偏偏在年底！

做夢都夢到她打麻將，上家是塊金元寶，對家是坨銀錠子，下家是串貫通錢。

她徜徉其中，三家通吃，幸福的一身銅臭味。

賀顯金急得都把錢擬人化了，臉上卻分毫不顯，甚至早上起來還在庭院裡打了一套八段錦——前先天性心臟病患者被准許的活動之一。

董管事腳下生風地來時，就見賀顯金穿了套寬鬆對襟的米白外衫罩子，腳踏純黑老布鞋，頭頂一支深褐木簪，桌邊的石凳上還放了一盞熱氣騰騰的蓋碗茶。

董管事愣了愣，他彷彿看到了隔壁商行，那位年邁又精神矍鑠的王老東家！

在經歷了空手套千兩、會館筆戳喉管子等著名戰役後，董管事對於賀顯金代行陳敷之職，表示了默許。

在看到賀顯金精神矍鑠地打拳後，這份默認瞬間飆升到高點。

「怎麼了？」

賀顯金收了拳，雙拳並腰間，氣沉丹田後再吐納。

更……更像了！

董管事猛甩頭，「我去票號問了，可以提前取用，但基於朱管事信用……」

想斟酌一下用詞，畢竟在古代，信用不好是塌天大禍，但著實找不到詞含糊過去。

董管事便轉了話頭，意思到就行，「票號要收咱們接近四分利的月息。」

意料之中，就像在現代，你本來在銀行存了個定期，你突發奇想想取出來，銀行也不能答應——誰知道銀行把這筆錢挪到哪兒去了？可能在中東買石油，也可能面朝黃土背朝天在虛擬市場挖比特幣。

你的錢進了銀行，就不全是你的錢了。

道理都懂，但……四分利？

這是明目張膽的以合法掩飾非法了啊！

在現代，年利轉化率超過百分之二十四，也就是二分利，就算高利貸了，法律甚至規定，銀行年利率上限為百分之十六。

而這裡正式票號，叫出四分利，年利轉化率等於是百分之四十八啊！

賀顯金面無表情地在心裡罵了句，他媽的，無法無天的封建王朝！

一千兩，一個月的利息就是四十兩。

現在還不到正月，如果他們現在要提領現銀，就要損失二百八十兩，到手才七百二十兩。

而涇縣作坊一個月的利潤才五十兩，這是近三成的虧損啊！

賀顯金端起蓋碗茶，克制地淺啜兩口。

就作坊目前的狀況看，他們真的有這個底氣承擔二百八十兩莫名其妙的損耗嗎？

「要提現銀嗎？」董管事焦急，「票號臘月二十八關門，正月十五開門，留給咱們的時間不多了！」

「李三順師傅回來了嗎？」賀顯金放下蓋碗茶。

董管事點頭，「預備明日回來，他倒是一直想給三爺請安。」

「三爺呢？」賀顯金不自覺地皺眉。

董管事悶聲不說話了。

好吧，一切盡在不言中。

這戀愛腦不是吃喝，就是拉撒去了。

「把三爺綁……」賀顯金吞下「綁」字，「把三爺請到鋪子去。」然後又問，「酒？還是茶？」

董管事沒明白。

瞿老夫人搞來的這個耳目，當總經理特別助理還要再修煉幾年啊！

賀顯金耐心解釋，「李三順師傅是愛喝酒？還是愛喝茶？」

董管事想了想，「茶吧！頂尖的造紙師傅不能多喝酒，酒喝多了，雙手要抖，撈紙時就容易不勻稱。昨天我到鋪子，見有好幾個包漿茶筅，茶漏、茶勺、茶匙俱全，李師傅約莫還是個中高手。」

嗯，雖然不能當特別助理，但當個總經理祕書還算稱職。

賀顯金點點頭，念及兩宋時茶藝盛行、點茶風雅，便道：「在田黃溪邊找一間雅致的茶舍，挪兩盞紅泥小爐，準備些許鹽漬花生、小黃柑、紅棗，備三個攢盒的糕點，把三爺珍藏的茶帶去，再請個茶百戲的高手。晚上定天香樓，備一桌好的，讓所有人都來，帳就從公家支。」

預算應該能控制在一兩一錢吧？

「如果實在超支，寫個憑條從三爺的私帳走。」賀顯金心裡盤算，「等賺錢了，立刻把錢補回私帳。」

企業想做大，絕不能公私帳不分。

前世她做完第N次手術後，爸爸公司的財務姐姐來看她，為逗她笑，神情誇張地跟她說，「妳猜我見過最離譜的帳是啥？」

「是什麼？」

「帳目明細寫著，給老闆小情人租房三萬！我一看，立馬遞辭呈跑了！我怕我再不跑，老闆先進去，下一個就是我！」

果然，半年後就聽說那家公司垮了。

待董管事走後，賀顯金換了身粗布短打火急火燎往到作坊，正好在門口遇見陳敷。

「沒吃飯吧？」

賀顯金搖頭。

陳敷手裡拿著兩個油浸紙包，遞給賀顯金，「就猜到妳沒吃飯！小稻香的蔥香豬肉包，好吃著呢！」

賀顯金笑了笑，伸手接了，便跟在陳敷後面進了作坊裡頭。

上回她到鋪子來，只在外部的店肆看了帳本，沒進到裡面。

造紙說一千道一萬，是純手工藝活兒，靠的是原料的篩選和匠人手上的技術。

她一個外姓女，獨自進工坊不太合適，怕別人誤以為她有偷師之嫌。

跟著陳敷，就名正言順。

作坊周二狗在，鑰匙一打開，撲鼻而來的是水氣、濕熱，還有草木獨有的泥土腥氣。

幾個碩大的水缸子、數十張竹簾、縫隙透露出歲月痕跡的石槽……裡面冷冷清清的，上回在長橋會館裡見過的幾位姓鄭的小哥都百無聊賴地坐在水槽邊，嘴裡叼著根狗尾巴草。

周二狗一巴掌打在其中一人後背，「少東家來了！」

幾人忙起身，先朝陳敷行個禮，再朝賀顯金鞠一躬。

喲呵，這躬鞠得可真盜實，快九十度了吧！

「臘月年關，坊裡工少，李師傅又沒回來，掌舵的人不在，大家也不是故意偷懶的。」周二狗連忙解釋。

陳敷擺擺手，「別提了，寒冬臘月，年節將至，誰想出工？狗都不想上工，我要不是……」看了眼賀顯金，「我這時候還在小稻香吃八碗呢！」

說實話，前世患有先心的賀顯金一直以為自己沒機會望子成龍，望女成鳳。

不曾想，老天待她不薄啊！

重來一世，竟賜予了她無痛養兒，哦不，是養爹的機會！

雖然有些悶，但賀顯金還是打起精神，「先去庫房看看。」

資金緊張的時候怎麼辦？

可收回外債，可銀行貸款，可發行債券。只可惜，這些通通都沒有。

那他們還剩一條路可以走——清倉換現金。

第七章 畫個大餅

庫房就在石槽後方，壘得厚厚磚石，地板墊高一米，庫房外立八根柱子。

賀顯金上了三步臺階，看周二狗和董管事一人一把鑰匙，一左一右插入鑰匙孔，只聽「喀嚓」一聲，子母鎖應聲打開。

有點鄭重啊！賀顯金餘光不經意往左側窗戶瞥了瞥。

一扇小窗大大開著，明明白白寫著四個字——歡迎宵小。

賀顯金再看了眼那把高端大氣的子母鎖。

咱們就是說，剛剛的操作，主打一個儀式感吧！

賀顯金嘴角抽了抽，拍拍董管事的肩，再指向那扇窗，商量道：「等咱們把帳解決了，給每扇窗釘柵欄吧？」

董管事探頭一看，刷的一下滿臉通紅。

陳敷咬了口包子，哈哈哈，笑得活像失了智。

庫房是值得一把子母鎖，面積比店面大，幾十個楠木斗櫃依序排列，撲鼻而來的是濃厚的花椒味，有點刺鼻。

賀顯金湊近牆壁嗅了嗅，是糊在牆上的椒泥發出的味道。

「宣紙需要乾燥，除了墊高地盤，鋪陳青磚，糊椒泥也有大用處。」陳敷一邊吃包子，一邊囫圇和賀顯金解釋，三口兩口把包子吃完，掏出絹帕仔仔細細擦了手和嘴，才跨進庫房大門。

賀顯金多看了他兩眼，倒不是驚詫於他對宣紙的瞭解，而是他擦乾淨手嘴才進庫房——這戀愛腦，其實骨子裡對紙業仍有敬畏。

有點意思！賀顯金抿唇笑了笑。

庫房裡分了兩個大類別，生宣及熟宣，幾十種小類別，夾貢、玉版、珊瑚、雲母箋、冷金、酒金、蠟生金花羅紋、桃紅虎皮……類別由檀木木片製成分散地掛在斗櫃上。

「宣紙分生熟。」董管事像個婆婆嘴，話開了頭就喋喋不休，「生宣是做成後烘成什麼樣就什麼樣，熟宣則是用明礬等塗過，紙質硬且韌，墨和色不易洇散，用來畫細筆或做卷子都是一把好手。」

賀顯金摸了摸寫著「夾貢」的紙，光滑、細膩卻有點軟綿，應該是生宣，「咱們庫裡如今最多的紙是什麼？」

董管事呶呶嘴。

賀顯金看向堆在角落裡的那一摞……黃紙？

「竹紙唄。」董管事略有嫌棄，「咱們家是做品質的，我前幾天來查庫房就覺得驚訝，竹紙這種東西也不曉得做這麼多摞幹啥？這東西倒也有好的，叫玉扣，四川、福建竹子好，做得多，但咱們家堆的這一摞和玉扣紙扯不上半毛關係呀！」

董管事扯了一張，遞到賀顯金手邊，「妳摸摸看，這也配叫紙？」

怎麼說呢？

董管事這副捧高踩低的樣子就很……刻薄？

平時看上去老實敦厚又穩重自持，說紙八卦的時候，就賤嗖嗖的欠揍樣。

賀顯金笑著摸了把。

好吧，以她淺薄的、膚淺的、片面的，對紙的瞭解，這摞竹紙，是不是屬於後世那群熊孩子練字用的毛邊紙啊？

「為何做這麼多這種紙？」賀顯金笑著問，腦子裡突然浮現出一種可能，「咱們陳家幾個作坊年終做匯總時，是不是要寫今年的產紙量？」

「是，連續好幾年涇縣都遙遙領先，去年好像是做了五萬刀紙。」董管事明白賀顯金意思了，又擺出刻薄的樣子，「噢！這是濫竽充數，自欺欺人哦！」

你這樣很機車喲！賀顯金默默笑起來。

陳敷走在前面，看到什麼，一聲驚呼，「竟有四丈宣！」

賀顯金快步向前走，青磚上鋪著好大一張紙！

賀顯金目測一把，長大概十四、五米，寬有三、四米，紙張米白，肉眼可見的堅韌和厚實！

陳敷眼眶微紅，轉頭看向賀顯金，興奮道：「四丈宣，非國士不可著筆，非名士不可上墨！涇縣這樣小的一個作坊竟然有四丈宣！」

「這是去年三順師傅攏二十餘名造紙師傅，就在前面作坊做出來的四丈宣！做了四天四夜，撈了半刀，如今還剩二十七張。」周二狗說著，眼眶不僅紅了，還含淚，「四丈宣算什麼？李老師傅還在時，咱們家能做六丈、八丈宣呢！一刀紙就一百五十兩銀子！如今李老師傅不在了，再也看不到涇縣百來個造紙師傅一起撈紙了！」

四丈尚且如此壯觀，何況八丈。

一刀八丈宣賣價一百五十兩，合十萬元。

那麼，錢呢？

賀顯金想起帳上那慘澹可憐的一兩一錢，心裡呵呵乾笑，一千兩銀子——訛少了！

賀顯金盤了一圈，心中有了計較，跟董管事耳語交待一番後，午飯就在作坊隨便吃了白水菜和粟米飯，下午陳敷與賀顯金一道去田黃溪。

茶舍臨溪而建，對面就是大名鼎鼎的青城書院，許是午休過後，來往諸生均著細布長衫，睡眼矇矓地一邊揉眼睛，一邊拎著布袋包步履匆匆向裡去。

賀顯金收回目光，便見不遠處來了位面色黝黑，身量矮小，四肢粗壯的中年男子急匆匆地來了。

賀顯金笑著迎上去，「李師傅吧？久仰大名，久仰大名！」

李三順一見來者，一個著粉色綾羅，頭戴寶石頂帽，粉面眉黑的男人，另一個神色冷淡，細眉細眼，穿了身粗布衣服，頭頂一支木簪束髮的年輕姑娘，只覺兩眼一黑，前途無望，絕望地長嘆一聲，「陳家就派了你們兩個來？」

一個紈褲，一個小姑娘？

李三順一屁股坐到木凳上，抹了把眼睛，「二狗說老東家派人來了，要把咱們涇縣作坊做起來！我高興得兩天沒睡著覺，夢裡都在做紙啊！」

李三順無奈地瞥了眼那紈褲。

紈褲剛剛在吃花生，嘴角邊還掛了片花生紅皮。

什麼傻蛋玩意兒！

「陳家對我們李家有恩，我娘是被老東家一根老參救活的，為了報恩，我們一家兩代三口拼死拼活地幹活，可不能這麼欺負人啊！」說著說著，李三順悲從中來，老淚縱橫，「你懂啥？懂吃花生！這小姑娘又懂啥？」

看到李三順拍大腿痛哭，陳敷有些手足無措。

賀顯金摁住陳敷的肩膀，待李三順哭聲漸弱，方冷靜開口，「我不懂做事，但我會賣紙。您負責生產，我負責銷售。我們賣了紙才能有錢，有了錢，我們才能做更好的紙，到時候我給您請一百個幫手，鑿最寬的水槽，做最豪橫的大紙張，必讓您重現八丈宣的神話！」

✣ ✣ ✣

臘月二十，光從東方來，日出微熹，風過處貼有兔子剪紙的紅燈籠打在徽式青磚上，田黃溪邊，五、六人肩扛手提，十來塊木板、幾張裱好的長畫、特製的油紙大傘，沒一會兒便搭起了一個長約五米，寬約三米的棚子，棚子裡高高矮矮立起十來個榆木架子。

棚子就在田黃溪邊，不到百米的距離，是青城書院。

踩著晨光，書生們紛沓而來，路過棚子，不由駐足。

「陳記……盲袋？」

棚子前立起一支高高的桅杆，桅杆上懸掛了捲成一卷的紙作幌子，木桌前斜豎立起一塊做工精良的招牌，上面赫然寫著四個大字——陳記盲袋。

陳記是知道的，在涇縣還算有名。

幌子上的紙卷也是懂的，是陳記紙鋪在這裡擺攤賣紙。

五、六個書生站在棚子前，單對「盲袋」一詞頗有議論。

「說文者道，盲，目無牟子也，我私以為此名頗有道家之風，心亡者忘，目亡者盲，一葉障目則真空中空虛空。」

「張兄所言甚是，老子曾云，五色令人目盲、五音令人耳聾。店家此名，嘖，越想越有風骨呀！」

「是矣是矣，今朝市井書氣漸淡，難得見一經綸好店，吾輩心甚慰啊！」

在編出一篇經義前，「張兄」手拎上學書袋，風度翩翩發問，「敢問店家，何為盲袋？」

賀顯金從木架子後抬起頭，笑出八顆白花花的牙，「就是我們賣的是啥不知道，您付錢，我給您一個牛皮袋子，裡面有十張各色不同的紙。盲的意思就是，您看不著您買的東西。」

那確實挺盲的，這店名也確實挺直白的。

「張兄」旁邊那位「老子云兄」，蹙眉發問，「我既看不到我買的是什麼東西，我為何要買？」

賀顯金笑起來，「妙言至徑，大道至簡，滄海桑田，萬物芻狗，君知前路幾何？又明路在雲中？霧中？雨中？山中？如事事盡知，豈無趣？」

身後的周二狗偷偷問董管事，「賀帳房是啥意思？」

董管事面無表情，「意思是，別管那麼多，買就是了。」

周二狗敬佩地點頭，「怪不得人家是帳房。」

推銷都推銷得這麼有文化。

董管事想起昨天陳宅裡被翻了個底朝天的藏書屋，一言難盡地看了賀顯金一眼。

她竟然能把剛背的詞說得這麼順溜，涇縣作坊，充滿發展的希望啊！

「老子云兄」細想了想賀顯金的話，覺得說得很有道理，略頷首道：「看不出來您身為女子，也讀書！」

再好奇地看了賀顯金身後的木架子，上面密密麻麻重疊擺放數十個牛皮紙袋，厚薄大小均一致，「十張紙一個袋子？」

賀顯金維持著八顆牙的笑，「是勒！袋子裡裝的紙都不盡相同，有些是玉版，有些是夾貢，有些是竹紙……」說著，左右看了看，壓低聲音，「有的牛皮紙袋裡，還裝了四丈宣和徽州澄心堂紙！」

四丈宣！幾個「兄」興奮對視。

這他們知道，四丈宣，一刀五、六十兩銀子呢！

山長就有一幅《春分竹雨圖》是用四丈宣畫的！嘖嘖嘖，那氤氳，那韌感，那溫潤的手感——雖然他們沒摸過，但誰也不能阻擋他們想像！

「張兄」目光灼灼，跟隨賀顯金壓低聲調，「那您一個袋子賣多少錢？」

賀顯金左手一抬，將一張製好的木刻版翻開見光，「一袋一百二十文。」

一百二十文！

可不算少了，一斗米才八十文呢！

可這個價，和紙價比起來，其實也不算啥了。

一張三省紙價值二十文，新管紙每張十文錢，竹下紙每張五文錢。

一個袋子十張紙，但凡開出一張值錢的玉版或是更值錢的澄心，甚至直接開出一張四丈宣！

那這一百二十文錢，簡直不值一提！

價值翻十倍，不對，翻百倍啊！

「張兄」眼神更亮了，正想掏銀子，卻被身邊那位「心甚慰兄」撞了胳膊肘。

「萬一你袋子裡全放的竹下紙呢？竹紙一張不過幾文錢，十張也才五十文，你賣我一百二十文，我豈不吃虧？」

賀顯金看了眼「心甚慰兄」，袖口泛白的夾襖，凍得略有血絲的面頰，站在「張兄」旁邊明顯清瘦的身材……這一看就不是「盲盒」的目標客群。

但……每個人都是客戶，都可以是客戶。

莫欺少年窮，這句話對經商人同樣適用。

誰都有可能失敗，同理，誰都有發跡的機會。

賀顯金依舊露出八顆牙，「我向您保證，您目之所及的五百個牛皮紙袋裡，必有不少於一百張的夾貢、構皮紙及同等紙張，不少於五十張的珊瑚箋、灑金、桃花紙及同等紙張，不少於三十張的二丈宣……」

日光漸盛，棚子前聚集的青城書院學生漸多。

周二狗把木刻版均依次放出。

三三兩兩的人群被「盲袋」二字吸引，圍攏看木板上的字。

賀顯金將聲音放大，「兄臺買的袋子裡有什麼，我不敢斷言，但我能保證我所言非虛。您要這麼想，或許您比較幸運，買的第一個牛皮紙袋裡就夾著一張四丈宣呢？」

圍觀的人多起來。

賀顯金的眼神多落在外衫著細綾的「張兄」身上，鼓勵道：「一袋一百二十文錢，不過是您一日的飯錢，您若得了四丈宣，將心愛的詩詞畫賦都落在這紙上，等您來日高中，我們陳記必定花大價錢把您手裡的四丈宣買回來裝裱收藏呢！」

眾人的目光就齊刷刷都落在了「張兄」身上。

「張兄」頓覺有些飄飄然。

清瘦的「心甚慰兄」又撞了一下「張兄」胳膊肘，「就算您真放了好紙進去，但您藏起來不給我們，我們不也拿不到？」

賀顯金右手一抬，從架子下方拿了個木箱子出來，雙手搖了搖木箱子，裡面發出「刷刷刷」的聲音。

「五百個袋子，五百個號！一百二十文抽一次，抽中什麼號，我給您什麼袋子！」賀顯金笑得爽朗，「這樣操作，您看還有使詐的空間嗎？」

人越多，賀顯金聲音越大。

少女語聲清脆，恰似晨曦的光。

「咱們做生意，最怕的就是玩不起！年節將至，寫賀詞、做版畫、書好詩，都需一張好紙！陳記既敢拿四丈宣來做生意，就不怕輸不起！只要你買得夠多，拿到四丈宣的機率就越大！」賀顯金笑起來，素日裡細長清淡的眉眼瞬間被和煦與明媚沖淡，「一百二十文，買不了吃虧，買不了上當，貨真價實，童叟無欺呢！」

「張兄」一生要強，在花錢上，從沒認輸過！

現在不買，回家難眠！

早買早享受，不買享不受！

啪！「張兄」一巴掌摸出半貫錢，「給我來四個袋子！」順便再豪氣地加上一句，「剩下三十文，不用找了，送您買糕點吃！」

找零是二十文啊！賀顯金在心裡尖叫。

半貫錢，五百文，四個袋子四百八十文，應當找零二十文。

賀顯金一言難盡地撫撫額，看了眼不遠處的青城書院，這學院的教育水準不太行啊！

「張兄」給了錢又抽了號，周二狗對照著拿了四個牛皮紙袋出來，賀顯金恭恭敬敬地遞上，「您看是現在打開，還是回家打開？」

「現在開！」人群裡看熱鬧的起鬨。

「張兄」搓搓小手，接過賀顯金遞過來的裁紙刀，打開第一個袋子，一張紙一張紙掏出來！

竹紙、竹紙、竹紙、竹紙、竹紙、竹紙，前六張全是竹紙。

人裡三層外三層越圍越多，幾十雙眼睛盯著「張兄」掏紙，有好事者笑起來，「虧了虧了！

一張毛邊才三文！張文博張大公子，花了一百二十文買毛邊！哈哈哈，你爹知道了，一準回去抽死你！」

張文博臉發紅，梗著脖子，「胡說啥！我爹頂天抽我兩三下，可捨不得抽死我！」

賀顯金無語，這種回嘴，真是軟弱啊！

張文博掏紙的動作沒停，九張，全是竹紙。

董管事不由自主地握緊周二狗的衣角。

周二狗不明所以，「全是毛邊不好嗎？咱們不是淨賺嗎？」

「賺個屁！第一個開出來的就全是賠錢貨，咱們五百個袋子，還有誰會買？砸手裡了！」

董管事急得臉上發白，再看賀顯金，小姑娘面色如常，眉開眼笑的，看起來貼心貼肺又人畜無害。

「真穩得住啊！」董管事感嘆一聲。

張文博漲紅一張臉，掏出最後一張紙。

最後一張紙，是一張一掌寬的淺絳色紙單。

賀顯金在心裡長長呼出一口氣，語氣誇張道：「您看看上面寫了什麼！」

張文博大聲念出來，「灑金六尺宣一張！」

賀顯金笑起來，「恭賀您，是一張很好的紙呢！今年過年您府上的賀詞與年詩，有了！」

再揚起聲音，面向人群，「因牛皮紙袋大小有限，寬窄稍大的好紙，是以各色紙單的形式放進牛皮紙袋，諸位兄臺若是開出了色卡，請攜記有編號的牛皮紙袋和色卡至水西大街陳記紙鋪兌換！兄臺若人貴事忙，我們陳記也提供送貨到府服務，您托人招呼一聲，我們陳記隨時送紙至府上。您若有什麼想一併買的，也可提前知會，我們必定備得妥妥貼貼。」

張文博趁手氣好，將剩下的三個袋子全開。

四個袋子，共計三十一張毛邊，三張玉版，三張夾貢、兩張蘭亭蠶紙和一張最值錢的灑金六尺宣。

讀書人裡亦有鄉間田頭苦出身，從沒見過這麼多好紙。

張文博每開一袋，便引來「哇」聲一片，很有稻香的感覺。

張文博出夠風頭，給「心甚慰兄」分了毛邊和一張蘭亭蠶紙，給「老子云兄」分了玉版和夾貢，又掏了半貫錢買了四袋，並向賀顯金再三確認，「晌午你們可還在？」

「在在在！您想我們什麼時候在，我們就什麼時候在。書院臘月二十八放假，我們就一直在這兒擺到臘月二十八，但每天就五百袋，您知道的，這紙業的事和別的不一樣。別的吃的用的，買了就買，這紙買了，用好了是千秋萬代都能看見的！」

宣紙有「紙壽千年」的美譽。

張文博開心地使勁點頭，「我先讓小廝回家取錢，我爹要知道我花錢買紙，搞不好還能再賞我幾吊錢呢！」

賀顯金笑得越發真誠，由衷地讚嘆，「風裡雨裡，陳記等您！」

人群最外層，有人發出一聲低沉的悶哼笑聲。

「寶元，你笑什麼？」低沉笑聲旁的男子笑問。

被稱呼為「寶元」的男子，額闊頂平，雙睛點漆，眉目極濃，鼻挺面白，身形頎長，骨架適中，看上去叫人賞心悅目，極為親切。

看上去親切，話卻略有稜角。

「我一笑小兒狡黠，二笑學生魯鈍，三笑雕蟲小技博開心。」

喬寶元，大名喬徽，手拎與張文博一摸一樣的書院書袋，眉眼生得濃，神色卻有些淡，「你看，咱們博兒多開心呀！」

旁邊書生也跟著笑起來，「開出六尺宣，還有好幾張不錯的紙，該他開心。不說別的，陳記的紙是好的，也貴，他連鄉試都還沒過，素日裡也沒用過什麼好紙。」

喬徽搖搖頭，「這筆帳，細算不了。」

四個袋子，四百八十文，一張毛邊五文錢，三十一張共計一百五十五文，夾貢、玉版是一個檔次的紙，算作十文，共計六十文，蘭亭蠶紙兩張共計四十文，最值錢的六尺灑金宣，便算作三十文，總計一共不過二百八十餘文。

張文博多拿了兩百文，買了個開心。

陳記推出的「盲袋」賣的不是紙，是購買時衝動的快感，開袋時的忐忑和開出結果後的遺憾或狂喜。

簡而言之，「盲袋」賣的是感覺和癮。

越買越想買，越開越想開，總以為自己下一個袋子，能開出更好的東西。

購買「盲袋」到最後壓根兒就不在意什麼是好紙，而是追求的那點不確定。

這和賭沒有什麼區別，唯一的區別是，這個讓你有回本的可能，甚至讓你覺得自己賺大發了。

喬徽雙手抱胸，隔著人群遠遠看向棚子裡那位明顯的主事人——面生的小姑娘。

細長上挑的眉眼，高挺的鼻梁，小小的淡色唇，非常清冷的長相，卻透露出蓬勃旺盛，向上使勁的生命力。

有種奇怪的衝突和美。

「陳家不是派了他們三爺回涇縣嗎？」旁邊書生小聲嘀咕，「這姑娘怎麼像當家的？」

喬徽收回目光，「姑娘為何不能當家？你實屬迂腐！走了走了，夫子凶猛，到時罰你三百篇經義，全寫毛邊。」

張文博開了個好頭，囊中有閒錢的圍觀書生幾乎都買了袋子，囊中羞澀的書生一臉羨豔地看著同窗們此起彼伏的吆喝聲和起鬨聲。

一個身材瘦小的小童，臘月的天穿件舊得起毛的棉布衣裳，巴在棚子木柱上，目光渴望地望向棚子裡的熱鬧。

賀顯金的目光與小童撞在一起，怔愣片刻後，小童飛快跑掉了。

「賀帳房，我要兩個袋子！」

「來了來了！」

有書生趕時間，催促賀顯金，賀顯金應了一聲，收回視線，趕在青城書院晨鐘敲響之前結束這個忙碌的清晨。

「二百三十個、二百三十一個、二百三十二個……」周二狗埋頭蹲在地上，照笨辦法數木架上剩餘的牛皮紙袋，頭一低，背一躬，雄壯又寬闊的後背像座山似的。

「還剩二百三十二個，咱們一早上賣出了二百六十八個！」周二狗眉飛色舞，「天啊！那些紙放在庫房裡快兩年了，咱們不過是加了個袋子，做了幾塊板子，竟然把紙給賣出去了！哈哈哈！」

真是個容易快樂又精力旺盛的單純肌肉男。

賀顯金優雅的癱坐在凳子上，狀態挺好的，除了喉嚨有點沙，扁桃體有點痛，嘴巴有點乾，抱著茶杯狠狠灌了兩口熱水才舒服點，「等會兒咱們吃了早膳，再回去裝五十個袋子。」

熱水劃過喉嚨，賀顯金舒服地發出一聲喟嘆。

做現場銷售真的累，腦子和嘴就沒休息過，雙腿杵在原地就沒坐下過，笑得臉都僵了。

賀顯金捏捏嘴角，鬆快下頜，嘟囔著確認，「董管事，青城書院約有三百童生和五十五名秀才，對吧？真有那麼多嗎？」

她記得，朱元璋時期，給一個縣的秀才指標每年是二十個。

董管事也在仰頭猛灌水，四十歲的人了，他發誓他這輩子沒說過這麼多話，也沒聽過那麼多方言！

官話裡夾雜著形態各異的方言，鳳陽府、滁州府、廬州府，甚至還有江西的！還有個學生說的話，像鳥叫似的，嘰嘰喳喳。

他一問，得勒，溫州府的。

他一早上，除了「您慢點說」就是「勞您再說一遍」，便也沒別的了！

董管事嚥下水，「青城書院算是咱們南直隸人數較多的書院，咱們府學風昌盛，喬山長探花郎名聲在外，故而不僅咱們本府及鄰近府的學生喜歡來此求學，甚至其他布政司的學生也會送到青城書院來。等考試的時候再接回去，中考率可大大提升。」

這是變相的孟母三遷啊！

賀顯金無語，讀書移民真是哪朝哪代都存在。

「故而四百餘人這個數目，應是準確的。」

賀顯金把水杯放下，想了想，沉吟道：「那中午回去，直接再裝一百袋來，咱們今天爭取保五爭六。」

董管事咋舌，這膽子也太大了！

青城書院，頂天也就四百個人，把夫子都加上，也不過四百五十餘人。

這算是每個人都要買一袋？怎麼可能！

書院裡一百人裡至少有三、四人是在各地特招的學業非常優異，潛力非常巨大的貧家子。這部分人，是不可能花錢來買貴紙的。

董管事抹了把額間的汗，「會不會太多了？若是天上下雪了，咱們賣不完，紙染了水氣就潮了，對紙不好。」

賀顯金篤定點頭，「就這麼多，您信我，能賣完。」

銷售，有的做的是大路生意，做人流量的，流量大生意就好；有的做的是回頭生意，一份東西不一定賣每個人，而買過的人必定還會再買。

這裡面的邏輯涉及顧客黏著度。

而製造顧客黏著度的，一是精準切入需求，二是提升產品與顧客的互動。

小姑娘神色淡定，語氣卻異常堅定。

董管事不由想起前日那場「接風宴」，這個小姑娘提出賣存貨、回現銀，李三順堅決不同意，指著陳三爺的鼻子罵，「咱們做的紙是真的值錢啊！夥計寒冬臘月刮樹皮，甘坑、蜜坑二水泡皮！曬、錐、碾、壓、撈，夥計們用皮肉在做紙啊！咱們的紙不能賤賣，賤賣一次，就再也貴不起來了！」

這李老頭真的太倔了。

前一瞬，還在跟陳三爺哥倆好，你一杯我一壺。

後一瞬，就指著鼻子罵他敗家，不惜才也不惜材。

老頭兒以為賀顯金口中的「賣存貨、回現銀」是要賤賣存紙。

誰知，就這個纖弱蒼白的小姑娘，當場把一整杯桃花醉乾了，然後面不改色心不跳地把杯子往地上一砸，指著滿地瓷片發毒誓，「我這輩子若是蹧蹋好東西來換錢，我賀顯金如此碎片，死無全屍！」

老頭兒噤聲了，不止噤聲了，連酒都不敢喝了，他們當時都以為這姑娘在說大話。

清存貨，快速清存貨怎麼可能原價出？

資金想回流，只有壓低價格，讓別人撈一筆，才能用貨換錢。

妳不壓價，別人憑什麼幫妳清？

周二狗在拿了這小姑娘三年工錢後，對這姑娘是死心塌地的。

吃了「接風宴」，陳三爺醉得糊裡糊塗，乾完一整杯桃花醉的賀顯金出了房間十分清醒地和周二狗打商量，「勞煩狗哥從庫裡找六百張牛皮紙，咱們熬夜疊成書信袋子的模樣，用漿糊封邊。再請鄭家哥哥們和我一道把庫裡的紙徹徹底底盤點清楚，按種類與品質登記入冊，數清楚每種紙張的數量。」

沒叫他做事，他心裡抓心撓肝的，主動湊上去攬活兒。

「嗯……董管事您是咱們當中，年資最久的紙行人了，勞您輔佐我認一認，每種紙張的成本價與市場價。」

「市場價是什麼？」

「就是賣出的價格。」

懂了！

緊跟著他與賀顯金、周二狗、周三狗、鄭家四兄弟，連夜連日清理庫存。

將好品質的紙按照八十文一張、六十文一張、五十文一張、四十文一張、三十文一張的賣價清理出五個檔次，分別冠以漢玉白、梔子黃、落霞紅、海青青、品月藍五色，並找到相熟的印染作坊做了六十張一掌寬的色條。

在他認真排檔的同時，賀顯金拿著她那奇形怪狀的竹管筆，找了張硬紙，密密麻麻寫了好多他看不懂的字。

有「X」，有「Y」，還有「Z」，彎彎曲曲的，不曉得是個啥，反正就是這麼個形狀。

賀顯金算了一夜，拿著算出來的紙指揮他們一個袋子放多少張便宜紙，又放多少張好紙，又如何擺放那六十張色條。

他看不懂了，指著紙上像蚯蚓一樣的「Z」問賀顯金，「這是啥？」

賀顯金實在是睏迷糊了，隨口答道：「這是天元術。」

天元術是中國古代的代數學方法之一種，是中國古代建立高次方程的方法，她實在是累得無法思考了，也不管這個朝代有沒有天元術？董管事能不能理解？

幸好董管事喃喃複述一次，沒有繼續刨根問底。

第八章 雕蟲小技

如董管事所料，過了日暮，果然下雪了。

白雪灰天，飛簷紅瓦之下，喬徽背著手，彎腰低頭看著書院門口棚子外，新立出的木刻板，上面寫著新的規則。

集齊漢玉白、梔子黃、落霞紅、海青青、品月藍五色條者，贈六丈宣一張。

集齊任意四色條者，贈四丈宣一張。

集齊任意三色條者，贈二丈宣一張。

集齊任意兩色條者，贈流雲金粟紙一張。

以上規定長期有效，歡迎選購。

喬徽慢慢直起身，沒想到陳記竟使用了天元術計算，來確保自己的利潤！

嘖，他彷彿看見了他們博兒傾家蕩產的命運。

「這位兄臺，您要買一個牛皮袋子嗎？」

一把略帶嘶啞的女聲，像落在嶙峋山石上的薄雪，被石頭的縫隙撕開原有的輕柔。

喬徽抬頭。

青布油紙傘下，少女著深棕夾襖，木簪束髻，眼眸清亮，鼻頭挺翹，下頜小小巧巧，身邊擺著一個算盤。

喬徽竟沒有絲毫詫異，懂得天元術的人會敲算盤，有什麼奇怪？

只是奇怪，這世間女子多像籠中牡丹，像水中菡萏，像雪中紅梅，像夜中丁香，或豔、或清、或雅、或淡——都是花。

唯獨這個少女，像棵樹。

一棵至寒凜冬，不落葉，不枯黃的冬青樹。

不過，像樹、像草、哪怕像棵仙人掌，都跟他關係不大。

「不了。」喬徽雙手背後，「沒有人能拿到六丈宣，這種莊家穩贏的局沒意思，我這種散戶沒必要為莊家抬轎。」

「若您輸了，您賭什麼？」賀顯金笑起來，露出標準八顆牙。

喬徽蹙眉。

賀顯金重複一遍，「您剛說沒有人能拿到六丈宣。若有人順利拿到六丈宣，您想賭什麼？」

少女語氣溫和，但態度篤定。

喬徽再掃一眼木刻版，必須湊齊五張色單，才能兌換一張六丈宣。

從今天書院開出的袋子來看，只有張文博並另八個買了十幾袋子的童生開出了有顏色的色單，且都是排位後三的紅、青、藍。

近三百個袋子，開出十餘張色單，是三十有一的概率。

其中排名第一的月白色還沒現身。

鬼知道，月白色的概率又是多少？

搞不好是一百有一！誰能在八天內湊得齊？

喬徽揚了揚下頷，眉梢間帶有一絲了然與傲氣，「袋子總數幾何，各色色單幾何，都是您定的。規則您定，您自然最清楚怎麼獲勝，這個賭我同您打，不算公平。」

喬徽笑了笑，露出幾分少年氣狂，「同樣，您在書院做莊，拿一個根本贏不了的賭約，把書生們耍得團團轉，也不算公平。」

賀顯金側頭，不著痕跡地打量喬徽。

松江布、夾棉鞋，拎著和旁人一模一樣的書袋，和書院其他書生沒有任何區別。

除了這張臉過分清俊，氣質頗為難搞和桀驁之外。

這屬於古人觀念與現代行銷的交鋒。

賀顯金眼珠子一轉，笑出十顆牙，「這樣吧，我告訴您一個鐵定能拿到六丈宣的法子，您支持陳家的生意，買一個袋子也好，兩個袋子也罷，都算緣分，您看行嗎？」

鐵定能拿到？

換種說法，就是這個天元術的解法。

這個袋子不值一百二十文，但這個答案值。

喬徽想了想，從袖中掏出一小吊錢放到桌上，「願聞其詳。」

賀顯金先把錢摸到手裡，隨手從櫃子裡抽了個袋子出來，推到喬徽跟前，「很簡單，把我們的袋子，全都買下來！您全買下來了，自然能湊齊五色單了！」

喬徽一時無語。

果然是無奸不商。

就算會做天元術的商，也是奸的。

就算像棵冬青樹的商，也是奸的。

喬徽埋了頭，深吸一口氣。

你不能說她錯，因為她沒錯。

當基數夠大時，概率自然變大，這是格致裡最簡單的內容。

但「都買下來」，這顯然不是他想要的答案。

賀顯金見書生懋悶，便遞了杯茶過去，「我沒想捉弄您，只是您似乎對陳記這樣的賣貨手段有偏見，我便不自覺地想懟上一懟。酒香不怕巷子深，這個老話沒錯，但若是香酒不在深巷在淺巷呢？是不是有更多人聞得到？買得到？陳記同理。我們兢兢業業做紙，勤勤懇懇買賣，未曾坑蒙拐騙，沒有背後設局，更沒有愚弄書院書生，我們只是透過一些小手段讓更多的人知道陳記罷了。」

賀顯金壓低了聲音，「您說不可能有人拿得到六丈宣，我便把話放在這兒，必定有人能拿到。我們的規定是集齊五色單，但沒有規定只能由一人集齊五色單啊！色單可以交換，可以贈送，甚至可以買賣，拿到六丈宣的概率雖然小，但絕不是沒有。」

喬徽深看了賀顯金一眼，雙手背後再打量了棚子一遍後，抬腳欲離。

「您請留步！」賀顯金高聲招呼。

喬徽轉過身。

「您的盲袋。」賀顯金將牛皮紙袋畢恭畢敬地遞過去，「陳記雕蟲小技，您莫放在心上。」

喬徽在原地耽了兩息，接過牛皮紙袋，挑了挑眉，在賀顯金耳邊低聲道：「李老師傅在寶禪多寺遇難後，整個涇縣再無六丈宣面世。姑娘既篤定有人能湊齊五色單，那您從哪兒拿出六丈宣？」

這回輪到賀顯金嘴角抽抽。

這人真煩，哪兒痛，戳哪兒！

喬徽說完，便嘴角含笑揚長而去。

咚——咚——咚——書院暮鼓敲響。

不一會兒，書生們背著書袋三三兩兩下階梯，遙遙看到陳記棚子前又擺出一塊半人高的木刻版。

張文博很激動，三步併作兩步走，埋頭先看，看到「六丈宣」三字時，五官一陣亂飛，激動地揪住旁邊人的衣角，再看集齊五張色單，五官便擠在一起。

短短幾分鐘，張文博的五官大開大合，非常忙碌。

「六丈宣！」張文博像隻尖叫雞，「好久好久沒聽說過六丈宣了，陳記這次真是大手筆了！要真有人拿到六丈宣，一定記得給我吸一吸啊！這些年，我們淮安府上貢的貢品就是八丈宣！八丈宣是聖人御用，六丈宣是吾等讀書人這輩子能用到最名貴的紙了！」

「淮安府還能做八丈宣!?」有人提出質疑。

「別瞧不起淮安府！我們那兒做紙的福榮號雖不靠烏溪，未有甘泉，卻也十分勤懇，前些年每年都有八丈、六丈宣出產，後來福榮號老東家過世後才斷了這脈傳承！」

「吹牛吧你！淮安府，窮窮窮！」

「你你你——」

樓，徹底歪成地域攻擊。

張文博推開擁擠的人潮，擠到賀顯金跟前來，從袖中掏了兩個色單，仔細比對了，嘴裡喃喃，「我手裡有紅色和青色，我還只需攢上三色就能兌換，是嗎？」

張文博眼中有股賀顯金熟悉的，未經過社會毒打的單純愚蠢。

賀顯金點點頭，笑得真誠，「我同您說句悄悄話——張兄，我是最看好您率先兌出六丈宣的！」

賀顯金這頭剛鼓勵完張文博，那頭便被其他人匆匆叫走，獨留被點亮的清澈而愚蠢的目光，異常堅定。

張文博手裡攥著已有的兩張色單，炯炯有神，「再給我拿三十個袋子！」

他都湊了兩張色單了，難道就此放棄，功虧一簣？

不，絕不！

地主家的兒子，永不言棄！

如果是動漫，張文博的後背已燃起熊熊的戰鬥烈火！沉睡的中二魂吹響覺醒的號角，奇怪的勝負慾搶佔思維的高地！

這張文博一連七、八日都來，也不和賀顯金寒暄，吊子錢左手給，牛皮紙袋子右手拿，一手交錢一手交貨，悶聲做買賣，一看就是憋著一股氣。

賀顯金悄聲問董管事，「這位張兄，是什麼來歷？」

可別被薅禿了！

「淮安府清凌鎮大地主長子，家有良田三千畝，七個山頭，還做著淮安府的茶葉生意，您放心。」

毛很多，還能薅。賀顯金放下心來，安心使勁薅。

如張文博一般燃燒自己，點亮陳記的書生不多，但出手闊綽的還真不少，有的金主爸爸一出手就是二、三十個牛皮紙袋子。

金主爸爸們年紀不同，小的七、八歲，大的十四、五歲，高矮胖瘦各有不同，唯一的共同點是，家底雄厚且學業上還存有巨大的進步空間。

咳咳，畢竟哪個學霸有空玩集卡牌遊戲啊！

✣ ✣ ✣

正月前，臘月間，年節放假在即，學生本就沉不下心，如今一新鮮玩意兒橫空出世，青城書院課間、午憩、食午間大家談論的話題三句話不離陳記的牛皮紙袋子和裡面姿容各異，做工精良的宣紙。

山長喬放之端了盅白毫銀針茶，於庭院中，聽二書生議論著珊瑚箋與夾貢的區別，不由心下大慰，「書生論紙，便如老僧論道，更如大將惜器，咱們書院的學生總算拎得清，心頭有學業正事啦！」

跟在身後的喬徽不知道怎麼表達，才不會傷害老父親的心。

狗屁愛紙談論學業，明明就是被一場還算高明的算數套住了。

本質上，就是上了癮要賭一把啊！

我的爹啊，您的學生在沉淪啊！

喬徽輕哼一聲，將陳記在書院門口擺攤並設下「盲袋」和「集色單」的把戲一五一十說了出來，「設計還算精巧，學生們先被彩頭誘惑，再被挑起爭勝之心。如今有好幾個學生在湊五色單，淮安府的張文博、旌德的孫順、江西的武大郎，這幾個咬得緊，好像都志在必得。」

喬放之端著茶盅愣了愣，把這事在腦子裡想了想，方哈哈大笑起來。

「有意思，還真有意思！古有商聖范蠡，定陶巨富，三散家財；秦有呂不韋，奇貨可居，低買高賣。小小涇縣竟有此商賈，心思精巧，擅將錢做活，實乃小城之幸啊！」

喬放之話到最後，滿眼喟嘆。

什麼叫活錢？在市場上，不斷流通的錢，就叫活錢。

簡言之，能用出去的錢就叫活錢。

反之，被極小部分人死死攥在手裡的大部分錢，就叫死錢。

凡經濟昌盛，市場繁榮之地，均活錢多，死錢少，唯有如此，方可得百家爭鳴，安居樂業，學風盛行。

沒有金錢支撐的地方，就是一片荒土，再好的種子下地，也只能結出貧瘠的果實。

前朝覆滅大半的原因是小部分人太過富有，且不許其他人富，更不許其他人富過自己，對商賈極盡打壓欺辱之事，致使白銀、好物外流，國庫日漸空虛。

喬放之收回思緒，在心裡定好明年經義的考題——致天下之民，聚天下自貨，交易而退，各得其所義。

「你買了嗎？」喬放之啜口茶，「我兒既看透此間奧祕，必知商賈為商，百利為上。尋常人在賣家手上難得其好，我兒必沒有浪費錢財，一定是冷眼旁觀，心頭倨傲，暗自稱買者為蠢人……」

「我買了。」喬徽抽抽嘴角，面無表情地截斷老父後話，「我買了一袋，那姑娘著實可惡，三言兩語就誆騙我掏錢。」

什麼？他這自詡絕頂聰明人的兒子，居然被人誆騙上了當！

喬放之在愣怔片刻後，抽動鬍鬚放聲大笑起來。

這笑聲，傷害性不大，侮辱性極強。

喬徽別過臉去。

喬放之笑得臉色漲紅，看長子面色實在難堪，便右手暗自掐了把胳膊，笑意吞在喉嚨，「那……你袋子裡都有什麼？」

「我沒看，從機率來看，不過是些玉版、夾貢的尋常紙張。」

打不打開看，意義都不大。

其實實話是，這袋子見證了他被那姑娘誆騙欺哄的全部過程，簡直是奇恥大辱！

他一回家就把袋子壓箱底了，打開是不可能打開的，這輩子都不可能打開。

喬放之聳聳肩頭，不置可否，笑著把茶盅遞給長子，「你素來倨傲，雖也有這個本錢，七歲秀才，十三歲舉人，一路一帆風順，但為父又要老調重彈，山外山，人外人，一個姑娘就能用算術將這群號稱南直隸最聰明的讀書人哄得掏錢掏銀，更何況廣袤大地萬萬人。」

喬徽低著頭，心中默念，「謙卑，含容，心存濟物——」

喬放之見長子油鹽不進，便笑著敲他後腦杓，「你呀你，總要吃個大虧，跳個大坑，才知為父所言真切啊！」

喬徽什麼時候吃大虧，尚未確定。

董管事卻一直瑟瑟發抖，甚至覺得他們的攤子一定會吃個大虧，被人一把掀翻！

這幾日，托集色單的福，攤子的生意一直很好，他們裝了八百個袋子，不到八日均銷售一空，連帶著鋪子裡的生意都旺了起來。

昨夜他粗略算了算，從臘月二十至今臘月二十八，售賣牛皮袋子收入九十六兩，鋪子賣出刀紙每日便有二十餘兩。

八日的收益，快抵上了涇縣作坊四、五個月的營收。

收成越好，他越心驚。

原因無他，木刻版上，集齊五色單可兌換的彩頭他們沒有啊！

六丈宣，他們早就失傳了！

不僅他們，連整個涇縣怕都找不到一個人會做！怕都找不到一張在售的六丈宣！

八百個袋子全賣光了，總有人湊齊五色單，到時候人家拿著五色單來兌換，他們給什麼？

給一個燦爛的微笑嗎？

董管事擔憂問道：「咱們把六十張色單全都放進袋子的吧？」

賀顯金淡定點頭，「自然放了的，咱們是做生意，又不是詐騙。」

董管事撓撓頭，四十歲的人了，本來就禿，這幾天焦慮得頭頂毛更少了，「那要是有人來兌換，咱們怎麼辦啊？」

賀顯金停下撥打算盤的手，想了想，「目前不會有人來兌換。」

「為何？」

「拿到唯一一張月白色單的人，暫時不會打開袋子。」

等他打開袋子，都過完年了吧？

過完年，學生們返回書院，她也找到六丈宣了吧？

臘月二十八後，日夜飄雪，青城書院放了年節，陳記「盲袋」順勢勝利收官，賀顯金花了兩個時辰教授董管事怎麼打算盤。

四十歲的地中海中年男性把「二一添作五」、「逢十進一」、「二下五去三」等小學功課奉為圭臬，摸到門路後，毫不猶豫地拋棄了小棍棍。

賀顯金、董管事兩人分別對帳再合帳，不刨開成本，這八日共計收入一百八十七兩四錢銀子。

七、八天賺了十來萬塊錢呢！

賀顯金有些興奮，埋著腦袋扒拉算盤又算了一次，確確實實是賺了這麼多錢！

重生快一個月，賀顯金一直像活在夢裡，如今見到白紙上明明白白的黑字，寫著盈利數額，賀顯金方有了些真切的，非夢的感受。

董管事也激動，頭頂幾根毛隨風搖曳，「店鋪租金正月十八到期，一月十兩，合一百二十兩銀子，咱們把這筆錢先刨開，夥計們的紅封共算十兩銀子，咱們手裡還有五十餘兩銀錢可供支配。」

呃……瞬間還剩不到三分之一！

賀顯金的激動之情也剩下不到三分之一。

前世，大學生幾乎人人都有個創業夢，如今她開店做生意，才發現壓力真的很大，每天一睜眼就是花錢，賺再多的錢，帳面的流水再厲害，一轉身全給出去，啥也留不住。

賀顯金和董管事二人一合計，決定用剩下的銀子趕在歲除前先去安吳和丁橋把稻草收了——李三順念了好幾遍青檀皮還能頂幾天，稻草料卻是不夠了，最多還能製三十刀紙！

賀顯金以前壓根兒不知道做紙還需要稻草，她一直以為樹皮就夠用了，誰知李三順把她拉到水槽前上了一堂課，「青檀皮是宣紙的骨頭，稻草則是宣紙的肉！皮多則紙性堅韌，稱淨皮宣。草多則紙性柔軟，稱棉料宣。幾成檀皮配幾成稻草，這玩意兒是手過的巧勁兒，熟工師傅一摸，嘿！就知道這裡頭的門道！」

老頭兒說起做紙，笑得一臉褶子，像在炫耀自家得意的傳家寶。

賀顯金看他，心頭湧上幾分說不清的情緒。

大家的人生目標都好明朗啊！

周二狗日日放在嘴上的是攢錢換輛牛車——這大概是現代年輕人有錢就想換輛車的概念。

董管事做了半輩子的副職，如今想走異地升遷這條路，跟著陳敷在涇縣打幾年江山再空降回宣城做陳家總管事，如果能把幾個兒子都撈進陳家混個鐵飯碗自然更好——這大概是現代中老年男性臨退休前，最後一博。

至於幾個鄭姓小夥子，目標一致且明確，攢錢娶媳婦兒，早娶媳婦早生子——嗯……這種樸素的願望在現代很難找到對照。

畢竟賀顯金這一代人，都信奉早生孩子早享福，不生孩子我享福。

大家都知道自己的人生該何去何從，唯有賀顯金不知道，她好像一直在被推著走。

她究竟想做什麼？

富甲一方？橫行霸道？還是酒池肉林，醉臥美男膝？

前行至安吳的騾車緩慢顛簸，賀顯金靠著車壁，面前擺了一本《天工開物》，腦子裡數條線交錯雜糅，攪在一起，一團亂麻。

「咱們若有空餘，天堂寨的小吊酒配糟鵝一定要去試試。」陳敷興致勃勃。

噢，還忘了一個陳敷。

這戀愛腦也沒啥人生目標，吃吃喝喝、玩玩樂樂，據說在他們風風火火製盲袋之際，這位年近不惑的戀愛腦把涇縣城池裡的酒家快要嚐遍了，還非常有心地做了個排名，把四十九間酒家分為甲乙丙三等，按照食味、食氣、食質挨個兒排位。

賀顯金為啥知道？

因為這戀愛腦企圖從庫房拿十張四丈宣，「方便做記錄」。當然，結果是被董管事一把鼻涕一把淚地委婉拒絕。

不知道說什麼好，為戀愛腦的鬆弛感乾一杯吧！

賀顯金眼神從《天工開物》移開，端起茶盅喝了口水。

「明天歲除，咱們這次日程有些趕，下回咱們專門去吃，您看可好？」

面對董管事的恭敬態度，陳敷就只能閉嘴，擔心多說一句，這老傢伙的鼻涕眼淚又要往他身上擦，轉身撂開車簾看向窗外，「咦」了一聲，「那姑娘不冷嗎？」

賀顯金順著他的目光望過去，見不遠處的稻田裡有個身影，穿了件單衣，單褲撩至膝間，赤足站在水田裡打理秧苗。

是個姑娘，年歲不大，天還在飄雪，渾身上下濕透了。田壩頭站著兩個穿夾襖的男人，也不知在說什麼，嘻嘻哈哈的笑聲傳到官道上來，騾車裡都能聽見。

陳敷皺眉，「那兩個男的怎麼不下田？天這麼冷，叫一個姑娘下地，真不是個東西。」

確實不是個東西，賀顯金別過臉去。

重生前，就有很多不是東西的男人，如今好像變得更多了。

騾車拐進村鎮，賀顯金沒想到會在收買稻草的地方再見到那個姑娘。

不過十三、四歲的年紀，仍是那身單衣，雙肩扛著根扁擔，扁擔兩頭分別捆著碩大兩捆泡水稻草。姑娘把扁擔放到地上，肩膀被壓出兩道深痕，一抬頭，賀顯金才看到這姑娘臉上一左一右兩邊腫得老高，面頰上兩個巴掌印分外明顯。

賀顯金不由蹙眉，看向莊頭，「這位姑娘是？」

那姑娘一瑟縮，把頭壓得低低的。

莊頭還沒說話，剛才田壩上說笑的兩個男人把姑娘拉拽到自己身邊，沒看賀顯金，朝陳敷諂笑道：「這狗東西不懂事，我們即刻把她帶回去！」說著便又抬手預備給那姑娘一巴掌。

姑娘條件反射地向後一縮躲避。

「你做什麼!?」賀顯金提高聲量，看了眼周二狗。

周二狗放下扛在肩上的稻草垛，寬闊的雙臂撐開向前傾。

夾襖男人趕忙把手收回來了。

莊頭見狀，笑著打圓場，「王大、王二，還不快過來見見陳記新任的帳房，賀帳房！」又轉頭向賀顯金笑道：「我們莊子上，王家是專給紙行打草的。陳記在這裡買的稻草多半都是王家打的。都是老熟人，大水沖了龍王廟，自家人不識自家人！」

「這姑娘是誰？」賀顯金再次提高聲量。

王家兩個男人看向莊頭，見莊頭抿起嘴巴不說話，便大著膽子道：「是俺家妹妹，妹妹不聽話，哥哥打妹妹，關妳什麼事？」

第九章 八鴨秀才

賀顯金低頭，看王家妹子單褲濕透，被雪風一吹，布料緊貼皮肉，全身瑟瑟發抖。目光上移，不出所料，她的袖口短了一截，露出的一截手腕上全是青紫的團形瘀痕和長條形的血痕。

王家妹子感知到賀顯金的目光，低垂眸，咬緊嘴角，將手腳笨拙往裡藏，企圖藏住常年被掐打、抽罵的痕跡。

這不是普通的打罵，這是惡意虐待！賀顯金拳頭硬了。

陳敷也看到了，怒不可遏，「放屁！簡直放屁！是你妹子又如何？人身上一塊好皮都沒有，她是犯了什麼了不起的大錯，要受這麼大的磋磨？」

見陳敷發怒，莊頭終於低聲解釋，「不是一個娘生的，兩個哥哥是死了的原配生的，後娘死了，兩個哥哥就開始有冤報冤、有仇報仇了。偏生這妹子是個倔脾氣，從不曉得低頭，惹毛了還跟兩個哥哥對打！」

莊頭一副和稀泥的樣子，「哎呀，說一千道一萬，也是家務事，家務事！」

家務事？家暴，就不算暴力了？

有冤報冤、有仇報仇，人家娘還活著的時候，你怎麼不報？娘死，爹不管了，才敢欺負一個小姑娘，可真是太厲害了！

賀顯金正欲說話，卻聽陳敷氣得聲音變調，語氣高亢，「家務事？那好！我們陳記絕不買這種人家打理的稻草！這種草做出來的紙，都是臭的，壞的！讓他們把稻草抬回去，我們不要！」

賀顯金看到陳敷氣得拂袖，拳頭一鬆。

陳敷的反抗，每每都有種任性的倔強，固執、直白且叫人摸不著頭腦，比如非要讓賀艾娘的棺木從正門走，比如非要在牌位上寫「吾妻」，再比如「因為你壞，所以我不要你的稻草了」——絲毫不見生意人的精明，有種橫衝直撞的魯直。

不要稻草了？王家二哥瞬間慌了神，求救看向莊頭。

因涇縣紙業昌盛，稻草賣得比稻子還貴！

莊頭「哎呀」一聲，「陳三爺是位菩薩，王大、王二你們來給陳三爺好好磕個頭，把稻草放下，回去過後好好對妹子，行嗎？」

這個「行嗎？」其實是在問陳敷，頗有大事化小，小事化了的意味。

「多少錢？」

陳敷身後響起一道清冷的聲音。

賀顯金一邊發問，一邊從周二狗手裡接了裹稻草的麻布披到王家妹子身上，「你們要多少錢才願意放妹子走？」

王大、王二對視一眼，臉胖點兒的王大咬了後槽牙，「什麼意思？俺兒子還要讀書科考，他姑姑不能當下人！」

良民不為奴，為奴者後嗣永無科考資格。

賀顯金看了王大一眼，勾起唇角笑了笑，「你放心，就衝有你這個爹，你兒子、你孫子、你子子孫孫全都不是讀書的料。」

賀顯金將王家妹子拉到身側，「不改良籍，陳家擬聘你妹子做灑掃女工，需要給你們多少銀子才能把她的戶籍遷出王家？我提醒你，這是我問你的最後一遍，若還不報價，這些稻草你拖回去，明年後年我們就去丁橋、章渡收沙田稻草。」

相當於買斷工期。

籍仍是良籍，除卻先付予本家的銀錢，還需每月給相應酬勞。

這與周二狗等人不同，周二狗他們隨時能辭工，而入主家籍的，多半是要幹一輩子的。

其實這個政策，對女性是保護，至少主家發給女性的月例銀子，女性可自由支配，本家不可強取豪奪，女性甚至能掛靠主家置辦恆產和私房。

陳家之於賀顯金，也有點這個意思。

賀顯金態度變得強硬，「丁橋的『三粒寸』、章渡的『蓮塘早』都是後起之秀，收誰的不是收？在這涇縣，我們陳家要收稻草，我還不信摔了你的碗，端不到別人的鍋！」

莊頭有點慌了，陳家真不來安吳收草，他得餓死！

莊頭朝王大使了個眼色。

王大梗脖子要價，「三十兩銀子，少一個銅板，俺立刻把妹子拖回去！」

「放你娘的屁！」王家妹子指著王大鼻子罵，「前日你把我賣給村頭糊燈籠的吳瘸子預備收多少銀子？不過八兩！我不從，你和老二就又打我！」

王家妹子抹把眼，淚水是鹹的，碰著臉上的傷口有點痛，「王老大，我告訴你，既有人拿錢救我，你就識相地收了錢滾蛋！你要斷我生路，我回去就跳井！我叫你雞飛蛋打，人財兩空，一個銅板都拿不到，反倒要出一張蓆子裹我去亂葬崗！」

賀顯金先是怔忡，隨後便笑起來。

原以為遭虐打的姑娘是個軟柿子，如今看來，倒是個狠角色。

也對，但凡軟一分，恐怕早被這吃人的哥倆賣到天涯海角去了。

圍觀者越多，都是安吳莊稼上的勞力人，聽了這門官司，有知情者躲在稻草垛後高叫，「王老大，別貪多了！八兩銀子，過年能殺兩頭豬了！」

陳敷氣得頭髮豎起來，從懷中掏出兩枚銀錠扔到王大、王二跟前，「十兩銀子，愛要不要！」

王大、王二對視一眼，撿起地上的銀錠束著手藏了起來。

陳敷看這哥倆做派，氣得一佛升天二佛出竅。

怎麼會有人賣妹子，賣得如此絲滑啊！

陳敷袖子一揮，看了一圈四周，高聲道：「欺行霸市，欺男霸女，賣女求榮！諸如此類，如有再犯，陳家絕不在你處買一草一木！陳家素來忠厚老實，看不上此等奸猾惡毒之輩！」

宣示完，陳敷猶不解氣，往地上啐一口，表明立場。

賀顯金摟住王家妹子的肩往騾車走去，剩下的收草、過籍、付定等諸多雜事皆由董管事留下解決。

陳敷直到坐上騾車還在氣，是真氣。

這寒冬臘月的，賀顯金看到陳敷頭上在冒煙。

「艾娘說，世道對女子頗為艱難，我還不以為然。陳家是母親當家，素來公正公道，對家中僕從丫鬟也從未有過打罵苛責，我竟不知我陳家收購原材的村子裡，竟也有如此荒唐的事!?」

陳敷搖搖頭，頭上的熱氣跟著動。

賀顯金正欲說話，卻聽半躺著，臉色蒼白的王家妹子慘笑一聲，「俺這不算啥，挨兩頓打就完了。村子裡王五娘才慘，先被爹娘嫁給一個六十老頭，得了兩匹布，給她弟弟裁了兩身衣裳去考院試。後來老頭死了，又被她爹娘嫁給那老頭的瞎眼姪子，這次得了兩隻雞、六隻鴨，雞鴨被當作學費給了弟弟的夫子，我們村裡後來就叫她弟弟『六隻鴨秀才公』。」

有點黑色幽默，賀顯金卻笑不出來。

她如果穿越成王五娘怎麼辦？

就算她會算帳，會賣紙，會寫字又如何？

可能多聘兩隻鴨？成為「八鴨秀才公」之姐？

賀顯金一下午心情都悶悶的，騾車駛進水西大街，聽窗外熙熙攘攘，還有劈里啪啦放鞭炮的聲音。

陳敷撩開車簾往外看，七、八輛馬車停在陳家老宅門口，地上摞起十來個箱籠，僕婦丫鬟來往如織，各處都透著喜慶的年節氣氛。

陳敷本還在因「六隻鴨秀才公」張著個大嘴傻樂呵，一看外頭的情形，頓時苦了臉，「他們還真來呀!?」

誰來了？賀顯金不解，也挑開簾子往外看，正巧看到瞿二娘穿著一身喜慶暗紅萬字不斷紋褙子叉著腰指點江山。

瞿二娘來了，瞿老夫人還遠嗎？

賀顯金一激靈，看向陳敷，「陳家人都來了？」

陳敷「嘖」一聲，不太樂意地點點頭，「過年嘛，一般都要回老宅的。可我先頭鬧了那麼大一場，原以為今年我娘不願見我，瞿二嬸十五送信來，我還以為她跟我說笑呢！」

您當自己是誰，人家還特意寫信跟你說笑！

賀顯金欲哭無淚了。

很好，大老闆來了，單位沒人在。

咱們不說鋪紅毯走秀，至少也要夾道歡迎吧！

您是老闆親兒子，我們不是啊！

賀顯金揉揉太陽穴，捋捋頭髮，先一五一十交待清楚，「張媽，妳先把王家妹子帶進內院將養，趁還沒到正月，趕緊請個大夫來看看。」

正月間不看診，不吉利。

賀顯金擔心那王大、王二下死手傷了筋骨，這落下病根，就是一輩子。

王家妹子心頭升起暖意，抹了把眼，低聲道：「我叫王三鎖，您叫我鎖兒就成，我爹取這名字意思是生了我就鎖了，再不生了。」

賀顯金摸摸她的頭，以示安慰，又轉身囑咐周二狗，「請鄭小哥在巷子口等著，董管事一到，即刻拿上帳本和冊子回老宅，再請鄭二哥去天香樓辦一桌席面……」

「我去天香樓，我熟！」陳敷舉手自薦。

只要不去見老娘，刀山火海任我闖。

賀顯金點頭，「好，那就三爺去吧！順路去小稻香打兩壺酒，雖大爺去了，二爺、三爺都在孝，酒可以不喝，但我們不能不備。」

又想起什麼，繼續安排陳敷，「再勞三爺趕緊去白珠閣買上幾串珍珠鏈子，昨天擺攤時聽人說有剛從福建送過來的海珠，這個東西值錢，寓意也好，您快去，晚了店恐怕就關門過節了！」

還有啥？要不要再請個貌美的點茶師來坐鎮？

前世她爹請甲方爸爸吃飯，一般開兩趴，第一趴喝酒吹牛，喝得感情到位了，第二趴就開始勾肩搭背、稱兄道弟。

要是旁邊有個年輕貌美的女子，甲方爸爸一定得借著酒勁兒，開始一段熟練的「那我考考妳」的表演。

賀顯金不由打了個哆嗦，算了算了！肅清職場風氣，從她做起！

賀顯金埋頭琢磨一圈，確認自己算無遺策，大老闆來視察工作，一般四件套「工作報告、來年展望、喝酒吃飯、年終紅包」，聰明的再留點小錯處給大老闆揪住，以示大老闆無上智慧和權威。

賀顯金瞥陳敷一眼，留小辮子這個活兒，不用特意囑咐，靠他自己就能幹得很好。

啥都準備好了，賀顯金深吸一口氣，再抬頭，掛上了社畜最熟悉的真誠而諂媚的微笑。

「老夫人，您來了啊！」賀顯金下了騾車，三步併作兩步走，笑盈盈迎上去。

半躺在騾車上的王三鎖目瞪口呆，這姑娘看著只比她大兩三歲，卻能熟練並井井有條地安排事務，熟練地支使陳記夥計，最後熟練地變臉！

「這……這位姑娘是陳記的帳房嗎？」王三鎖的眼睛裡閃現出滿滿崇拜星星。

陳記啊！

他們這群莊稼戶，每日聽在耳朵裡的陳記啊！

養活他們半個村的陳記啊！

他們的帳房竟然是個小姑娘!?

帳房先生不是要識文斷字嗎？不是店裡最厲害的嗎？陳記的帳房竟然是個女子!?

陳敷與有榮焉又興致勃勃點頭，「很厲害吧！她是我女兒呢！」

原來是陳家千金啊！王三鎖恍然大悟，但隨即又納悶了，高門大戶家的千金小姐不是都待在閨閣裡飯來張口，茶來伸手，怎麼會做起帳房先生了呢？

陳敷在背後吹噓賀顯金如何能掐會算、點石成金，賀顯金在前頭卻被人噁心得直喝茶，沒一會兒就灌了一肚子水。

媽的！一步晚，步步晚！

他們有應付大老闆的「四件套」，人家陳六老爺做得更絕！一早就駕車去了丁橋，在丁橋把瞿老夫人並二爺、二太太、三太太和幾位孫輩郎君接上，一路駕著馬車在前面開道，從熱水、點心到午膳、午後小憩，可謂是打點得面面俱到，盡顯狗腿風範。

拍馬屁本來就煩，沒拍到，更煩。

賀顯金又灌了口茶湯。

正堂滿滿當當全是人，瞿老夫人坐在上首，方臉寬肩的陳二爺在左邊，二太太坐在二爺身邊，跟著就是老熟人三太太孫氏。

右邊是孫輩，人有點多，賀顯金認不全，唯一熟悉的就是陳家長房的希望之星陳箋方和三房陳敷幼子陳四郎。

前者是因為長相和氣度太好，根本忘不掉。

一身戴孝麻衣，沉默地坐著，卻如同一尊溫潤適手的玉器，露出的稜角分明的下頜卻彰顯這尊玉器並非十分內斂、全無風骨。

後者……賀顯金落在陳四郎的右手手背上。

呵呵，竟然沒留疤呢！

陳四郎感知到賀顯金的目光，瑟縮著將手擋了擋，神色極其不自然。

瞿老夫人環視一圈後，手杵拐杖，「老三呢？」

賀顯金站起身，恭謹答道：「聽聞您來，三爺掐點去訂桌席了，就為了那口熱菜。」

瞿老夫人面色一鬆，點點頭，又看陳六老爺，「今年生意不好做，聖人要打倭，免除了明年的春試，學堂、書院購買紙張的量少了一半，涇縣作坊是咱們在老家的根，要好好守著。」

陳六老爺誇張道：「瞧嫂子說的，大生意受影響，咱們涇縣作坊今年卻還平了近兩、三年的帳呢！還有庫裡的存貨，今年也清了不少，騰出錢來定了來年安吳的稻草和三溪的檀皮。您放心，涇縣有我、有老三，錯不了！」

今年平的帳，今年清的存貨……賀顯金抬頭。

這老貨，玩得好一手春秋筆法。

他們一行是臘月十五來涇縣的，偏偏陳老六口說今年的成績，這些成績自然跟他們無關，卻不能說他錯！

賀顯金瞇瞇眼，把茶盅放下，跟在陳六老爺話後笑了笑，「涇縣守得好，六老爺自然厥功至偉，有句話怎麼說來著？噢——借錢的是大爺，還錢的是孫子，我們回涇縣第二天就實實在在體會到了當大爺的快樂！」

陳六老爺沒想到賀顯金敢在這時候說話，臉一沉，陰惻惻地瞥眼過去。

陳二爺憨笑一聲，「賀帳房此話怎講？」

賀顯金語氣也誇張，和陳六老爺如出一轍的誇張，「我們一來，就有幾百張欠帳單子像雪花一樣飛過來！後來一打聽才知道，原來是人家聽說陳家本家來人了，便馬不停蹄地來要債！生怕來晚了，債主又跑了，欠了好幾年的銀子又見不到影兒了！」

語氣確實很誇張，誇張中還帶著三分陰陽怪氣。

「幾百張欠條啊！」賀顯金瞪大眼睛，「我們可是舒舒坦坦地當了好幾天的大爺呀！快樂呀，是真快樂！」

大家都是打工仔，誰慣你搶功的臭毛病！

陳箋方抬起頭來，露出了自親父逝去後的第一個笑。

父親去世的陰霾在很長一段時間都籠罩著他，父親於他，亦師亦友亦長，是他在漫長且枯燥的讀書生涯裡極溫暖的那束光，旁人均稱陳家長孫穩重平和，少年老成，行事處事頗有舊古君子之風。

只有父親會在端午佳節，給他掛上老虎香袋，逼迫他喝一口雄黃酒，好整以暇地觀看他被酒辣住的神情，美其名曰「郎君老成不苟笑，香袋披身彩絲校，旁待我兒是舉子，我待我兒年稚少。」

別人都理所應當地認為他年少中舉，當內斂穩沉，只有父親把他當做孩子。

「不像是商賈家庭裡出來的，倒像是哪個侯爵世家的公子郎少。」

他偶聽國子監博士對自己的評價，心頭嗤笑，不以為然。

他從未因出身商賈掛懷感傷，也從不曾羨豔同窗出身高門。

是因為父親讓他平順又圓融地接受了自己的出身，讓他不卑不亢，不急不緩地開始自己的人生，讓他明白就算全家都將擔子壓在他的肩上，始終有人為他頂起一塊可以容忍他胡鬧放肆，保留自己的庇蔭。

當陳家上下都因父親去世，陳家少了官場庇佑而陰鬱低落時，當母親因父親止步六品官英年早逝而惋惜焦慮時，或許只有他，是完完全全、徹徹底底，只因父親的離去而悲傷。

沒有人理解他，陳箋方喉頭微動，將重新湧動上心頭的悲慟無助，咀嚼乾淨後盡數嚥下，目光移向剛剛那位語氣誇張，表情豐富的小姑娘。

小姑娘眉飛色舞，明明在告狀，卻做出一副唏噓又感慨的樣子，陳箋方莫名想笑。

「妳……妳什麼意思!?」陳六老爺漲紅老臉，鬍鬚飛上眼角，指著賀顯金，卻轉頭和瞿老夫人陳情，「嫂子，您是知道的，涇縣做紙的沒有一百家，也有八十家，做生意哪有不欠外債的！真要結一筆算一筆，咱們作坊還要不要活下去了？夥計們的薪酬還發不發？」

陳六老爺手一拍桌面，「嫂子，您若不信任弟弟，您就明說！您把老三派過來，是要提攜兒子，這是該當的！」食指快要戳到賀顯金臉上，「可這算怎麼回事？派個莫名其妙的帳房來，還是個小丫頭片子？一來就合攏帳冊，把外債都平了，還……還去人家青城書院外擺攤，賣什麼狗屁袋子！您是不知道，同行們和我說起這事，陳家臉皮都快丟光了！我們陳家少說也是做了三代的紙業了！從爺爺輩就做宣紙，宣紙是什麼物件？是讀書人的金貴玩意兒，她卻去擺攤！」

說到最後，陳六老爺咬牙切齒，手指頭戳到賀顯金的左臉，力度之大，沒一會兒就留了幾個掐紅的印記。

陳箋方眉頭一蹙，「六爺爺，慎行！」

他話音剛落，卻見賀顯金「啪」的一聲，手拍在陳六老爺手背上，雙手撐在桌面上猛的起身。少女動作行雲流水，纖細的身體爆發出與之不相稱的力量，陳四郎條件反射一個瑟縮。

先心病患者一貫要平和緩慢，可如今她早已不是那病秧子了！

開玩笑！她現在一口氣能搬一刀紙，每日早上一段八段錦、一杯枸杞紅棗茶，中午一碗銀耳羹再加兩個雞蛋羹，晚上還要做三分鐘平板支撐，每天早睡早起，生活作息堪比跳水運動員！

為了什麼？不就是為了強身健體，賺錢有命花。

有句話怎麼說來著？退一步，乳腺結節，忍一時，子宮肌瘤。對她這種白撿一輩子的人，一般有仇就要當場報，有冤就要當場結，忍下來越想越氣，退一步越退越遠！

是時候讓你見識見識特種兵養生少女的力量了！

賀顯金拍桌子的聲音比陳六老爺更大，手一抬——

「金姐兒——」

「金姐兒——」

兩股聲音交織在一起制止了她。

瞿老夫人和從天香樓趕回來的陳敷同時出聲。

瞿老夫人一抬眸見幼子離開身邊大半個月後一掃愛妾過世的頹廢荒唐，看上去臉圓了一圈，人也精神不少，暗自點頭後移開目光，蹙眉不贊同地指責陳六老爺，「老六，過年過節，你同小姑娘計較什麼？早到知天命的年紀，今天早起接風又累，你也好好養氣，將息將息身子骨吧！」轉頭吩咐瞿二娘，「給六叔送兩盒人參去，要吃著好，下回從宣城再送來。」

陳六老爺氣不過地別開眼，給足了瞿老夫人臉面。

瞿老夫人又打賀顯金五十大板，意有所指，「做生意以和為貴，小姑娘家家，氣性這麼大，以後還怎麼打理作坊？」

賀顯金心頭一動，看向瞿老夫人，抿了抿嘴。

陳敷氣沖沖地闖進來，還想說什麼，卻見賀顯金朝他輕輕搖了搖頭。

就這麼算了？

陳敷捧著兩罈酒，迷惘地站在原地，深悔自己回來晚了，錯過了在親娘面前名正言順發飆的機會。

團年嘛，哪家哪戶都是要吵嘴的。賀顯金和陳老六把架先吵了，後面倒是一片太平。

陳家宗族老少親眷都過老宅來，這個堂叔那個祖伯加在一起二十餘人，加上女眷和年輕男子，在院子裡熱熱鬧鬧地擺了六桌。

賀顯金坐在陳家姑娘的席面上，旁邊都是十來歲的小姑娘，姐姐妹妹一陣亂認後，賀顯金多了四個姐姐、兩個妹妹，成功收穫了陳家排序「五姑娘」的名號。

賀顯金很想說，我也不姓陳啊！

但四個姐姐不給她機會，又塞了十來個香囊給她，七嘴八舌嘰嘰喳喳。

「妳讀書寫字還做帳房，我們羨慕得不得了，又聽說妳去青城書院騙錢，哦不，賺那些讀書人的錢，哎喲喲，我們可激動壞了！天底下，做商賈的還能騙，哦不，賺讀書人的錢呢！我妹妹也想買兩個盲袋來著，又怕全是竹紙白花錢。」

賀顯金正想答話，最年長的陳左娘卻不給她機會，繼續開口，「後來我就在家自己給她做了個袋子，裡面塞了十來張珊瑚箋，嘿嘿，那小丫頭高興壞了呢！」

好吧，賀顯金撓撓腦袋，人家也不需要她回答，人家只需要傾訴。

賀顯金吃口菜，看看面如桃花的陳左娘，心情美好；喝口茶，看看面若櫻花的陳右娘，無比暢快。

酒桌上漸漸進入第二趴。

陳二爺先以熱孝在身拒酒，後在瞿老夫人默許下也端起了酒杯，他是敦厚實在之人，只要來敬酒必應，沒一會兒場子便熱起來。

群魔亂舞間，賀顯金瞇著眼見阿根急匆匆和陳六老爺耳語幾句後，陳六老爺提起長衫步履匆匆向外走。

賀顯金拿茶水和陳左娘碰了個杯後，勾住她的肩頭，笑咪咪地道：「三急三急，妳們先玩著！」說著便躡手躡腳地跟在陳六老爺身後一段距離向外去。

賀顯金隱蔽地躲在柱子後，隔老遠聽牆根處傳來一陣哭聲。

「老朱死了，一大家子怎麼辦？您雖送了銀子，但今天五兩，後日三兩的，他十幾個姨太太，七、八個兒女，都等著吃飯，您說該怎麼辦呢？」

老朱？死了的朱管事？

賀顯金雙手抱胸，偷偷側身探頭，見一胖婦人撚著帕子站在牆根下，與之對面的就是陳六老爺。

那胖婦人面帶油光，和死去的朱管事很有夫妻相。

借著陳宅高掛油紙燈籠的昏光，賀顯金見陳六老爺從袖兜裡摸摸索索掏了一塊碎銀出來塞到胖婦人手上，回頭看了熱鬧開心的庭院一眼，語帶威脅，「妳再找上門來，我一個子也不給妳了！我給妳銀子全看在和老朱同僚的份上……」

「是是是！」胖婦人接過銀子，急忙往懷裡揣，「六爺菩薩心腸，先提攜老朱發財，後照拂老朱後人，老朱在九泉之下定會在閻王面前讚您是無上神佛，普渡眾生！」

人窮極了，胡話張口就來。

牆根下又是一陣拉扯，無非是陳六老爺威脅，胖婦人求饒，再連消帶打地訴苦要錢。陳六老爺罵罵咧咧地又從那八字鬍老僕身上拿銀子給她，也沒給多少，大約八兩左右。

賀顯金低著頭琢磨——不是啥祕辛大事，不過是狽先死了，狽的寡婦借狼狽為奸的舊情來找狼要點生活費，狼怕狽婦破釜沉舟從而東窗事發，便拿小錢吊著穩著。

胖婦人拿了錢，嚶嚶哭著走了。

賀顯金也埋頭準備先撤，卻聽牆根下又出動靜，阿根陰惻惻的聲音壓得極低，「她這般一直來要銀子也不是辦法，不如……」

賀顯金轉過頭，就見阿根做了個抹脖子的動作，不禁瞇起眼。

做生意就做生意，銀子帶上血可就不那麼好賺了。前世她父親的同行，為了想多賺錢，做了偷工減料的事情，報應還沒來，員警先來了。

賀顯金將整個身體都隱匿在柱子後，屏氣斂息，生怕被發現。

「她能要多少？」陳六老爺掏了根牙籤一邊剔牙，一邊不屑道：「三五兩銀子也叫錢？她要點小錢，我才放心啊！那頭豬跑的時候啥都帶了，價值連城的玉佛、十塊大金錠子、二十幾件實心的黃金首飾……幾乎是將全部身家都綁在身上，甚至還把銀票縫在了衣服裡面，唯獨他嘴裡說的那個帳本沒帶。先前不許我賣掉他在涇縣的院落，我就猜到他在打什麼主意。無非是要在涇縣留個根，在外頭混兩年，等風頭過了再回來！」

陳六老爺厭惡露出一口大黃牙，「那帳本記了我把六丈宣及八丈宣賣到淮安府的明細，還有和寶禪多寺那幫土匪們的銀錢來往，是他給自己留的大後手！你說要是他那豬婆娘知道家裡還藏著要我命的東西，她會只要三兩、五兩銀子？那必定是漫天要價，敲老子一個狠的啊！」

阿根想了想，是這個道理，不由慌張道：「那如今怎麼辦？咱們頭上豈不是懸了把刀，誰知道什麼時候落下來啊！還不如把那豬婆娘也解決了，一了百了！」

「這是在涇縣！」陳六老爺朝地上惡狠狠地吐了口唾沫，看向朱妻遠去的方向，「寶禪多寺位在涇縣、旌德與淮安交界，三不管地帶，那群土匪做什麼都沒人管。你若是在涇縣殺人，那是不要命的勾當了！」

雪從東方來，簌簌落下鋪地。

陳六老爺抹了把頭頂的雪粒，「大丈夫不爭朝夕，老三和那小蹄子在這兒待不長的。」

聽老宅庭院裡，陳二爺被人勸酒時發出的憨笑。

陳六老爺譏諷地勾勾嘴角，「陳老二是個不中用的，老大又死了，我那個嫂子把老三放回涇縣，無非是來鍍層金，隔不了多久就會召回宣城。你且看著吧，老三和那小蹄子做得越好，他們留下來的時間就越短。」

阿根聞言咧嘴笑開，「他們一走，咱們就繼續當土皇帝！」

土什麼皇帝！五、六年前，李三順他爹李老章還在的時候，他壓著那老傻蛋一個月做兩刀八丈宣，做完就往淮安府發賣。淮安府把八丈宣當作貢品送上京得名，他拿一刀紙三百兩得利，一個月進帳就有六百兩銀子，誰他娘的還在意店肆生意如何呀？

那個時候，才是好時候！他才算是陳家在涇縣的土皇帝！

後來李老章中風，把做八丈宣的獨門訣竅傳給二兒子李二順，哪知李二順是個冥頑不靈的，寧可放棄一個月二十兩銀子的分紅也不幫他做八丈宣，他就把這對父子往寶禪多寺一送，李老章為了保護兒子死了，李二順逃跑途中摔下山坡撞到頭，雖然沒死，卻眼歪嘴斜的，既站不起來，也說不出話了。

八丈宣、六丈宣，至此徹底斷絕了！

涇縣做不出八、六丈宣後，瞿氏那老婆娘特意來了涇縣過問，誰知一個埋入黃土，一個又瘸又啞，既喊不了冤，又告不了狀，瞿氏就只能把這事歸咎於命運。

人嘛，哪裡抵抗得了命運啊！

瞿氏認了帳，對涇縣作坊更是撒手不管，只把宣城那三間店攥在手裡，他的油水雖少了，但落得個清閒——前面吃的錢也夠他吃兩輩子了！

陳六老爺把牙籤一丟，轉身往裡走。

阿根似是想起什麼，「老爺，您說老朱會不會是詐咱們的？會不會壓根兒沒帳本那回事？」

陳六老爺聳肩低笑，「老子管他那麼多，有也是在他宅子裡藏著，他那婆娘不知情，就永不見天日的。」

一主一僕漸行漸遠。

賀顯金隔了許久方從柱子後出來。

庭院裡熱熱鬧鬧的，有男人們划拳勸酒的聲音，也有女人們快樂的笑聲。

張婆子動作快，一見本家的馬車到了，便從庫房裡翻出好幾個碩大的紅燈籠，如今都掛在陳家宅邸門口。

紅光映照著白雪，像一張老式又緩慢的舊電影膠片。

賀顯金雙手抱胸得手指都麻了，手臂垂下，血流頓時湧到指尖，她得好好想想接下來該怎麼做了？

只是還來不及細想，身後驀然傳來一道溫潤的聲音，嚇得她全身繃緊。

「夜探朱宅，妳要去嗎？」

第十章 夜探民居

老舊的庭院、泛黃的磚牆、素白的雪地、在昏暗紅光下逐漸拉長的影子，加上突然出現的聲音！

賀顯金腦子裡閃過無數經典恐怖電影畫面，不論是日本的、韓國的、臺灣的，甚至是泰國的，最後總結，鋪墊一百二十分鐘，最後都是神經病和心理問題。

賀顯金緩慢轉過腦袋，見是一張極為漂亮的臉，宛如一塊無瑕美玉細雕而成的玉人，即使靜靜地站在那裡，也是丰姿奇秀，神韻獨超，給人一種高貴清華感覺。

他身形頗高，需抬頭望，才能與之目光對視。

遠看……倒也沒發現這人居然這麼高！

「希……」哦不，「大郎。」賀顯金收回目光，向其頷首致意。

是長房希望之星，但他剛剛說什麼來著？

邀約她夜探朱宅？

意思是，她在這裡聽了多久，他也在後面聽了多久？然後得出了需夜探朱宅的結論？看模樣，希望之星應是最正統士大夫那一掛，或許還沒到士大夫的級別，但只要不行差踏錯，總會戴上烏紗帽，成為人上人，和平民百姓，市井熱鬧徹底拉開距離。

他蹚這趟渾水幹什麼？

若是被人發現，堂堂希望之星夜半三更去翻新任寡婦的牆面，怕是書都讀不成了吧？

「您……是認真的？」

陳篗方沒答話，腳一抬率先跨出門，見賀顯金沒跟上，轉頭催促，「二叔喝酒後愛唱《鶯鶯傳》，他唱鶯鶯，二嬸唱張生。」

陳篗方面無表情地探頭聽了院落的聲音，「如今正唱到第二折，等他唱完，大家就該發現席面缺了兩個人。」

賀顯金連忙埋頭跟上，陳篗方走得飛快，賀顯金需小跑才勉強踩住他的影子。

臘月二十八的晚上，百家關門閉戶，街上寂靜無人。

拐過兩條街，陳篗方停在了一座宅院門口，上頭的門匾上寫著「朱宅」二字，四面圍牆，或因當朝朝政平順，百姓安居樂業，涇縣所屬的南直隸又是經濟貿易興旺之地，百姓家中有餘糧、囊中有閒錢，故如朱管事這般的富庶民居圍牆不過三米左右。

她為啥不帶個梯子來，帶條麻繩也好啊！

實在不行，也該帶上周二狗。

周二狗後背寬得像座山似的，她保准踩得比梯子還穩。

賀顯金餘光瞥到陳箋方，這書生光長個兒，不長肉，一張窄臉比她還小，套件麻衣長衫，一看腰上就沒力，搞不好平板支撐還沒她時間長。

養生戰鬥少女微不可見地撇撇嘴。

幹這些坑蒙拐騙，違法犯罪的事，還需細細籌謀，切忌衝動行事，必要三思而行。

「咱們……」賀顯金話還沒出口，便見陳箋方四下打量後，選了個低矮處，往後退了五、六步，撂起長衫下襬，深吸一口氣全力衝刺，單腳蹬在牆面上一個發力，雙手便撐在了蓋頂的青瓦上，雙臂一個俯撐便將全身壓在了牆頂。

「把手給我。」

一隻青筋微突的手遞到賀顯金頭上。

賀顯金張了張嘴，目瞪口呆。

這一套動作行雲流水，爐火純青，說他素日少翻了寡婦的牆垣，賀顯金都不信！

明月玉輝之下，少女錯愕的神色有點萌，也有點，美。

陳箋方抿了抿唇，他見過三叔那位大名鼎鼎的賀小娘，面貌非常漂亮，像依附在高枝茂葉柔弱生存的白花。

她的女兒，很好地繼承了皮相，但氣質截然不同。

或是因那雙略微狹長上挑的眼睛帶來的清冷，或是因纖細卻高挑的身量帶來舒朗，或是因不著珠玉褪盡裝飾的素面帶來的乾淨，這個少女一眼望過去，就知她很聰明。

被一個聰明的、漂亮的少女以難以置信的目光注視，任何人，陳箋方相信，任何人，哪怕是國子監那已知天命的博士，也必定難掩自命不凡和沾沾自喜。

陳箋方心頭的頹意與躁意被拂掉一大半，未曾察覺他的語氣變得更加溫和，「君子習六藝，禮、樂、射、御、書、數皆通，國子監也要習馬、舞劍，妳把手給我，我拉妳上來，我拉得動。」

話都說到這份上了，就沒必要再扭捏了。

賀顯金自然地將手伸出，陳箋方緊緊握住她的手腕，賀顯金也學著他的樣子，腳借牆面一蹬，翻身而上，再順著牆慢慢扶下挨到地面。

許是因主家剛死，整個兩進的宅院紮著白花，四面都透露著安靜。

賀顯金彎著腰跟在陳箋方身後，借廊間微弱的燈光朝最大那個院子邁進。

這個時代院子布置都大差不差，賀顯金沒一會兒便摸進正院內室，從懷中掏出火摺子吹亮觀察，應該是朱管事的房間，一個高高的博古架，裡面空了許多格，只有兩件瓷器花斛還在。

賀顯金輕聲道：「瓷器易碎，外出逃命自然不帶在身上。」

博古架後是兩個上了鎖的五斗櫃，帳本或許在那裡？

陳箋方彎腰拽了拽鎖。

賀顯金搖頭，壓低聲音，「不在這裡。」

陳箋方抬起頭，「為何？」

為不聲張，二人靠得很近，賀顯金聲音極低，「陳六老爺說朱管事把所有值錢東西都貼身放著，甚至把銀票縫在了衣服夾層……」

賀顯金一邊說，一邊將火摺子拿著四處看了看，悄無聲息地往內間摸去。

呵，好大一張床，起碼能容納四、五個人！

賀顯金想起朱管事媳婦口說的那「十幾個姨太太」，心頭泛上一股噁心，從懷裡掏了條絹帕套在手上。

手上隔了一層，心裡才沒那麼發毛。

賀顯金將床上的被子翻開，「那五斗櫃雖上了鎖，卻放在堂屋正中間，一眼就被看見。朱管事那樣的人，怎麼可能信任一把鎖？」

被子裡沒有東西，賀顯金又把枕頭扯了出來，一點一點摸過去，一邊摸，一邊說話，「這樣的人，只信任自己，只習慣把最要命的東西放在離自己最近的地方。」

有了！

硬硬的，厚厚的，就藏在枕頭的棉絮裡！

還有什麼地方，比日日貼著腦袋，離他更近呢！

賀顯金將火摺子放在一旁，緊咬牙關雙手拼命撕扯枕頭棉布。

「給我吧！」陳箋方看不下去。

賀顯金忙搖搖頭，她能行！

嘶啦——枕套被暴力撕開，賀顯金從中掏出一本厚厚的用粗麻線裝訂的冊子，拿火摺子湊近看。

「昭德六年……」

七年前的事了，一五一十記著每個月從採買、售賣、倒賣各方刮下的油水，每月三十兩起跳，五十兩不封頂，還算是小錢。

從昭德八年開始，每個月就多了兩筆帳，名目只寫了淮安府，一筆帳目一百兩，還多了幾筆支出，一年大概在五百兩左右，這應該就是陳六老爺口中將八、六丈宣賣到淮安府的明細和打點寶禪多寺土匪的來往。

「咱們一刀八丈宣，通常索價幾何？」

陳箋方怔愣片刻，「我……我不知，家中庶務，從不經長房。」

賀顯金點點頭，沒再繼續問。

陳箋方被拂去的頹與躁又席捲而來，本不欲再解釋，卻仍舊開了口，「亡父八年前國子監登科，而後至四川成都府任職，我先於青城書院學習，後至國子監讀書，在家時間也少。」

他不知為何，他心裡害怕這個姑娘認為他是那些兩耳不聞窗外事，一心唯讀聖賢書的迂儒。

想了想，又解釋道：「家中事務皆由祖母和二叔打理，每年季末，來信去信也不至於詳細到告訴我們一張紙賣價幾何。」

八丈、六丈宣絕不僅僅一張紙。

若被李三順聽到，必定尖叫嚷著，「八丈宣是傳品！我死了，骨頭爛了，這紙活得比我都結實！」

賀顯金想到精瘦老頭舉起木椽叫囂的畫面，不由笑起來，「不知道就不知道，你回來守孝，過兩天自然就知道了。」說著便將帳本塞到懷裡。

聽外間響起一陣窸窸窣窣的腳步聲，賀顯金果斷地將火摺子吹熄，躲在門框後，待腳步聲消失後，賀顯金也沒重燃火摺子了，憑記憶照原路在黑暗中摸出朱宅。

腳落到街巷雪地上，心才跟著落回實處。

賀顯金有些興奮，走得快極了，陳箋方想開口，卻不知道問什麼。問她預備拿那個帳本怎麼辦？好像也沒什麼必要。

那帳本自然要交到祖母手上。

該整治的整治，該刮骨療傷的刮骨療傷。

那位朱管事死了，若把陳六老爺拔了，涇縣作坊的實權派便只有三叔了。三叔能懂什麼？等祖母一走，站在三叔背後的這位賀姑娘便是涇縣當仁不讓的當家。

她……似乎很想掌事？

陳箋方看過去，小姑娘容光煥發，許是因興奮而眉飛色舞，不由低頭笑了笑。

有些姑娘、婦人就是閒不住的，比如他娘，父親死後便將花鳥工筆畫重新撿起來，鸚鵡、雀兒畫得栩栩如生，翹著一張紅喙好似可以立馬學話。

「賀姑娘——」臨到陳宅門口，陳箋方喚住賀顯金。

賀顯金轉頭，「嗯」了一聲以待後話。

「我名喚箋方，家中排行第二，大房排序不分男女，我還有個長姐，嫁在京師，妳……」

妳無需叫我大郎，聽起來總有些不吉利的意味。

賀顯金想了想，點點頭，「好的，二郎。」

賀顯金費了好大的力，才把那個「神」字吞回去，都怪封神榜在童年太風靡。

陳箋方還想問什麼，可張了張嘴到底沒問出口，他聽旁人叫她金姐兒，是哪個金？是靜？還是菁？還是婧？是叫賀金娘？還是賀金兒？

可這是女子閨名，他只需要知道她是「賀姑娘」，再近就逾矩了。

這個雪夜，本就是他逾矩。

莫名其妙地聽牆根，莫名其妙地邀約陌生姑娘夜闖民居，莫名其妙地……想知道女子閨名。

他可以把這些逾矩歸咎於父親猝死帶給了他荒唐的情緒，但……這些荒唐萬不可讓旁人遭到詬病。

陳箋方轉身向裡走。

一來一往間，陳二爺的《鶯鶯傳》唱到了第八折，扮演鶯鶯的陳二爺酒勁上頭，扭捏地拉扯胞弟陳敷的衣角，「紅娘紅娘，小姐不醉，只是骨鯁在喉，不吐不痛快——」

陳敷紅不紅娘不知道，看臉色還挺紅的——氣紅的。

媽的，連喝醉酒唱個戲，他都只是個女配角！

呸！陳敷面無表情把衣角拉回來。

滿場一片哄笑，賀顯金躲在熱鬧裡，重回陳左娘和陳右娘的左擁右抱。

一場接風酒吃到深夜，再休整兩日便是除歲和迎新，張婆子在瞿二娘的帶領下，起得比雞早，睡得比狗晚，一連幾日都在灑掃清理，每日只負責作坊夥計兩餐的摸魚美好時光一去不復返。

「他們怎麼還不走啊！」張婆子咬牙切齒地給賀顯金塞了顆杏仁糖，「還好妳撿了個頂事的丫頭回來，幫我不少忙，瞿二娘簡直就是我的劫！支我上房還支我下地，我一個月才多少工錢！我要拿她那麼多月例，我連睡覺都睜眼警醒，一隻眼站崗，一隻眼放哨，主人家向東偷雞，我絕不向西摸狗！」

大老闆來訪，屁都要夾著放。

賀顯金樂呵呵地嚼杏仁糖，「鎖兒好了？」

張婆子說話間又剝了一碟子瓜子仁推到賀顯金跟前，「好全了，鄉下長的丫頭命硬骨頭硬，敷了兩帖藥，臉上也好了，腿上也好了。我特意這幾天給她殺了隻雞，讓她養點肉出來再見人。」

說話間，又有人在廊間叫，「張媽，張媽，把年糕貢到財神爺跟前！」

「來了來了！」張婆子嘴上應著，手上把瓜子皮怒氣衝衝地丟地上，「偌大宅子只有我有手嗎？只有我會打年糕嗎？」

過年加班，怨氣比鬼都重。

賀顯金笑不可遏，把杏仁糖吞下肚拍拍手站起來，也準備出去。

張婆子像想起什麼來，「妳要出去？」

「是，我預備出門走走。」

「妳哪兒去？」

去拜訪我的財神爺！賀顯金心裡盤算，嘴上隨口應著，「去水西大街逛一逛……」

張婆子對後面的安排沒興趣了，胡亂擺擺手，「那妳把鎖兒一併帶著，讓她給我買三斤紅糖、五斤南瓜子，再看著買點枸杞、紅棗，這麼多人來，就帶張嘴白吃喝！哎呀，煩死了！」

發完脾氣，張婆子便朝著廚房裡屋大喊，「鎖兒！鎖兒！妳出來，賀帳房帶妳出去逛逛！」

賀顯金剛想拒絕，甫張口便被從廚房急匆匆小跑出來的，王三鎖小姑娘水汪汪，充滿期待的眼神打斷。

好似在說，妳不帶我去不是人。

水東大街，一處民居前。

兩個姑娘，一個不可一世斜著腦袋抱胸，一個目瞪口呆仰著腦袋望門。

鎖兒收回目光，問賀顯金，「咱們不是要去拜財神爺嗎？」

這門匾上只有兩個字，財神廟是三個字，她不識字，但她識數啊！

「這裡是財神廟嗎？」

雙手抱胸的賀顯金笑了笑，呶呶嘴，「對咱們來說，裡頭就住著一位最大的財神爺。」說完，上前扣響門環。

小門房探出顆腦袋，「妳誰呀？有什麼事？」

「鋪子上的，來給六爺拜年。」賀顯金一隻手從懷裡掏出用紅絨布包裹的物件，一隻手從袖兜裡掏了十文錢塞到小門房手上，「你懂的，過年節，咱們得懂事不是嗎？」

小門房打量賀顯金兩眼，門一關往回跑，沒一會兒聽「嘎吱」一聲，門再次打開了，小門房帶著賀顯金往裡走，鎖兒局促地跟在身後。

臨進屋，賀顯金停了步子，轉身與鎖兒耳語一句，「等會兒見勢不對，立馬撤退。」

本來沒想帶這丫頭來，張婆子硬要塞，她既不好解釋，又受不了小姑娘水汪汪的無辜小狗眼，那就帶上唄！

就衝這小姑娘敢在自家那兩畜生面前為自己掙條生路，想也不是個孬種。

鎖兒愣著「啊」了一聲，還沒來得及反應，便跟著進了正屋。

鎖兒忍了許久才忍下驚嘆的衝動——她從來沒見過這麼亮堂又富貴的堂屋，到處都砌著青磚，桌子凳子看起來沉得嚇人，還有一座黑漆八扇大屏風，上面貼的是什麼呀？亮晶晶又五顏六色！

賀顯金的目光也從堂屋的擺件一掃而過，隨即落在了面色陰沉的陳六老爺臉上，生疏地行了一個揖禮，「您老過年好啊！」

好個屁！妳不來惹我，我吃香喝辣，妳一出現，我就提心吊膽！

陳六老爺皮笑肉不笑，「不勞賀姑娘費心，初五迎財神，老宅必興師動眾求來年風調雨順，賀姑娘身為涇縣作坊說一不二當家人，不在老宅興風作浪，到我寒舍來就為了送個年禮？」

賀顯金自己給自己拖了把太師椅，順手為鎖兒也搬了把小杌凳，自來熟地招呼，「鎖兒，坐。」又支使立在陳六老爺身後的阿根，「煩您上壺熱茶，再配兩盤糕點。」朝陳六老爺笑笑，「晌午就吃了一顆杏仁糖和一碟瓜子仁，怪餓的。」

陳六老爺氣得快要一佛升天二佛出竅了。

這小蹄子，來他這兒點菜了!?

啪！陳六老爺手往桌上一砸，氣得臉紅脖子粗了，「有事說事，沒事……送客！」

陳六老爺面瘦露寡骨，額黑中庭長，雙頰泛黃光，唇色偏青紫，賀顯金久病成醫，一看便知這老頭兒多半心臟、肝腎都有問題。再看他眼睛泛濁，眼角有黃豆大的顆粒，血壓、血糖和血脂多半也「三高」。

三高還易怒，怕閻王收得不夠快？

賀顯金笑意更深，身形向後一靠，雙手搭在椅把上，「伸手不打笑臉人，我來給六老爺送年禮，您閉門趕客絕非為人之道啊！真不知道您這個性子，這些年是怎麼做生意的？」

陳六老爺氣得喉嚨都冒煙了。

這小蹄子不僅來這兒點菜，還來這犯賤!?

陳六老爺深吸一口氣，手一抬，正準備放狠話，卻見賀顯金從懷裡掏了一個用紅絨布包得嚴嚴實實，看著像禮物的東西扔到了他跟前。

「我知我是將您得罪狠了的，故而今日特攜禮來賠罪。」賀顯金臉上的笑收了收，示意阿根打開禮物，「您看看，喜不喜歡？」

阿根看了陳六老爺一眼，陳六老爺瞇著眼點了點頭。

阿根這才上前解開紅絨布，裡頭是一本厚厚的冊子，翻看幾頁後不由大驚失色，「老，老爺，是帳本！朱管事留下來的帳本！」

陳六老爺胸口升起一股濁氣，氣裡還帶著鐵腥味，撐手起身，一把搶過阿根手中的冊子，一目十行看下來，越看胸口湧上喉頭的那股氣越重，越看氣裡那股鐵腥味越明顯！

一個月一個月……確實每一筆都對得上。

除了向淮安府倒賣八丈宣的帳，他賣了三百兩，老朱只知一百兩，他從中又吞了兩百兩。這帳本是真的！

陳六老爺哆嗦著手，抬起頭，見賀顯金好整以暇地含笑望著他，怒從心上起，惡向膽邊生，「把宅門鎖上，調五個精壯家丁過來，快！」

鎖兒臉色一變，這老頭兒的眼神，跟她大哥、二哥要打她的時候，一模一樣！

她下意識站到賀顯金前面，拳頭在袖子裡捏得緊緊的，雖然小小一個，眼神卻像頭餓狼似的，死死盯住陳六老爺！

賀顯金不疾不徐地站起身，先將鎖兒拉下來，再輕聲哂笑，語帶嘲諷，「您老糊塗了啊？您莫不是想在涇縣殺我？」

陳六老爺嘴角抽抽，語氣含糊，「倒也不用殺妳！把妳們兩個丫頭片子捆起來，我先辱，我家丁隨後，割了妳的舌頭，砍斷妳的手腳，趁夜將殘花敗柳的妳們光溜溜地扔到街上，妳不去死，都有人逼妳死！」

鎖兒打了個寒顫，眼睛一閉再一睜，小狗眼變惡狼眼，滿眼都是咬死人的狠厲。

賀顯金笑了兩聲，氣定神閒踱步到窗邊，斜眸睨看，「您動腦子想想吧！我們兩個姑娘敢獨身來您陳六老爺的府上，我們不留後手嗎？」

嗯？鎖兒一頭霧水，還有後手嗎？

她們來之前，唯一做的事，不就是花兩個銅板給她買了串冰糖葫蘆嗎？啥時候留的後手？

賀顯金猛的將窗戶一推，昂起頭高聲道：「周二狗與他弟弟，並鄭家四兄弟，全都在外面藏著！只要我們半個時辰沒有出去，周二狗和他弟弟拿大木椿子砸您家的大門，鄭家兄弟兵分二路，一回老宅報信，二去官府報案，您覺得三爺會不管我嗎？」

鎖兒克制住向外看的衝動，最好外面有人！

陳六老爺目光投向窗外，天空陰沉沉的，又開始飄雪了，艱難收回目光，手死死扣住帳本。

對了，帳本！

若他將帳本毀掉……

賀顯金的聲音恰到好處響起，「我於臘月二十九拿到這個帳本，這麼多天足夠我謄抄一本了，您手上這本好像就是我謄抄的。還是那句話，若我晚於半個時辰出去，他們將拿著原版該報信報信，該報官報官！」

陳六老爺頓時好像被逼入絕境的岩羊，腦子裡過了好幾遍思緒。

她若想扳倒他，完全可以將帳本直接遞到瞿氏手上，她何必走這一趟？

她想幹什麼？

不對！

她想要什麼？

「妳想要錢？」陳六老爺搖搖頭，「不不不，妳不想要錢，妳若想要錢，在一開始就會接我和老朱給妳的銀子……」電光石火間，陳六老爺好像發現自己摸到賀顯金的命門了，「我年歲也大了，正月後就告老辭鄉，絕不在鋪子裡礙妳的眼，擋妳的路！」

陳六老爺越說越快，越覺得有把握，「妳放心，到時候妳就是涇縣作坊唯一掌事人，妳想做什麼就做什麼，絕沒有任何人阻礙妳！」

賀顯金不置可否地聳聳肩，「本也如此，您若不應，於我不過費些功夫籌謀計畫，也不是什麼難事。」

陳六老爺頓時像顆被戳破的氣球，頹然砸在椅子上，「那妳想要什麼？妳說，妳究竟想要什麼！」

第十一章 一場交易

陳六老爺要崩潰了，癱坐在椅子上，吸幾口大氣，想到東窗事發後的場景——好不容易貪來的家產被抄走，在衙門一邊做小吏一邊讀書的兒子被打發回家，在青城書院讀書讀得好好的孫子失去科舉資格……還有他自己！

大魏律法規定，貪墨主家財物者，最高可罰五十杖。

他貪墨之多，被罰一百杖都死有餘辜！

更何況，除了貪墨，他還有最大的罪過，私自「餵敵」，將珍品貨物走私到對家，幫助對家拿到貢品資格！此事若被揭穿，他們一家，老老少少二十餘口人在涇縣是決計活不下去了！

這個代價太大了，他願意用任何東西來換！

只要賀顯金這個賤蹄子態度鬆動，只要她要，只要他有，他絕對雙手奉上！

陳六老爺痛哭流涕地偷覷賀顯金神色，卻見這小娘養的雙手背於後背，一臉興味地欣賞他的痛苦。

陳六老爺「哇」的一聲哭得更大聲了。

再頑強的狗，被人繞著玩幾圈，又得不著吃食，也得崩潰。

賀顯金清了清嗓子，陳六老爺的哭聲頓時一停。

「我要八丈宣和六丈宣。」賀顯金收斂笑意，顯得極為鄭重，「您手上有多少，我要多少。只要您交出來，我當著您的面，把這謄抄的帳本燒了，把原版帳本的藏身之地告訴您。」

陳六老爺囁嚅張嘴，企圖說話。

賀顯金了然地擺擺手，「都是狡猾的狐狸，別跟我打馬虎眼。依照六老爺雁過拔毛，獸走留皮的個性，李老師傅做出八丈宣、六丈宣這等精品，您不會私自扣下？」

賀顯金大馬金刀地坐下，從阿根手上接了熱茶斟滿一杯，遞給陳六老爺，「您先喝。」

陳六老爺不自覺地往後縮了縮。

賀顯金冷笑一聲，「加了蒙汗藥？砒霜？還是鉛丹？」

賀顯金隨手將茶水潑到陳六老爺臉上，轉身將茶杯倒扣在桌上，頭微微後仰，目光向下，看陳六老爺的眼神像在看一隻單手即可捏死的螞蟻。

好威風啊！今天王三鎖小姑娘的眼睛很忙，一會兒瞪成「0」形，一會兒瞇成「一」形。

陳六老爺被熱茶潑了一臉，面皮火辣辣的疼，茶湯掛在鬍子上，瑟縮著一點也不敢動，就怕茶水順著鬍子流進嘴裡——摻了雷公藤的茶水，可是要人命的！

賀顯金笑了笑，「六老爺，您自己想想，您這般下毒殺害我，我要您幾張紙，過分嗎？」

那是幾張紙的事嗎？

如今天底下，還有誰能做出八丈宣？

淮安府福榮記、涇縣宋記、宣城溫家和王家，這幾家頂尖做紙的，都做不出八丈宣了。做紙的老師傅，接二連三的作古，青黃不接，徒弟還沒成熟，誰也挑不了這個大梁。

他們做不出，可官宦富貴人家還是想要啊！

特別是越沒有，就越想要。

他聽說京師有位百安大長公主最喜長幅水墨，為投她意，許多畫行願意出一張紙一兩金採買八丈宣。

陳六老爺從懷裡掏了絹帕，哆哆嗦嗦把臉擦乾淨，「我手上是有這兩種紙，李老章做時，我各留了十張以備不時之需。」

十張？您可不是這麼摳摳搜搜的人啊！

賀顯金站起身來，「八丈宣和六丈宣各兩刀，您拿出來，我走人，咱們銀貨兩訖，我就當從來沒見過這個帳本，您可回鄉做富裕田舍翁頤養天年，以後再相見，您依舊是我的好六爺爺。」

爺妳媽個頭！妳當我爺爺好不好！

陳六老爺心裡問候賀顯金的祖宗十八代，面上卻扯出一絲苦笑，「各兩刀？我實在拿不出來……」

「拿不出來，那就沒辦法了。」賀顯金拍了拍衣袖，抬下頷招呼，「鎖兒，咱們走吧！」又回頭朝陳六老爺一笑，「這本帳冊您就拿著，進棺材的時候好墊腳。」

賀顯金頭也不回地往外走，心中默數，「三——二——一。」

一般來說，「你不賣，我就走了」這種討價還價慣用花招都很管用的。

「妳等等！」

果然很管用，賀顯金露出微笑。

「我給妳！一共四刀紙！」陳六老爺咬牙切齒。

他總共才留了各三刀啊！還是他威逼利誘李老章每個月熬五、六個大夜給他做的！做一刀，他就給李老章那要死的婆娘一根兩年的人參，李老章還對他感恩戴德，如再生父母般敬畏。

這種鄉巴佬，壓根兒就不知道自己的手藝有多值錢！

他們以為樹皮做的東西，又不是啥金貴貨，就算讀書人講究，也賣不起價——他們這群下里巴人，這輩子都不知道好紙多值錢！這輩子都不知道絕品值金值銀，可受萬人追捧！

陳六老爺咬碎一口黃牙，「阿根，去庫裡拿兩刀八丈宣、兩刀六丈宣！」再眼神像淬毒似的看向賀顯金，「賀姑娘，您該告訴老朽，原版帳冊放哪兒了？」

水西大街，市集繁榮，攤販來往如織，叫賣聲不絕於耳。

青城書院門口的小稻香初五開張，一鍋燉羊肉加上茱萸、青椒、薑片、八角、茴香，再配上切得大塊又有稜角的白蘿蔔，羊肉燉得軟爛，拿筷子輕輕一夾便骨肉分離，熱氣從夾骨肉裡冒出來。

喬徽吃一口羊肉，再啜一口金華酒，瞇起眼「嘖」一聲，「謝謝你這個守孝之人陪我出來喝酒吃肉。」

陳箋方飲一口茶水，笑了笑，「上回見是在南直隸考鄉試，你考完後兩眼昏花，你爹灌了你一壺鹽糖水才緩過來。原以為下回再見是你我相約京師共赴會試……」

陳箋方低眉將後話吞下，搖了搖頭，又飲一口茶水，轉頭看向窗外。

烏溪不結冰，岸邊有積雪，行人來往走動，沒一會兒便將積雪踏黑踐汙。

一道熟悉的身影從一個巷子口竄出，身後跟了三個人。

陳箋方瞇了瞇眼，賀姑娘和陳六老爺攪在一起做什麼？

喬徽順著陳箋方的目光望過去，看清賀顯金那張冬青臉，不禁磨牙，「這不是你們家那棵冬青，哦不，那位女帳房嗎？」

陳箋方目光未移，敷衍著點點頭。

只見賀顯金在人流密集處指了個地方，陳六老爺手一抬，身後老僕就埋頭苦挖，沒一會兒就挖出一本四四方方的東西，好像是本書？

陳六老爺一把將那東西搶過轉身便走，隔了一會兒，賀顯金便帶著一個比她更小的小丫頭，一人抱著一個裹得嚴嚴實實的東西轉身向老宅走。

過程行雲流水，看上去像是在做什麼交易？

陳箋方眉頭蹙得更緊，那個四四方方的東西，是不是前幾夜他們夜探朱宅摸出來的帳本？她……在和陳六老爺做交易嗎？

喬徽也歪頭看著，隔了一會兒方重新埋頭吃肉。

行呀！那姑娘可算是把六丈宣弄到手了。

而賀顯金這兩日睡覺，都是枕著八丈宣睡的。

別人是高枕無憂，她是高八丈宣無憂，嗅著紙香做甜夢，睡得非常安穩——除了一刀紙的高度太高，導致她有點落枕。

落枕的結果是，第二天她歪著腦袋看人，透露出幾分囂張不羈的氣質。

故而瞿老夫人用午膳時多看賀顯金兩眼，待放下碗筷，特招賀顯金進正堂，預備展開一場籌備良久的面對面、心貼心的思想教育。

這還是賀顯金頭一次踏入陳家老宅正堂。

四面見風，四個紅漆拱柱頂上，木梁雕花，牆上皆裱有大小不一，種類各異的空白宣紙，堂上供奉著一張泛黃卻極具光澤的紙，紙張被一個透明琉璃罩罩住，平鋪擺放珍藏。

賀顯金歪著脖子看，那張紙上有著星星點點，不規則的水漬，就像雨水滴落氤氳成的小黃斑。

這張舊黃紙被珍貴的琉璃罩鄭重其事地罩著，小偷都不知道偷哪個。

瞿老夫人見賀顯金歪著脖子瞪眼注視堂屋上供著的金粟山藏經紙，姿態極度囂張，神色非常不羈。

瞿老夫人心頭有些悶，好好一個老實孩子，和陳敷那混帳東西共事幾天，這都學了些什麼習氣！

想起幼子四六不著調的傻樣，倏地憐惜起賀顯金小小年紀與傻子共事的不易，便頗為語重心長地開了口，「臘月二十八，妳和老六那場官司，原是老六嘴巴犯賤，妳純屬無妄之災，我心裡都知道。」

下屬纏鬥，最忌諱上位者權責不分，一味和稀泥。

明面上不表態，但至少私底下該拉攏的心腹要拉攏，該打壓的刺頭要打壓。

若不表明親疏，時間久了心腹將變成心腹大患，刺頭將發展成仙人掌，豈不是陷自己於腹背受敵，親信全無的境地？

歪腦袋的賀顯金裝得老實如鵪鶉，待瞿老夫人說完話才開口，「也不算無妄之災，我們初來乍到便訛了他八百兩銀子，而後又使計叫他手下的那位朱管事打道回陰間，六老爺算是賠了夫人又折兵，看我不順眼也十分應當。」

瞿二嬸在旁嘁了口口水，倒也不必把撕破臉皮說得如此直白。

瞿老夫人滯了滯，這些她當然都知道，賀顯金一來玩了幾手好牌，既架空了陳老六，還把長久積壓在涇縣庫房的存貨以高價賣了出去，帳面做平了，人情也做到了。

現在滿涇縣提起清算陳老六債務的小小姑娘賀帳房，誰不稱讚一句處事大氣，心胸坦蕩？

對賀顯金的所作所為，瞿老夫人是滿意的，從袖中掏出一個小錦盒推到賀顯金跟前，「妳身上帶孝，金銀不上身，我就給妳熔了個小金條，放在身上也踏實。」

大老闆發年終績效獎金了！

賀顯金探著腦袋看，黃金迷人眼，小小一塊，估摸著能有個二兩重，看上去非常可口——聽說古代的黃金是軟金，咬上去就是一個大牙印，現代的黃金都經過九九八十一道工序，比她的骨氣都硬。

賀顯金收回留戀的眼神，企圖伸手去拿，奈何落枕太嚴重，胳膊肘跟著動不了，賀顯金便努力正腦袋，卻又因脖子太疼，那股擰著的筋又把腦袋甩回去了，甚至甩得更歪。

看在瞿老夫人眼裡——對於金錢，這個小姑娘眼神不做停留，甚至歪頭閉眼，做出很是不屑的樣子。

老太太不由在心頭暗讚一聲小姑娘年歲雖小，卻很有幾分不為富貴迷人眼的氣度！

瞿老夫人把錦盒往前一推，語氣愈加輕緩，「給妳了，就是妳的。」又嘆了口氣，「老六行事乖張，與他鬥，不容易。陳家許多族老都寫信給我，說老家的人因老六一人作為對陳家、對陳記紙鋪很有成見，叫我管一管。」

瞿老夫人雙手杵拐杖，語氣發沉，「要我管？我怎麼管？陳家一整個是我的嗎？老三他爹走得早，幾個輩分高的族老當初要吞陳記的作坊，是老五、老六幫他哥哥和幾個姪子保住了這份家業，就衝這份情意，老六在涇縣只要不是犯了傷天害理的大錯，我都能容忍，都必須容忍……」

「他犯了。」賀顯金眨了眨眼，斬釘截鐵地打斷瞿老夫人的話。

瞿老夫人瞪大眼看著賀顯金。

賀顯金站在原處，表情沒有變化，「李老章師傅的死，李二順師傅的殘疾，都是他的手筆。朱管事雖說也不是什麼好人，可罪不至死，也是他為了保全自己犧牲掉的人命。甚至咱們收購樹皮、稻草的村子上惡行累累，莊頭只知收錢，不知自己還是個人。我想，這也與陳六老爺馭下不嚴，處事不公有極大關聯。」

這些是血債。

「還有他私自『餵敵』，將李老章師傅的八丈宣輾轉走私至淮安府，成全了淮安府福榮記皇商的名號。」

這些是大恨。

血債當用血來還，深仇大恨又該如何平息？

瞿老夫人瞳孔猛然緊縮，難以置信。

她當然知道陳六老爺手腳不乾淨，可……可她以為只是一些小打小鬧！

「不……不可胡言亂語！」瞿老夫人身形前傾，壓低聲音。

賀顯金從懷裡掏了一本與前兩日如出一轍的帳本遞到瞿老夫人手上，「朱管事記錄的帳本，上面一樁樁一件件記載得清清楚楚，您若不信……」

「我證明，此事為真，這帳本也是真。」遊廊外，一道著月白長衫的身影，隨著這話音快步而來。

陳箋方先拱手向瞿老夫人作揖，再轉頭神色複雜地瞥了眼賀顯金——他原以為這個小姑娘挾天子以令諸侯，拿著帳本已使陳六老爺就範，後一想可能性不大，甚至幾乎沒有。若這小姑娘有所圖謀，早在隨三叔來時便心想事成，得償所願。

這幾日，他一直在等這個小姑娘動作。

陳家不過一介小商賈，內外院之別不嚴，特別是這個姑娘還住在僕從的群居地，想打聽什麼十分簡單。

當他一聽見祖母找賀顯金談話後，便往正堂趕，外間守著的老奴不敢攔他，他便一路暢通無阻，正巧聽見賀顯金把帳本拿出來了。

他怕她缺心眼地說實話——這個帳本是摸黑偷拿的，便只好急匆匆地出聲阻攔。

摸黑偷拿——光憑這四個字，就足以讓這姑娘萬劫不復！

就算帳本是真的，就算陳六老爺該死！

這個帳本是偷的，這個小姑娘偷東西——這讓祖母怎麼想？讓陳家人怎麼想？讓知道這件事或即將知道這件事的人怎麼想？

偷字，太重！

她一個小姑娘，擔不起！

「你……怎麼作證？」瞿老夫人已將帳本翻看一遍，再看向長孫的目光如隼如鷹。

因為他跟我一起去的，賀顯金在心裡回答，這是實話，但她怕瞿老夫人氣到吐血。

陳箋方面色穩如泰山，「臘月二十八，我們剛到涇縣，二叔庭院喝酒正酣，六爺爺神情緊張地跑出門廳，孫兒甚覺不妥便跟了出去，正好撞見朱管事遺孀向六爺爺索要銀錢。兩人一番拉扯推纏，六老爺給了銀錢，待六老爺走後，我和賀姑娘便去尋朱管事遺孀將這個帳本詐了出來。」

賀顯金眼見陳箋方面不改色地篡改帳本來路，不由輕輕低了頭，一個故事九分實一分虛，偏偏這一分虛，誰也無從考證。

難道瞿老夫人會開堂審問朱管事遺孀知不知道這個帳本的存在？有沒有拿這個帳本訛詐陳六老爺銀錢？

就算是為了陳家的臉面，也不可能！

只要這個帳本來路清晰，陳家只會偷偷摸摸處理了陳六老爺，甚至為遮掩，或許還要冠上「多病」、「體弱」等冠冕堂皇的名號，美化陳六老爺的失勢或喪命。

希望之星虛虛實實幾句話，便「洗白」了帳本來路，甚至「洗白」了他們夜探民居的荒唐行徑。

賀顯金不禁咋舌。

她自重生後，常以現代人的優越感俯瞰舊時光，卻不知能在禮法教條下殺出一條血路的讀書人，究竟能有多聰明？

聽到陳箋方後話，瞿老夫人與瞿二娘對視片刻後，瞿老夫人微不可見地長舒一口氣，手裡緊握住帳本，一言不發。

沉默，令人尷尬的沉默。

賀顯金低著頭，像隻被烤熟的鵪鶉。

這一個處理不好，就要和她的大金條說再見了，還是應該先咬一口！

賀顯金不無暗悔，她心裡其實清楚瞿老夫人將陳敷發配老宅的意圖，不過是陳六老爺做得太過，需拿陳敷這把尚方寶劍殺一殺銳氣。

可會殺到什麼程度？她實在難以猜測了。

她畢竟是才來的，摸不清瞿老夫人和陳家的恩怨情仇，也摸不清楚瞿老夫人和陳家幾個叔伯子姪之間的關係深淺——君不見，瞿老夫人待陳家五叔的態度就十分倚重和信任嗎？

萬一瞿老夫人只想剪點陳六老爺的頭髮絲，結果被她大刀一揮，直接「喀嚓」一聲砍了脖子。

那瞿老夫人是恨陳六老爺，還是恨她？

道理她都懂，她卻不想這麼試探——李三順師傅在她手下做事，父兄因陳六老爺或死或殘，她做不到冷眼旁觀。

「老夫人，陳六老爺手上有人命。」賀顯金抬頭提醒，「若高高拿起，輕輕放下，恐不能服眾。」

陳箋方暗嘆一聲，唉，這個魯且直的傻姑娘，喊打喊殺，妳好歹蒙層面紗！

「孫兒尤記爺爺去時，六爺爺痛哭流涕，在祠堂裡舉手發毒誓，必以血淚保大房孤兒寡母平安順遂。」陳箋方跟在賀顯金話後打補丁，「年前，父親猝亡，五爺爺紅腫著雙眼，滿城尋上好棺木，八上滁州只為求當地鄉紳讓出為家中老人準備的黃柏木棺材。同一時刻，六爺爺來說，涇縣作坊帳上告急，希望本家另撥六十兩原材本錢。」

陳箋方的聲音很好聽，清亮溫潤，彷彿帶著暖意，讓賀顯金忍不住多看他一眼。

「六爺爺在祠堂前的痛哭是真的，如今的心狠手辣，踩著陳家胡鬧也是真的，只是欲買桂花同載酒，終不似，少年遊……」

陳箋方聲音漸低，時光飛逝變遷，又一個屠龍少年終成惡龍的故事。

賀顯金也因陳箋方的話，感到莫名心酸。她沒經歷過陳家頂梁柱陡然倒塌，孤兒寡母依靠兩個親叔叔站起來的歲月，所以她盡可以扯著嗓門喊打喊殺。

瞿老夫人長嘆一聲，「他怎麼這般糊塗！」

瞿二嬸眼眶一紅，「夫人，請族老主事吧？」

瞿老夫人手扣進帳本中，隔了許久方點點頭，「開祠堂，請陳家耆老，請里正。」杵著拐，瞿老夫人站起身來，「叫阿董帶一隊家丁，把陳六帶來。」

再然後，賀顯金和陳箋方就被請出來了，這種教訓長輩的陳家高端會晤，希望之星都不夠格，賀顯金一個打黑工的拖油瓶就更沒有立場觀戰了。

陳箋方背著手慢慢走。

賀顯金本想走出正堂就和他分道揚鑣，卻又不好直接超車，免得不想搭理他的意圖太過明顯。賀顯金便只能歪著脖子，拖著步子跟在後面，作蝸牛狀滑行。

陳箋方突然腳步一停，轉身斜睨，「妳倒不怕六爺爺告發妳敲詐？」

賀顯金一驚。

「初五迎財神，我與友人於小稻香聚會，正對面就是水西大街最繁華的人堆。」

噢，原來是看到她領著陳六老爺「挖寶藏」去了。

「他不敢，他還得給他兒子、孫子留點好東西呢！」

她小敲了兩刀八丈宣、兩刀六丈宣，她才不信陳六老爺手上就只有這麼點！她若獅子大開口往大了要，把陳六老爺的存貨要完，他能都不全給她？

陳六手上必定還有，但只要他敢告發她拿著帳本先去敲詐，那他手上剩下的那點存貨，一張都留不住，到時候他兒子和孫子會恨死他！

陳箋方琢磨片刻，懂了，又背著手向前走，走了兩步，在猶豫踟躕間又停下了步子，徹底轉過身，「凡事需三思而後行，以混制混，以暴制暴，反傷己身。」

話說出口，陳篗方甚覺不妥，他算哪塊田裡哪根蔥？

只是這姑娘本來便出身不顯，又有個做小娘的母親，為人全憑一股衝勁和天生自帶的機靈，此時不翻車，不代表以後不翻車。

這個世道，一個姑娘承受得了翻車的代價嗎？

三叔既頂著壓力把這姑娘留下來了，就該擔負起教養之責。

三叔……陳篗方腦子裡浮現出前兩日陳敷一手捧著一個酒罈，站在堂屋正中間，油頭粉面又傻裡傻氣的模樣，不由暗自搖搖頭。

三叔那個樣子，還是算了吧！

陳篗方一抬頭，卻見賀顯金歪著脖子，斜著眼睛看自己，不由莫名氣從心底來。

還歪著脖子不服氣了!?

這個樣子和三叔梗著脖子在祖母面前不服氣，簡直有異曲同工之妙。

陳篗方嘆了口氣，溫聲道：「我出此言語不過因我喪父、妳喪母，皆失怙失恃，同為淪落之人方莽撞開口，賀姑娘可擇佳言聽之，擇糟粕棄之，是我唐突。」

陳篗方一語言罷，便轉頭離開，留下歪脖子的賀顯金風中凌亂。

她說什麼了？

她啥也沒說啊！

第十二章 心驚膽顫

陳家開了祠堂，這事在不大的老宅壓根兒瞞不住，還沒到晚飯，消息便滿天飛。

張婆子還在打年糕，是的，她還在打年糕。

陳家是做生意的，對財神的渴求比尋常人家更大，企圖用年糕留住財神的意願也更強烈，故而倒楣催的張婆子又被捉去打年糕了。

不論是打了半個月年糕的張婆子，還是吃了半個月年糕的財神，應該都忍不住想破口大罵了。

張婆子握著半人高的木杵，面無表情地舂熱米，一邊舂，一邊俯身給賀顯金抓了坨還冒著熱氣的米團沾了花生粉，塞到賀顯金嘴裡，「六老爺這次可能會死。」

「您聽誰說的？」賀顯金鼓著腮幫子，努力嚼著米團。

「前院二舅姥爺的伯娘的表妹，是我嫂子。」張婆子炫耀完自己的關係網，朝賀顯金呶呶嘴，「妳知道的，妳張媽我盤踞陳家多年，人脈很廣。」

人脈很廣的張婆子舂年糕舂出態度，舂出作風，舂出千軍萬馬的氣勢。

賀顯金咧開嘴笑得不行。

緊跟著張婆子便短話長說，添油加醋，添磚加瓦地把下午的事說清楚了。

陳六老爺估摸著知道所為何事，先是在家裡勃然大怒，尖聲咒罵，「狗娘養的小畜生，坑我一次還坑我二次！不得好死，妳不得好死！」

賀顯金差點兒被熱米團噎住，這好像……罵的是她？

她穿越以來的聰明才智，全用在對付陳六老爺上，可謂是將中華上下五千年積攢下來的坑蒙拐騙偷全在陳六老爺身上使了一遍。

那頭陳六老爺咒天罵地，這頭董管事雖頭頂毛不多，力氣卻不小，說了句「得罪了」，幾個回合就將陳六老爺拿下，順帶將屋裡的金銀珠寶裝了一麻袋，一路從水東大街押到老宅，在陳家宗族耆老面前，金銀珠寶被抖落了一地，接著就是涕泗橫流的陳六老爺。

「啪啪啪——打得那叫一個響！」張婆子還自帶配音。

陳六老爺雙手連環旋風自扇耳光，並演繹了一場「我不是人」、「我良心被狗吃了」、「我知錯再也不敢了」中老年男性大型認錯現場，先抱著陳家輩分最高的陳家七叔祖大腿不放，緊跟著又給瞿老夫人磕了幾十個響頭。

「但這些都沒有用。」張婆子撇撇嘴，「也不知六老爺是犯了什麼天大的差錯，抱大腿不是，磕頭也不是，最後他企圖衝去撞柱子。老夫人側身躲開讓他撞，只說了一句『你若現在撞死了，我在祠堂裡發毒誓，必保我那姪子姪孫衣食無憂、讀書上進』。」

賀顯金發現了，張婆子在記錄八卦、傳播八卦上展現出了驚人的天賦——這麼文縐縐一句話，她竟可以完美複述！

賀顯金艱難地把滿口的米團嚥下發問，「然後六老爺撞沒撞？」

張婆子嗤笑一聲搖搖頭，「他撞柱子？屎殼郎羞憤而死，他都不會。聽老夫人這麼說，六老爺反倒不哭了，開始指天罵人，先罵爹媽早死，再罵兄長不管，最後罵上天不公，遭奸人得了道。反正就不怪自己財迷心竅，也不怪自己背叛祖宗。他罵得七叔祖發了怒，叫人拿布條塞了他的嘴，把他拖下去了。」

張婆子一邊說著，一邊又給賀顯金塞了把紅棗乾，「最後耆老們商量，決定動用家法，將他鞭笞一百下後，發回寧德村，也就是陳家最老的老家。不許為他請大夫和上藥，他的子孫後代不受家法，但全都不許留在涇縣，更不許從事紙業，他們這一房名下的祭田、宅子、銀錢和店鋪盡數充公，族中不再為這一房提供任何幫助，等過了年就去官衙將這一房的路引和名籍上的涇縣陳氏印章去掉。」

回收田地、除名、除族，這是古代宗族觀念下最嚴重的處罰，在一定程度上甚至高於律法，嚴於律法。

陳六老爺的子孫後代還可以繼續生活，他們可以做買賣，重新購置地產另立門戶，但他們沒辦法繼續讀書了——一個被宗族除名的人，罪大惡極，怎還能入仕為官？

當然，如果非要槓，說我讀書就是為了陶冶情操，不為入閣拜相，那……請便。

賀顯金聽完八卦，飛也似的跑了，她再不跑，八寶飯快要在她嘴裡會合了。

開了祠堂的事辦得特別快，當天夜裡賀顯金就聽見鬼哭狼嚎的慘叫聲，隔了一會兒徹底沒了聲響，估摸著是鞭笞一百下打完了，陳老六也被拖走了。第二天一早，便見董管事步履匆匆跑進跑出，應該是在核算陳六名下的庶務和資產。

不到正月十五，掌控涇縣作坊十餘年之久的陳六老爺便在寧德村傳來魂歸西天的消息。

這消息傳來時，大家正在吃早膳。

陳敷聽了半晌沒言語，反倒是瞿老夫人神色自然地給賀顯金夾了一筷子油燜竹筍，再招呼眾人，「吃飯，正月裡不說不吉利的事。」

陳敷看了眼瞿老夫人，想了想，隨即埋頭刨飯。

自來了涇縣便沉默像空氣似的三太太孫氏卻手一抖，陶瓷勺子碰到碗沿，發出清脆的聲響。

賀顯金抬頭看去，孫氏便跟觸電似的一個哆嗦。

太嚇人了！她可聽說了，這六老爺究竟為啥死的？

就是因為擋了這死丫頭的路，便被人設計，被賀顯金抓住了小辮子！

否則照六老爺與陳家主支的親疏遠近，就算貪個五、六百兩，至於死嗎？

這還是只是被擋了路……當初，不不不，還不叫當初！就在兩個月前，她拿青菜作踐這死丫頭，不給這丫頭吃飽，還給這丫頭找了個長得像耗子的老鰥夫！

對照陳六老爺，她對這丫頭犯下的罪行，可謂是罄竹難書！

陳六老爺都死了，她的墓地還遠嗎？

孫氏哆哆嗦嗦地過了兩日，越想越害怕，越看賀顯金那張隨時笑咪咪的臉，越覺得這丫頭包藏禍心，在屋子裡走來走去琢磨半天，也不知如何是好，想來想去，終是一咬牙一跺腳差人請來陳敷，姿態放低，十足乖順。

「金姐兒今時不同往日，陳六老爺一去，涇縣作坊大小事務想必是落到她手上了吧？」

陳敷不滿道：「為什麼不是落到我手上？」

孫氏喉頭一哽，「您……您自己想管事嗎？」

陳敷搖搖頭，「那倒也不想。」

那你抬什麼槓！孫氏被堵得胸口發疼，正想如往常一樣和陳敷大發脾氣，卻又顧忌陳敷背後的保護神——大名鼎鼎的賀夜叉，不禁深吸一口氣，繼續低眉順眼道：「金姐兒如今萬般好，對咱們陳家千般好，可只一樣不好。」

事關賀顯金，陳敷蹙起眉頭，「什麼不好？」

「賀小娘死後，她同陳家的聯繫太少了，全憑她對您的一腔拳拳之心。咱們做生意的人家多半是重用自家人，如今是您留在涇縣，若有一日您不樂意在這兒了，那就麻煩了。究竟還重不重用金姐兒呢？重用到什麼程度呢？若是不重用了，咱們金姐兒又該怎麼辦？」

這話說到陳敷心窩裡去了。

陳敷蹙眉想了想，點點頭，「確是如此。」

見陳敷也覺得自己說得很對，孫氏按捺激動，「我有個法子扭轉乾坤！」

「妳說。」

「讓金姐兒變成咱們陳家的媳婦不就行了！您忘了，四郎還沒娶親呢！金姐兒守孝期滿，四郎就下聘，到時候金姐兒就是咱們陳家名正言順的自家人，別說管一個鋪子，就是管四個鋪子都使得！」

孫氏快為自己的機智嘆服，她怎麼那麼聰明啊！賀顯金風頭正盛，老虔婆擺明了現如今是倚重她的，既然倚重，那她不介意四郎納賀顯金為妾！好吧，實在不行，為妻也不是不可。到時候她可是婆婆，對賀顯金有天然的身分壓制，賀顯金再混，她還敢對自己婆婆報仇雪恨嗎!?

「妳沒事吧？」

陳敷一言難盡，難以置信。

而得知消息的賀顯金也是驀地一下站起身來，表情好似吃了一坨大便，「她沒事吧？」

賀顯金以為自己聽錯了，又問了一遍，「三太太說誰娶誰來著？」

「讓四郎娶妳。」陳敷頂著夜叉吃人的壓力再說一次。

「讓誰娶我來著？」

「四郎娶妳。」

「讓四郎娶誰來著？」

「娶妳。」

經歷賀顯金一番的靈魂拷問後，陳敷也開始懷疑起自己的記憶。

結果越想越錯亂，最後乾脆擺爛，往椅凳上一躺，「唉呀，左右我已回絕，太太若跟妳再談此事，妳也不必顧忌我的顏面，該拒即拒，該回即回，該罵即罵。」

雖不該在繼女面前說髮妻不是，可陳敷仍舊沒憋住，搖搖頭，「她那個腦子是真有什麼毛病，妳和四郎算是兄妹，成哪門子的大頭親？將來妳是要從陳家出嫁，妳那幾個哥哥要背著妳上花轎的！」

陳敷三子一女，但長子和幼女早夭，皆不到十歲便撒手人寰，二子聽了算命的說，要養在舅舅身邊到二十歲才可避劫，賀顯金自穿越後就一直沒見過這位三房二郎，再就是賀顯金熟悉的陳四郎。

之後，陳家最強妾室賀艾娘上線，陳敷和三太太孫氏的姻緣線甚至被攔腰砍斷。

根據張婆子提供的線報，陳敷在納賀艾娘為妾前，開誠布公地與孫氏談了和離，開出的條件非常豐盛誘人。

孫氏的嫁妝盡數帶回，已用出的嫁妝折算補齊，並將陳敷名下的百畝良田及白銀一千兩給她，再加每年一百兩的嚼用。若孫氏要再婚，陳敷便將按一年一百兩的標準補足二十年。

一畝良田，如今市價是三兩至四兩銀，一百畝即為三百至四百兩，也就是說陳敷開出了，總計約四千兩的分手費，已經是天價了啊！

作為小富二代出身的賀顯金，非常理解同為小富二代的陳敷——家裡有錢，不代表後輩手上能有這麼多花銷。例如港媒筆下某港商公子家大業大，也只能靠每月信託基金度日嗎？

這怕是陳敷當時全部身家，算是淨身出戶？

不得不說，某些程度上，陳敷的思想非常前衛，比如和孫氏婚姻存續期間，他無妾室無通房；再比如，遇到生命裡的真愛賀艾娘後，他拿出全部身家企圖和離。

拋開精神出軌不談，就算放在現代社會，陳敷也還算是個不錯的男人？

但在孫氏的立場，她可能不這麼看，她寧願要在後宅裡受「渣男」和「小三」的氣，也不願意拿著銀子開啟富婆單身人生。

賀顯金頗為她不值，畢竟這個朝代，那該死的朱熹還沒出生，嚴苛的女德、女訓還未廣為流傳，作為一個完成了婚姻任務和生子任務的單身富婆，孫氏將迎來非常廣闊的人生。

啊——孫氏就這麼活生生地放走了賀顯金夢想中的人生。

賀顯金搖搖頭，把喟嘆先甩出思緒，言歸正傳，頗為不解發問，「太太想我嫁出去的慾望怎麼這麼強烈啊？」

先有斑禿耗子，後有青春痘高中生，孫氏為啥這麼操心她的婚事啊？

賀顯金不太能理解孫氏的想法，她算是孫氏畢生宿敵之女，孫氏竟然也願意讓她當兒媳婦？

等等！孫氏是不是準備讓她餓著肚子立規矩？是不是準備讓她天不亮就起床請安？是不是準備拿婆婆的款兒磋磨她？

賀顯金頓時氣得牙癢癢！

陳敷輕咳一聲，嘆了口氣，「因為她的手只能伸到這裡了。」

賀顯金愣了愣。

陳敷抬手摸摸後腦杓，頗有感觸，「她和妳、和母親不同，她的眼界只有內宅四方天，她擺弄不了鋪子上的事，更沒權力插手作坊的運作，她能做的就是熱情投入內宅女眷雞毛蒜皮的爭鬥。」

所以她只能把妳拖回她熟悉的戰場，再在她熟悉的戰場打敗妳啊！

陳敷輕輕搖搖頭，顯得頗為唏噓，「她做再大的惡也不過是隨意把妳嫁了，就像她再痛恨妳母親，也只是不准妳母親中秋出門拜月，她也只能做到這份兒上了。」

賀顯金大愣，她還真沒想到陳敷有這般的見識！

「三爺……」賀顯金囁嚅開口。

陳敷看向賀顯金的目光柔和又溫暖，但好像企圖衝破賀顯金看向另外的……人。

「妳儘管放手去做吧！一切企圖將妳拉到深淵的力量，都交給妳三爺我處理。如今陳六老爺死了，鋪子上有錢有人有貨，誰也不能擋在妳前面。妳做盲袋也好，集色卡也罷，無論再稀奇古怪的點子，再驚世駭俗的想法，妳都可以大膽嘗試！虧了，三爺我給妳補齊；賺了，就當作妳向上走的墊腳石。什麼盲婚啞嫁，什麼內宅爭鬥，妳都不用管，妳娘把妳交給我，不是為了步她的後塵。妳知道妳娘的夢想是什麼嗎？」

賀顯金喉頭有些澀，眼眶有些酸，輕輕搖搖頭。

「她想遊遍九州，從北直隸到琉球，從山海關到烏思藏都司，想將所見所聞寫成遊記。可惜臨到死，她走得最遠的地方，不過是從青州到宣城，一路逃難挨餓的時光，卻成為她最自由的時刻。」

賀顯金好像突然能理解陳敷與賀艾娘的感情了，菟絲花與紈褲之間，或許除了依附與倚靠，還有些其他的。

其他的一些，她不明白的，從未接觸的，有所耳聞但未曾感受過的東西。

陳敷拿手掐了掐鼻梁，舒緩了幾分酸澀的意味，笑了笑，「我不明白妳為何這麼拼命做事，但妳既然選了這條路，我就負責幫妳清除障礙，妳自己堅定走下去。妳且記著，不好好做，是要被拖回來嫁人的！」

賀顯金悶悶地點了點頭，「我不嫁人，我可以自立女戶。」

賀顯金瞭解了一下，這個朝代女戶可以有私人恆產，可不嫁人，自行購房入籍，唯一的問題是需要有宗族依靠。女戶要給宗族購買祭田，死後的財產交由宗族全權分配。

相當於收取保護費，宗族給予女戶庇蔭，女戶上交個人財產，非常適合賀顯金這種沒什麼婚姻需求的未來富婆。

陳敷臉色一變，「呸呸呸，胡說胡說！」自己做還不夠，要求賀顯金也要從事封建迷信行為，「妳趕緊敲敲木頭，邊敲邊呸，在心裡默念皇天后土，小女子是胡說八道，萬不能當真！」

賀顯金沒動，急得陳敷握著賀顯金手腕敲在木桌上，尖著嗓子企圖裝女聲幫賀顯金「呸」了。

裝女聲就有點過分了，皇天后土怎容你這般蒙混過關！

賀顯金被鬧得沒辦法，只好跟著陳敷把話「呸」掉。

陳敷這才滿意，神色一反常態的認真，「身無彩鳳雙飛翼，心有靈犀一點通。人啊，可不為錢財成親，可不為地位成親，但需求得一人白頭偕老，永結同心，這是世上最幸福的事情，金姐兒，妳務必記住。」

好吧，這是戀愛腦說得出來的話。

在自由開放的現代，她都沒撞見心有靈犀一點通的那個人。如今她大門一閉，左邊是過年打年糕的張婆子，右邊是半夜打呼嚕的王三鎖，條件之惡劣，環境之艱苦，在這種困境下，她得燒多少好香，才能撞到那個人啊？

不奢求、不盼望、不考慮。

賀顯金囫圇打著哈哈，又同陳敷閒扯了幾句，說起陳六老爺死亡內幕，陳敷聽得連連「哇哇哇」，既嘆陳六老爺膽肥心黑，又嘆李老章師傅死得太慘，李家太可憐，念念叨叨地說個沒完，像個好奇寶寶似的，問來問去，賀顯金被問得腦袋疼。

但剛才的話題好歹被打岔過去了，終於不用聽陳敷眼冒星星地分享他那「一生一世一雙人」的愛情觀。

賀顯金長長地舒了口氣。

自陳敷同賀顯金長談這麼一場後，賀顯金再看孫氏，便從咬緊後槽牙變為眼睛帶憐憫，反倒叫孫氏越發心驚膽顫，又不敢再向陳敷探聽什麼，就怕自己先被陳敷一頓罵後，又被這夜叉抓住把柄，送去和陳六老爺作伴。

這種忐忑又害怕的心情一直持續到正月十三，瞿老夫人準備在涇縣過完上元節，再回宣城。

終於快要回去了！孫氏從來沒這麼歸心似箭過。

「上元」這個節日，在現代地位不高，很少人過，但放在這個時候，這屬於大節日。賀顯金提前讓周二狗與鄭家兄弟銷假回來，連夜開了作坊，將更次一些的竹紙清理出四、五刀來，向剛開市的莊頭以極低的價格收購了三千支竹子篾片，再準備了一些筆和彩墨，另備上五張四方桌和十來張小凳子，就在水西大街的店鋪門口一字鋪開，順便在門口掛了個花燈幌子，幌子上還寫著三個大字——美人燈。

開玩笑，這麼好的清理劣等存貨的機會，不用白不用啊！

張婆子面無表情地坐在凳子上，一邊用打年糕打出二頭肌的手臂穩健地烤製篾片，一邊聽穿了身月白色棉夾襖，梳了個方髻的賀顯金提著一只「豐」字形花燈在門口對著兩位穿著錦繡綢緞的姑娘說瞎話。

「是是是，編一個花燈三十文！篾片、糊花燈的紙張，還有在紙上畫畫的筆和彩墨都準備好的，連教您做燈籠的師傅都是現成的。」賀顯金轉頭，笑著指了指一臉冷漠的張婆子。

兩個富家姑娘好奇地望過來。

張婆子扯開嘴角，回了一個大大的假笑。

賀顯金再接再厲，「您想想看啊，上元將至，夜市裡女子盛裝打扮，大家穿紅著綠，手上都提著一盞漂亮的花燈，嘿，您猜怎麼著？」

穿紅緞子的富家姑娘笑瞇眼，「怎麼著呀？」

「別人手上的花燈要麼是兔子，要麼是嫦娥，要麼是花神娘娘，哎呀，都是些常見的款式。您手上的可不一樣，您想它是蘭草就是蘭草，想它五穀豐登就五穀豐登，您要樂意還可將桃子、李子、葡萄全畫上去，湊個大果盤，您說別人羨不羨慕您？」

穿綠緞子的富家姑娘撞了撞紅緞子姑娘的胳膊肘，眼睛裡都是心動。

賀顯金打鐵趁熱，「別人看您燈籠不一樣，再來問您哪兒買的，您猜又怎麼著？」

「怎麼著啊？」

賀顯金笑呵呵，「您可告訴旁人，這別處可買不到，是我自個兒做的美人燈呀！」

紅綠姑娘咯咯咯笑起來。

張婆子別過臉去，幸好她老了，沒人騙得走她的錢。

做一個花燈，花費的不過是一張紙，幾根竹篾片，再有點漿米熬的漿糊，竟然要三十文!?

重點是還要自己動手做！

一個漂漂亮亮，齊齊整整的成品花燈才多少錢？最多最多不過十文錢。

這還是那種好幾層疊著，又有畫又有字的花燈，才敢收十文啊！

張婆子浮想聯翩間，紅綠姑娘已經相攜落坐，兩個盛裝打扮的姑娘擠在矮小的四方桌凳間，神色間卻高興得不得了，拿了六根篾片，學著張婆子的樣子又是折紙又是糊漿糊，主打的就是一個快樂。

張婆子講授完工序便收回目光，聽門口又響起那個熟悉的，誘人掏錢的聲音。

「是是是，編一個花燈三十文！我們什麼都準備好的，您自己想做成什麼樣式就做成什麼樣式呢！」

張媽羞愧地閉了閉眼，她今天見賀顯金難得穿了件小姑娘適合的淺色漂亮衣裳，便十分欣慰地讚了兩句，誰知這死丫頭一臉嚴肅地告訴她，「這是戰袍。」

是，這是戰袍。

戰的是生意人有多黑心的底線。

刨的是別人口袋裡老實待著的銀錢。

「美人燈」正月十三正式上線，迅速贏得涇縣少女們的熱愛，趁年節未過，家中家教尚未收緊，每日都有二十多個姑娘、少婦來做燈籠，算是將涇縣家境不錯，願意拿錢給女兒胡鬧的家中掌珠全數打盡。

銀子沒賺多少，但認識了不少人，特別是那些有購買力的女性——比如知府族中女兒、縣裡典簿的妹妹、縣衙文書新娶的美嬌娘，再比如一個家裡挺有錢的圓圓姑娘。

說起這位圓圓姑娘，賀顯金真是印象頗深。

這姑娘長得珠圓玉潤，一來便付了三百文，包了十個燈籠慢慢做，賀顯金立刻請張婆子傾力協助大主顧，並遣鎖兒去門口買了兩盒糕點，自己也不當吉祥物了，拎著個銅製暖爐在她旁邊誇張讚揚，「哇哦！您這根篾片選得真棒，這個對角疊得真整齊，這碗漿糊調得真濃稠！」

賀顯金感知到張婆子的擠眉弄眼，看了看唇形，噢，漿糊張媽預先調好啊！

雖然馬屁拍到了馬腿上，但金牌銷售絲毫不懼怕尷尬，轉頭便真誠讚揚起大主顧的心靈手巧。只是誰也沒想到，這位大主顧每個步驟都對，最後成品都廢。

十個預製品，她只做出來了一個成品，廢掉的或被水墨氤出幾個大洞，或紙對折時被黏在一起，燈籠是做成了，就是紙張太厚，光透不出來。

眼看大主顧又氣又羞，做個燈籠還做急眼了。

賀顯金趕忙上了盞茶，「菡萏雅，梅花香，竹子清幽，可誰也不能說無名之花不美，您這燈籠雖看上去不像尋常的燈籠，卻美得很有特色啊！」

賀顯金單手拎起那只暗黑不透光，看著像花燈實則是團紙的後現代主義「燈籠」，真摯且誠懇地說道：「比如這只，它雖叫燈，卻不亮，從理學辯證論道，卻是一樁極有意思的事。上元夜遊，萬家燈明您獨向夜行，大家燈都亮亮的，唯您一人燈籠沒亮，您想想，那個時候大家是看您，還是看那些普通的，亮堂堂的燈呀？」

全部燈都亮著，只有一盞燈沒亮，所有人的注意力在哪兒?肯定在沒亮的那盞嘛！

這小姑娘年歲不大，不過十二、三歲，胖嘟嘟臉上，兩邊面頰肉粉嫩嫩，一雙眼睛藏在肉裡亮晶晶的，像隻不愁吃喝的單純幸福錦鯉。

錦鯉姑娘一聽賀顯金後話，吸吸鼻子說話軟軟糯糯，「您說話真有意思，理學啊論道啊辯證啊……和我爹日日掛嘴上的東西差不多！」

「那令尊必定是位高人。」

錦鯉姑娘聽明白賀顯金的話，展顏一笑，露出兩個笑窩，「您和我爹爹說話差不多，我爹爹是高人，您也在自誇自己是高人呢！」

錦鯉姑娘捂著嘴笑，手背上也有好幾個胖窩窩，真是太可愛了！

賀顯金忍不住請張婆子扯了張很好看的灑金珊瑚箋，拿竹管筆畫了好幾條可愛翹尾巴的魚，精心做了只雙層花燈送給錦鯉姑娘，「願您新年快樂，平安喜樂！」

錦鯉姑娘眼睛笑眯得像彎月。

第十三章　值得敬佩

正月十五的白日，陳左娘帶著妹妹右娘來捧場，見鋪子上人多，門口放置的五張四方桌全坐著人，還有好幾個看著眼熟的鄉紳家姑娘一邊吃著餛飩，一邊等在旁邊，陳左娘安置好妹妹，便來幫賀顯金的忙。

陳左娘手腳麻利，見鎖兒來不及分篾片，便擼起袖子先將一個燈籠六根篾片分清，扯了條細線捆起來，一捆一捆放好，人來了遞一捆出去即可。

之後，又一同樣的辦法以寬篾片為容器分好漿糊，再將六根篾片、兩坨漿糊和兩張紙作成一組。做到最後，賀顯金負責銷售收帳，陳左娘負責把做一個燈籠需要的整組材料遞給客人、張婆子負責講授和指導具體做燈籠。

王三鎖小朋友在幹什麼呢？

王三鎖小朋友拿著賀顯金打發她的十文錢，買了碗餛飩，和等位的姑娘並排站立，專心地吃。

正月十五這天最忙，幾個人從早上做到太陽快要落坡，水西大街各個巷子橫結長繩，商戶們紛紛關門閉戶，掛起五色紙條、燈聯，在樹上插上蠟燭，作「百枝燈」。

老宅送了飯來，可惜錯過了飯點，飯菜涼得透透的。

陳左娘本預備將就吃，賀顯金堅決不同意，「事多食冷，不是長壽之相。」又見張婆子打了半個月年糕都沒萎靡的人，如今卻坐在門檻上捶手臂，便道：「今天咱們賣了四百多盞燈籠，每人分上半吊錢，晚上不擺美人燈了，我請大家去看燈！」

如今街上商戶都打烊了，食肆估摸著也早關門，勞累一天，讓人餓著肚子回老宅，實在過意不去——燈會上必定有賣熱食的小攤販。

「拐角處那家海味餛飩很好吃，蝦米碾得細細的，再放些乾紫菜和蔥花，用熱高湯一沖，嘖嘖嘖，那個味兒！」

「背街的白米糕也好吃！我看著他們磨的米漿，勾了一點點黃糖，其實是用梨汁調味！」

「濺流橋邊的煎餅用豬油渣裹著蔥花，又香又脆。」

唯一一個吃飽的王三鎖小朋友，一邊在前面帶路尋美食，一邊喋喋不休地品評。

她身後跟著的四個餓死鬼，眼冒綠光，越聽越餓，口水越流越多。

賀顯金咬牙切齒，「王三鎖，扣半吊錢！」

被扣半吊錢分紅的王三鎖同學消沉了一會兒，被吃飽的賀顯金拿一塊黏糊糊的麥芽糖哄好後，便被張婆子帶著一頭栽進街頭裡巷伶人扮演的各色表演隊伍中去了。

賀顯金和陳左娘姐妹漫無目的地在熱鬧處閒逛。

涇縣著實不算大，大概就是後世一個小縣城的面積，這個上元節布置得很好，城中豎起三座大燈樓，放煙火炮竹，各有巧思，煙火之氣刺鼻熏目，碎紙如雪，灑落街陌。各式各樣的花燈綴在長杆上，累累多層，賀顯金一路走過去，目不暇接，嗯，確實被古人的審美震撼到了，有種清雅的富貴感。

除卻清雅富貴感，賀顯金還發現了一點——這裡的人不窮，一個真正窮的地方，過年節時老百姓是不會拖家帶口出門熱鬧閒逛，且發自肺腑地快樂。

每一個與賀顯金擦肩而過的人，就算衣著樸素，就算身無長物，臉上也帶著非常知足的笑容。當然也有家貧者，可就算衣裳褲子有補丁，也通身整齊乾淨。

賀顯金嘆了一句，「涇縣的父母官，確實是個好官。」

陳右娘樂呵呵地笑起來，陳左娘反紅著一張臉不自在地轉頭去看烏溪橋下的長明燈。

賀顯金不明所以。

陳右娘偷偷摸摸，附耳小聲道：「自上一位縣令被土匪劫殺後，咱們涇縣尚未有縣令坐鎮，只有一名舉人出身的正八品縣丞主持事宜，是我姐姐定了親的未婚夫婿。」

喔，相當於當著人家老婆的面，表揚人家老公工作做得好。

還好，沒罵「鋪子門口的青磚經常積水，一定是衙門收了錢又不辦事」這種胡話。

賀顯金笑起來，也壓低聲音，「妳姐姐倒是好眼光！」

陳右娘與有榮焉，「不是姐姐好眼光，是太爺爺好眼光！」

噢對，古代嘛，父母之命，媒妁之言，對於婚姻這事，小輩的意見都算個屁，不對，連屁都不能算，畢竟屁放出來還有聲音，對婚姻小輩卻連聲音都不敢發。

左右二娘的太爺爺就是陳家的族長，瞿老夫人口中的七叔祖。

縣上大賈配衙門實權人物，就算放在現代，也是炸裂的存在。

賀顯金點點頭，應了聲是，「一縣之主配咱們陳家耆老家中長女，很是相配啊！等這位縣丞大人做滿三年優異，再往上慢慢爬，如今年歲也不大，爬到知府、知州也是指日可待，指日可待啊！」

陳左娘終於轉過身，摁下妹妹多事的嘴，再嗔怪地撞了撞賀顯金的肩，「潑皮休得胡說！什麼慢慢爬，知府知州的！八品且還不算是朝廷命官呢！也不是太爺爺定下的，是當初大伯風頭正勁，任著成都府主官時定下的婚事。」說話間，眉眼有些低落。

賀顯金一下子聽懂了弦外之音，心裡有譜了，希望之星他爹在任上時定下的親事，那他爹死了，這門親事是否還有效呢？對方是不是看在陳家有位時任六品知府的大伯才定的這門親事呀？

賀顯金看陳左娘神色變得肉眼可見的落寞，若是不認，那就是對方無福，陳左娘可是位做事有章法，動作又麻利的好姑娘呀！

賀顯金攬了攬陳左娘的肩頭，「管他什麼八品六品！就是入閣拜相的文昌閣大學士也只是個名頭！咱家裡有錢，一個月賺的銀子比他十年俸祿還多！妳可聽好，就算嫁了也得將自己嫁妝守好，每個銅板都要用在自己身上才行！」

這話，純屬胡話。

就算一個月賺人家當官的八輩子的俸祿，做生意的見到官，就算只是一個小小的不入流的文書，也得畢恭畢敬，鞠躬哈腰。

陳左娘心裡知道賀顯金這是在寬慰自己，抿了抿唇角笑起來。

賀顯金這廂話音剛落，那廂紅燈綠亮間閃出一個軟軟糯糯的聲音，「姐姐！美人燈姐姐！」

到處都是燈，不知道這聲音從哪兒來。

賀顯金踮起腳看，人流如織，在亮堂堂的一眾花燈裡，陡然出現了一個黑點。緊跟著那個黑點速度極快地奮勇向前，穿越擁擠的人潮，像洄游的鮭魚似的，卯足幹勁逆行，一下子就擠到了賀顯金面前。

噢，是錦鯉姑娘啊！

賀顯金看她手上空抓著一根木杆，便順著木杆望下去，是那盞後現代主義藝術，是燈但我就是不亮的燈籠。

嗯，果然在一片亮光中，你會一眼看到那個黑點。

賀顯金自然地笑著招呼，「從水東大街過來的？那邊也有燈樓嗎？可好看？」

再看錦鯉姑娘身邊沒人，拿不准是她洄游逆行太快，還是確實是一個人出來玩，便問道：「一個人就出來的嗎？」

父母官再好，一個姑娘家獨身出來玩也得注意。

賀顯金便將小姑娘拉到身側，正準備再問，卻見錦鯉姑娘轉身興奮地向後招手，「哥哥！哥哥！這就是那位說出萬家燈火我獨自向夜行的『美人燈』老闆娘！」

賀顯金笑著向後看去，一瞬間笑容凝固在臉上。

錦鯉姑娘的哥哥，緊跟妹妹的步伐，從人群逆行而來看清賀顯金相貌時，臉上也僵硬了。

他早該想到，能聰明到要出一切花招，只為賣東西賺錢的老闆，這涇縣城裡一個手都數得過來！

他的胖妹妹，出門時泫然欲泣地拿著那只壓根兒就不亮的燈籠，口口聲聲說，「萬家燈火我獨自向夜行！菡萏雅，梅花香，竹子清幽，就算是不知名小花也很漂亮！就算別人都弱柳扶風，我一個人圓圓潤潤，難道就不美了嗎？」然後就開始掉金豆豆。

他們明明是在說燈籠，怎麼說來說去，卻說到高矮胖瘦，身材管理上了呢!?

他私心以為，前兩句或許是別人說的，後一句一定是他妹妹自己加上去的。

但一旦妹妹祭出眼淚，他爹必定逼他就範。故而他們一路走來，他眼睜睜地看著妹妹興高采烈地拿著一盞黑黢黢的燈籠，收穫了無數驚詫白眼。

他早該想到，這種不要臉的賺錢法子，只有陳記這棵冬青樹才想得出來！

賀顯金嘴角抽抽，率先打了招呼，表示給了個臺階。

這人她見過，還鬧得不太愉快——對方指摘她把書院的讀書人耍得團團轉，開個局套錢玩，她反手坑了對方一把，誆騙著對方買了個盲袋，順手就把月白色卡送進目前世界上最安全的地方。

賀顯金的爸爸是泥瓦匠起家，一路從包工程做到裝潢公司老闆，他做生意一直秉承的理念就是「以和為貴」，故而就算別人拿手指著他鼻子罵，他也能給別人利索地做個手膜，順便真誠又誇張地讚一句，「您手真嫩！」

要不是從小耳濡目染，言傳身教，賀顯金重生穿越後不一定能適應得這麼好。

但並不妨礙賀顯金本質上是個又強又傲，又混又強勢的現代小富二代啊！

故而我方率先給個微笑，是賀顯金最大的誠意。

微笑，喬徽接收到了，也笑了笑，然後下頜一揚，露出稜角分明的側臉和筆挺高聳的鼻梁，「賀帳房，好久不見啊！」

也不是很久，初五迎財神時，他才看到這姑娘與人「交易」，隔了幾天，就聽說陳家六老爺死在老家的消息，他爹還差人送了份奠儀。雖不太喜歡陳六老爺，但陳家的紙還是不錯的，打交道打了這麼些年，人死了送點情也正常。

錦鯉姑娘看看自家哥哥，再看看一見鍾情，哦不，一見如故的「美人燈」老闆娘，笑道：

「原來你們認識呀！」

既然是熟人，便可以熟上加熟，變得更熟！

錦鯉姑娘非常興奮，拽過自家哥哥，一把推到賀顯金跟前，神情十分驕傲，「這是我哥哥，前一屆咱們鄉試的解元！還有我爹，是探花呢！您知道探花嗎？就是當年科舉第三名！整個大魏朝的第三名喔！還有我叔叔，也是進士，如今正在京師為官！還有我姑姑……」

「小珠！」喬徽面無表情地將這不爭氣的妹妹扯了回來。

不如他去把家譜拿過來，方便加快冬青樹對他們家瞭若指掌的進度。

錦鯉姑娘止住話頭，看看哥哥再看看賀顯金，縮了縮脖子，千言萬語匯成一句話，「我是想說，別看我笨手笨腳的，連只燈籠都做不好，但我的家人都很厲害的。」

賀顯金笑起來，對於這兄妹是哪家的，心裡有底了——涇縣這麼多年就出了一個探花，陳敷口中與陳家並稱「涇縣雙姝」的青城書院喬山長，這兩兄妹是喬山長的子女，怪不得這位喬郎君對於她在書院門口賺書生的錢頗有微詞。

總歸也是好心，怕未經世事的讀書人被騙了。

賀顯金的笑逐漸真誠，微蹲身，確保目光與錦鯉姑娘平視，笑意盈盈地照著錦鯉姑娘的方式介紹起自己，「我是陳記紙業家中三爺的繼女，我娘是三爺的妾室，我家人雖沒有妳家人那麼厲害，但也都是很好的人。喬姑娘若有興致，可等過了正月來我們陳記紙鋪玩一玩，我給妳表演火燒紙。」

喬徽眸光微動，輕輕抿了抿唇。

錦鯉姑娘臉蛋紅紅的，向自家哥哥靠了靠，目光卻亮晶晶地追著賀顯金，「我叫喬寶珠，家裡人都喚我小珠。」

十二、三歲的小姑娘，赤誠可愛，真的像一顆圓滾滾亮晶晶的寶珠，「妳喚做什麼名字呀？」

賀顯金誇張道：「那咱們名字是一對的！我叫賀顯金，顯山露水地挖金！金銀珠寶……咱們倆一聽就餓不著！」

喬寶珠胖嘟嘟的小手捂住嘴，笑意卻從眼睛裡露了出來。

陳左娘清咳一聲。

賀顯金抬了抬頭，沒懂。

喬徽卻偏了偏頭，將小珠更加拉回身邊，看了看不遠處燈樓上的大更漏，再見人潮湧動，已有人群自小巷歸家，喬徽摁著妹妹作禮，「天黑夜深，二位姑娘若要歸家，可乘青城書院的青轎。」

陳左娘姿態標準地福了個身，先道了聲謝，再連說不用，直說要先去尋家中經年的婆子再一同歸家，喬徽兄妹順勢便道了別，喬寶珠還想再與賀顯金說兩句，卻被自家兄長拽著衣領子一路往後退。

「哥哥！」喬寶珠又要哭了。

喬徽先向後看了看，只見陳家那兩位姑娘已走遠，那位賀姑娘的背影挺拔直立，渾不見現今閨閣女兒養尊處優帶出的拖沓嬌態，只覺乾脆俐落，收回目光，落在自家嘟著一張粉白圓臉妹子身上，聲音較之往常多了幾分嚴厲，「喬家父母親者皆寵溺妳，滿大街都知道妳叫喬寶珠，是喬家如珠似寶的女兒。可世間多有女子處境艱難，再往北邊，甚至有女子需戴帷帽方能出行。」

他沒想到那棵看起來寧折不彎的冬青樹，在陳家卻有個這麼尷尬的身分。

他一直以為賀帳房雖不姓陳，但至少也應是陳家拐著彎，名正言順的主家姑娘，才能冠冕堂皇地管上陳家在涇縣的鋪子作坊。

如今朝中內閣三人，兩個極端推崇儒學，一個更信奉自由心學，聖人四十之前受自由心學與理學影響頗深，思想跳脫，不拘禮節，對於新事物很感興趣，四十歲之後卻慢慢傾向於儒學，漸漸開始講求門閥、規矩、宗族、禮教。

涇縣所在的宣州府，所處南直隸還未被刮到這股風。

據說，京師所在的北直隸，很多深閨姑娘、婦人自覺學習《女訓》、《女教》，更有甚者，自己給自己織就一個大牢籠把自己套住，自己給自己立個貞節牌坊，堅守三從四德。

雖然這些都是些狗屁規矩，他聽說後極欲吐口唾沫，好好與北直隸這些道貌岸然的衛道士大辯三百回合，可對於處境艱難的女子，比如賀帳房，多一事不如少一事——在陌生男子面前道出閨名，若被有心人知道，對她而言不是很妙。

可這些話，迂腐得連在親妹面前，喬徽都說不出口。

喬徽蹙著眉頭嘆了一聲，「妳能去找賀帳房玩，在相處中卻要設身處地的為對方著想，萬不可像在家中為所欲為。」

喬寶珠覺得自己被小看了，「我才沒有！我今天下午燈籠做不出來，我都沒哭！」

喬徽看了看自家幼妹，一家人都機靈，怎麼就她一天只知吃喝玩樂撒？提前過上老封君生活？遇事能想到一，絕不想二，最好是連一都別想，所有人全都得一身赤忱地在她面前說話行事。

兄妹倆沒乘青轎，喬徽在前頭慢慢走，喬寶珠捏著兄長衣角拖拖拉拉跟在身後，隔了好一會兒，喬寶珠聽見自家兄長問了一句，「妳很喜歡陳記的賀帳房？」

「她很好！」喬寶珠重重點頭，「她是真的覺得我做的燈籠好！嗯……也不一定是覺得我的燈籠好，但她一定不覺得我的燈籠真的比人差！同樣，她也不覺得我笨，不覺得我胖！」喬寶珠歪著頭組織語言，「有些人面上與我笑嘻嘻的，心裡卻覺得我蠢笨胖如豬，丟喬家的臉，丟爹爹的臉，賀老闆沒有！她……我感覺得到，她是真的挺喜歡我的！」

喬寶珠話說得很繞，喬徽卻聽懂了，賀帳房發自內心地平等對待與接納這世上所有的不同。燈籠可以亮，可以不亮；姑娘可以精明，也可以單純；身形可以瘦，也可以有點肉。

她身在內宅，卻能開闊又豁達地接受所有差異。

這一點本身就很……喬徽想了想，這一點本身就很值得人敬佩。

噢，他還忘了一點，賀帳房也在平等地掏空所有人的錢，絕不放過任何人的錢包。

對有錢的讀書人，就掏個大的——一百二十文賣盲袋；對靠零花錢過日子的姑娘太太，就掏點小的——三十文賣糊燈籠的紙和箋片；對品行不端，做盡壞事的陳六老爺和那位朱管事，就果斷地下套收命。

喬徽搖著頭笑了笑，對於被賀帳房坑了的不甘心，好像淡了很多。

他只是被坑了一個盲袋而已——君不見，隔壁的博兒和順兒過年也沒閒著，先將購入的盲袋拆了，一張一張色卡擺出來收著，順兒靠自己集齊了四種顏色，博兒運氣差一點，只集齊了三張色卡。

但是博兒依靠自己的努力不懈，成功收購到第四張色卡，追平順兒戰績。

為了這第四色，博兒可謂是既付出了時間——花費大量時間在每級每班打探消息，詢問內幕；又付出了精力——打探到有三、四個學生手裡握著靛青藍的色卡後，博兒採取了聲東擊西、調虎離山、圍魏救趙等系列戰術，最後使出磨功讓其中一個學生終於同意將靛青藍賣出；還付出了金錢——他花了八十八兩八錢，就為了買那張靛青藍的色卡。

「張文博要是讀書有這份毅力，他一早中狀元了！」

他爹聽聞後，痛心疾首發表評語。

倒也不至於，中狀元還是需要一個聰明腦子，至此，孫順與張文博旗鼓相當，不分伯仲。

自正月起，他們一直在狩獵最後一張色卡，孫順甚至放出話來，願意拿一百兩銀子收購，價格還可以談，只要拿到月白色卡的人願意冒頭。

比花錢，博兒怎麼能輸？

立刻打上擂臺，喊出一百二十兩的收購價，只等月白色卡現身。

喬徽大刀闊斧地往前走，心頭不無幸災樂禍地想：陳記放出來的盲袋全都賣光，月白色卡卻一直沒出現，照那位賀帳房平等地坑每一個人的習性，她會不會直接抽出了這張色卡？

那這就好看囉！

博兒雖紈褲幾分，家裡有錢幾分，喜歡用錢砸人幾分，但到底是個厚道人，那孫順卻不然，家裡是開茶館的，靠十來個漂亮點茶師賺得盆滿缽滿，一旦發現他被耍了，此事就不太好收場了。

想起那位身量纖細，眉眼舒朗，雖時常穿著個屎殼郎色的短打夾襖卻仍難掩秀麗清雋的賀帳房，再想想肥頭大耳，嘴巴肉厚得切下來能炒一盤菜的孫順，喬徽幸災樂禍的情緒不明所以地淡了幾分。

應當收緊書院學生的外出機會了，喬徽在心中這樣想。

另一頭，辭別喬寶珠小姑娘，賀顯金與陳左娘姐妹相攜去戲班子搭建的草臺前尋找鎖兒和張婆子。

賀顯金吃著鎖兒遞過來的白玉糕，看臺上飛腳筋斗、揚幡撲旗、撇搽弄傘，不由跟著人群樂呵呵地喝彩。

張婆子喊累，一行人便往老宅回。

陳左娘姐妹住在陳家老宅旁邊的一座二進院落，故而賀顯金先告別，剛轉頭準備進去，卻被陳左娘輕聲喊住，隨即被拉到一旁沒人的地方。

陳左娘壓低了聲音，「咱們是姑娘家，在外面別自報閨名。剛剛喬山長的長子就在旁邊，就算是喬姑娘先問，咱們只需說清自己在家的排序即可。」

陳左娘神色是貨真價實的擔心，賀顯金的娘是小娘，本身就矮了人一頭。

如今親娘還死了，這些規矩就更沒人教了。

陳左娘扯了扯賀顯金的衣袖，「這是規矩，妳記住了嗎？」

賀顯金沉默了下來。

就在陳左娘以為她記住了準備離開時，卻聽賀顯金沉聲道：「我在生意場上，若以後需簽字蓋章，我怎麼辦？是寫陳五娘？還是摁賀大娘？」

賀顯金勾起嘴角笑了笑，「三爺不管事，進貨、採買、出貨、推售，我皆需親力親為，和男人談生意，男人叫我五娘，其中輕視之意昭然若揭。再者，若我需代表作坊簽訂契約時，寫了與名籍不同的名字，那這份契約是有效，還是無效呢？」

陳左娘愣了愣，這是她沒想到的。

賀顯金笑著勾了勾陳左娘的手，聲音很輕，但語氣非常堅定，「我賀顯金，既有這個膽子，在生意場上和男人一爭高下，便有行不更名，坐不改姓的準備。男人若能寫名籍上的名字，我就能寫名籍上的名字，這才是規矩！」

第十四章 升職加薪

正月十八，過完上元，瞿老夫人到涇縣鋪子上看了一圈，見到精瘦滄桑的李三順，很是傷感，偏偏卻不能明說，只能噙著淚要李三順帶她去家裡看看殘廢的李二順。

李二順不過比李三順大兩歲，卻眼歪嘴斜，鬢髮花白，看到瞿老夫人激動地擺手，頭一撇，哈喇子便順著嘴角淌下來。

瞿老夫人背過身抹淚。

賀顯金也鼻頭發酸。

李三順一邊攙著哥哥，一邊勸二人，「老東家莫著急，前兩年二哥只能躺床上，如今都能坐起來，再等兩日或許就能走了！」

瞿老夫人剛一開口，眼淚便又簌簌落下，這是陳家造的孽。

「我知宣城有位針灸聖手，原先是在宮裡給貴人瞧病的，等我回去，我去請了他來，你哥哥五十都還不到，還有大把日子好活！總要使把勁，蹦上一蹦啊！」

瞿老夫人又去李老章師傅的墳上拜謁哀悼，賀顯金結結實實磕了三個響頭，李三順見小東家額頭都磕青了，不覺眼眶微紅，背過身擦了淚。

瞿老夫人又同李三順追憶了父兄為涇縣作坊做的那些好紙，另看了李三順那四個孫兒，一個一個指著認過去，「穿紅夾襖的是老大，我記得快要娶親了？等成親那天，必定要給我遞請柬，我要來喝一杯的。老二是孫女兒，喜歡繡東西，女工不錯，還給我做了好些個漂亮香囊。老三與老四是雙生兒，出生時小得像耗子似的，我怕你媳婦兒沒奶餵不活，還特意從宣城請奶娘給你送來。」

「您都還記得！」李三順誠惶誠恐。

「我又沒老糊塗！」瞿老夫人樂呵呵地一個給了一只小小的金鎖，「都是看著長大的孩子，我不記得誰記得？」

賀顯金看了瞿老夫人一眼，心裡暗自點頭。

這種老闆和資深優秀員工的關係，在家族企業中十分常見——公私不分，活成一家人，這樣員工黏著度才高，輕易不會跳槽。

前世，她爸爸就和手下最心腹的工頭一起扛過槍——入伍當志願兵；一起同過窗——讀了職業進修學校；一起嫖過妓——這罪過就大了；兩個人因此還領到了另一個「勛章」——一起離過婚。

這種黏著度的員工輕易不背叛，但若是老東家去了，少東家不給力，那就壞了。

少東家也是老員工看著長大的，咳咳，捫心自問，若你見過自己老闆小時候穿著開襠褲隨地大小便的樣子，你還會對他存有一絲的敬畏嗎？

故而若少東家勢弱，老員工要麼開始欺主，要麼開始蠶食，這就是家族式企業的通病。

臨行前，瞿老夫人留了二十個銀錠子，又交代了兩句，便帶著賀顯金同上一輛青布騾車。

陳敷為了避免和自家親娘面對面，眼對眼地坐著，寧願選擇坐到車外趕騾子，有一鞭沒一鞭地打在騾子後蹄上，騾子動動耳朵，略顯煩躁。

你清高，你為了躲媽，來打我！賀顯金在心裡給騾子配音。

「金姐兒。」

瞿老夫人略帶沙啞的聲音喚回賀顯金的吐槽，賀顯金轉過頭來，見瞿老夫人神色肅然，便不由自主地挺直腰桿，屏氣凝神地嚴陣以待。

「涇縣作坊是我陳家之根本，做紙要水，有好水方得好紙，取涇縣烏溪甘水以造紙，瑩潔光膩如玉，非他地可擬。前二十年，我一心帶著陳家走出涇縣，闖向大地方，將家中不著調又玩心重的六弟，還有手藝非凡的李老章留在了這裡，帶著心腹人馬向宣城闖蕩，誰知……誰知涇縣差點兒丟了。」

賀顯金點點頭，這也是家族企業的通病，易過於冒進或過於保守，過於冒進容易虧得雞飛蛋打，過於保守容易停滯不前，看人起飛。

陳家屬於長期冒進，偶爾保守的那一類。

陳家是「作坊生產，鋪子銷售」的運作模式，也就是說成本已經被壓得非常低了，只要控制好生產的優劣，就算不賺暴利，也是穩紮穩打地賺錢。而最應該保住穩定的，是生產的品質，恰恰這一點，涇縣作坊才是龍的眼睛。

而陳家這一環太弱了，佔據良好的原料位置卻拿不出好東西來，故而就算在宣城一口氣開了三間鋪子，也沒辦法直接把陳記紙鋪做到業界第一。

瞿老夫人的想法，與賀顯金不謀而合，「要好好培養李三順，他爹他哥能做的丈八、丈六，必要他能做，他爹他哥不能做的三丈三和金粟紙也要試著做出來。」

陳家要飛升，就要拿出名品。

瞿老夫人目光幽深，挑起車簾，看向車外正拿鞭子騷擾騾子的三子，氣得語氣像根粗糙麻繩似的毛毛躁躁的，「我不指望老三，但妳卻叫我刮目相看。好好做，不僅要會賣紙，更要學會做紙。」

瞿老夫人收回目光，加了一句，「不是叫妳上手做紙，是妳要一摸就知紙的品質和來歷，等妳這些磨好了，宣城三間鋪子，妳才能大有作為。」

有點下放基層混經驗的意思？

賀顯金被瞿老夫人話裡的意思挑動得有些興奮。

就像上次，陳六老爺在瞿老夫人面前對她不尊敬，瞿老夫人是怎麼說的來著？噢，她說，「以後還怎麼打理作坊？」意思是什麼？不就是徹底要將涇縣作坊交給她了嗎？

賀顯金目光炯炯，裡面有不加遮掩的野心和渴望。

瞿老夫人也印證了她的想法，「從此妳就是涇縣作坊的掌櫃，妳的薪資從一個月三兩加到十兩，另配有一進住宅與青布騾車，若有需要可調任兩名小廝或丫鬟在身邊。」

升職加薪，配車配房，從此走上人生巔峰？

老闆給她升職了呢！賀顯金眼睛亮亮的。

瞿老夫人欣賞賀顯金眼中的力量，很好，像餓了幾天的狼，將獵物丟到面前，幾口便被徹底撕碎。

唉，如果賀顯金姓陳就更好了，瞿老夫人鬼使神差地這麼想。

如果賀顯金姓陳，就算她是姑娘，就算她是庶出，只要她姓陳，自己就有辦法將她推到陳家的最高點，等自己死後，這個小姑娘會自動變成新一代的狼王，帶領著陳家血性地，不回頭地向前衝。

可惜呀可惜，她不姓陳。

瞿老夫人臨行前，宣布了賀顯金將任涇縣作坊掌櫃一職，老宅上下皆恭賀顯金稱呼為「賀掌櫃」。

張婆子喜上眉梢，也不知是歡喜賀顯金升職，還是歡喜壓她一頭的瞿二娘終於走了，一大早就張羅著燉了隻老母雞，煨上經年的天麻，香得鼻子都要掉了。

偌大一鍋，被陳敷喝了一半，陳敷放下碗剔牙挑嘴，「還得再些火候，這肉要燉到拆骨見肉的水準方可。」

張婆子默默翻白眼，也沒見你少吃！

反倒是被恭賀的正主兒很克制，因守熱孝既沒喝湯也沒吃肉，張婆子便大聲勸賀顯金，「不吃肉，好歹喝點湯，三十六個月，哪家哪戶守孝是點滴葷腥都不沾的？那些真啥也不吃的，多半是叫啥來著……哦，古名釣魚！」

張婆子話音剛落，希望之星拿著兩顆白饅頭面無表情從旁邊經過。

陳敷憋笑到面部肌肉抖動。

張婆子一張老臉瞬間漲得通紅，她怎麼把這位主兒給忘了！

這位被瞿老夫人留在涇縣，待青城書院開課，就去旁聽——守孝三年雖不能科考，但要把守孝期變充電期，誰也阻擋不了讀書人上進的步伐。

昨兒瞿老夫人特意叮囑張婆子，「萬不可給二郎煮食油腥，無論有何節慶皆不可在老宅張燈結綵，二郎在守父孝，絕不可給他未來留下任何可被攻訐的把柄！」

故而單給這位陳二郎開了一個小廚房。

賀顯金去看了菜色，早上是白菜、白饅頭、蘿蔔乾；中午是蘿蔔乾、白飯、豆腐；晚上伙食豐富些，蘿蔔乾、白飯、豆腐和白菜，屬於既有白菜又有豆腐的饕餮盛宴。

總而言之，希望之星的一日三餐，基本屬於白菜、豆腐、蘿蔔乾的排列組合。

三種菜，創造無限可能。

是真慘啊！和尚茹素都能吃點雞蛋，喝點牛奶。

賀顯金嘖嘖感嘆，希望之星要這麼吃三年，進士是中了，人也形如飢民了吧？到時候張榜遊街，他能有力氣上馬？

陳敷叼著牙籤，向後一靠，哂笑道：「大哥死了，我娘將寶全壓二郎，她也不想想大哥為啥死這麼早？為磨大哥韌勁，讓他三九天在瀑下習書，三伏天在烈日下寫字，兩榜進士考出來了，人的身子骨從根上也爛了！我那個親娘，為了陳家，對自己後人也忒狠了！」

陳敷特別大聲，好像故意說給希望之星聽的。

賀顯金眼見希望之星步子微微一滯，挺拔的背影藏在錯落交疊的博物架後，曦光自窗櫺傾灑而下，無端露出幾分落寞與寂寥。

賀顯金心下不忍，轉頭便推了陳敷一把。

「我哪兒說錯了？」陳敷嘟嘟囔囔。

賀顯金「嘖」一聲，低聲道：「人家剛喪父，您嘴上好歹積點德！」

陳敷還想還嘴，卻見賀顯金臉色一板，「店子馬上開張，李師傅並幾位小師傅今日先去作坊灑掃，我要去清帳，您既無事，就到作坊幫忙去！」

陳敷兩眼一瞪。

賀顯金眼睛瞪得比他還大，「我記得您在小稻香還存了三罈梅子酒。」

陳敷陡然警覺，「妳要做什麼!?」

賀顯金笑得深明大義，「您若不去作坊幫忙，我不保證您的梅子酒能活到見您那天。」

陳敷氣勢一下子慫到地下。

自賀顯金給小稻香結了朱管事的賒帳，小稻香那位少東家對賀顯金好感度極高，每回只要他去，少東家便是鞍前馬後地伺候得妥妥帖帖，極大程度地滿足了陳敷旺盛的虛榮心。

賀顯金若去討要他的存貨，那少東家必是笑到眼睛都沒了，然後乖乖雙手奉上！

陳敷氣得牙癢癢，看賀顯金幾口喝完白粥又立刻轉戰菜包的利索樣子，不由悲從中來——他娘身體是離開涇縣了，但精神換了種形式留在了他身邊。

飯後，賀顯金名為護送，實為押送陳敷去了作坊。

如今剛開春，萬物皆初生，作坊在李三順的帶領下，正在擇年前收回的稻草，先把蔫巴的、瘦弱的、枯黃的稻草擇出來，再將飽滿的、淡黃的好草用鍘刀斬成統一的長度。

這一工序循環往復，不需要太精細，屬於重體力活兒，李三順把關重要環節的選擇，周二狗與鄭家兄弟實際上手做。

賀顯金把李三順單請到隔壁庫房，幾道鎖打開，把李三順領到最裡面。

地上鋪著一疊肌光白瑩，綿韌勁道的大紙。

李三順看看地上，再看看賀顯金，結結巴巴道：「這……這是八丈宣和六丈宣？」

賀顯金點頭，「陳六老爺交出來的，想必是李老師傅還在時為陳家做的。」

「這……這有多少？」

賀顯金面不改色道：「各一刀。」

她炕下還有各一刀。

她詐了陳六老爺各兩刀紙，還給陳家各一刀，應該不算太虧心？

她爸說的，生意人要能藏事，特別是當東家的，心頭要有成算，待手下人需真誠，但不需坦誠，該藏的要藏。

一個沒有祕密的東家，在手下眼裡就像一隻被拔了毛的雞，隨時把你給烤了。

賀顯金素來聽人勸，不僅藏了，還藏了總數的一半。

李三順克制住企圖撲過去的衝動，手指顫抖地摸過去。

丈六宣放在上面，李三順閉著眼一點一點地撫摸感受，略帶粗糙的紋理，筋骨分明的架構，微潤溫涼的手感。

這麼大的紙，稻草與檀樹皮的纖維均勻鋪開，厚薄一致，沒有一個小洞，沒有一處打結，每一寸都彰顯著涇縣匠人最高超的手藝。

李三順幾乎熱淚盈眶。

大紙難做，每一道工序都面臨翻倍的挑戰，對原料的選擇，對晾曬工藝的要求，對撈紙技術的考驗……其間所需人力、物力之配合，要求一間作坊心無旁騖地專注其中，所有人數月不眠不休的心血全都化在這些紙上。

匠人在絕世傳品前純粹且崇敬的神態，無論何時看，都叫人動容。

「做這樣一張珍品，需要多少人力？多少時間？」賀顯金不由自主地放輕聲音。

李三順的目光在紙上流連，「十個人至十五個人，稻草泡水需一個月，煮鍋需二十天，晾曬需十天，再次泡獮猴桃藤汁又需十天，撈紙是一鼓作氣的事，三至五日可完成。」

也就是說，做這麼一刀紙，需要至少十個人全身心投入三個月左右!?

「我給您半年，您什麼也不用做，只需做六丈宣，待六丈宣做成，我們再挑戰八丈宣，可以嗎？」

李三順以為自己沒有解釋清楚，忙道：「不不不，我們如果開始做六丈宣，其他的紙，比如賣得很好的夾貢和玉版一類的紙張就無法繼續製作，因為所需泡漿的韌度不一樣，起貨的時間就不……」

賀顯金直接打斷，「是的，這半年，您不用做其他紙，一門心思死磕六丈宣。」

「那店裡生意怎麼辦？」李三順感到不可思議，「年前不是剛把存貨清空嗎？只留了些不太好的竹紙？我們不趕緊做貨跟上，開張後我們賣什麼呀？」

賣妳能把死人說活的口才嗎？

李三順知道賀顯金賣東西厲害，可前提是，她得有東西可賣啊！

李三順苦口婆心，「賀掌櫃，妳或許沒懂，咱們就這麼幾個人，作坊就這麼點大，一旦投入製作六丈宣，壓根兒無法。」

這也是為何這麼些年了，他不敢嘗試製作六丈宣的原因。

誠然是他對自己沒把握，可若他撒手專心攻克六丈宣，其他的紙怎麼辦？

難道店鋪開門一年，營業半年？

別人來買紙，先告訴他，「勞您先等等，等我們先把六丈宣做出來，您需要什麼我們再接著做？」

遲早關門大吉！

那可不行！他還有四個孫子在家裡嗷嗷待哺呢！

賀顯金依舊冷靜地點了點頭，再次語氣堅定地道：「是，我懂，就是這個意思。店裡賣什麼，怎麼賣交給我，您只需要做紙。您要信我，我有這個能力。」說著，開了個玩笑，「您放心，作坊垮不了，您那幾個孫兒明年還有更大的金鎖拿呢！」

這怎麼可能？

這丫頭是王母娘娘，能憑空變紙出來賣？

若有這項技能，變紙會不會有點浪費？

直接變銀銀票，不是更直截了當？

李三順原地怔愣，張了張嘴，半晌沒說出話來。

賀顯金將張著嘴的李三順留在庫房，又背著手去視察陳敷工作情況，見便宜老爹一臉幽怨地提著竹簾給周二狗打下手，動作慢了還要被周二狗斥責，「少東家，您眼神落在哪兒呢？盯著竹簾啊！」

陳敷這輩子都沒這麼無助過，他能盯著哪兒？這滿作坊的男人全都打著赤膊，露出精壯又結實的肌肉，他好歹也算前讀書人，非禮勿視的道理他還是懂的。

可這裡勿視，那裡也勿視，他唯一能視的就是窗外自由的空氣。自由啊！陳敷快哭了，他娘都不敢強壓他做事！

賀顯金踱步到陳敷身邊，低聲道：「您若終日遊手好閒，旁人怎麼看陳記？誰敢再買陳記的紙？您放心，您十日裡來作坊點三日的卯，其餘時間您自個兒安排。我給您留了一刀好紙，厚實得墨不透光，十分適合寫遊記。」

陳敷嘤嘤嘤，有閨女真好，有好事都記著爹。

於是撩起袖子，把竹簾舞得虎虎生風。

周二狗在旁撓撓耳朵，啥好紙？他們不是把好紙都賣出去了嗎？是現做這刀嗎？

周二狗嘿嘿笑起來，少東家夠等了！

把胡蘿蔔拴在陳敷頭上後，賀顯金帶著鎖兒毫無負擔地離開作坊前往鋪子，董管事一早就來開門了，關門將近半個月，鋪子蒙塵，張婆子拿著雞毛撣子不到半個時辰就打理得乾乾淨淨，又風風火火地回老宅去了。

賀顯金摸著一塵不染的櫃檯，深刻理解了為啥大家都愛把事扔給張婆子做。

她就屬於那種一邊嘮叨，一邊把事做得賊漂亮的阿姨啊！

這誰不愛用啊！

賀顯金花了一上午把去年的帳目理清楚了，順道做了個報表，再次清了庫存，吃了張婆子送過來的守孝專餐——春筍豆腐煲、一小碟的黃金豆，再有一碗煮得稠稠的菜羹。豆類蛋白、蔬菜纖維和碳水被安排得明明白白。

這是張婆子給她開的小灶，就算賀顯金如今升職加薪走上現階段巔峰，老宅大廚房也做不了這麼精緻。

賀顯金想起希望之星那可憐的白菜、豆腐、蘿蔔乾無限循環式的套餐，想了想告訴鎖兒，「等晚上下班回老宅，張媽給我開小灶的時候，給長房陳二郎也送一份過去。」

一隻羊是趕，兩隻羊也是趕，就是個順手的事。

入鄉隨俗，不做異類，守孝也守，但不用守得像苦行僧。

大家來這世上一遭都是限量款，環境既然無法改變，就要在彈性規則裡使勁掙扎，在硬性規則裡使勁試探，努力讓自己過得好一點。

「若是二郎君不要怎麼辦？」

賀顯金聳聳肩，那可真是迂腐刻板到沒邊了，「不要就算了，左右咱們問了。」

鎖兒應了聲是。

剛過晌午，賀顯金翹著二郎腿在店門口瞇著眼睛曬太陽，今兒天氣很好，光打在幌子上，幌子的影子被風吹動，正好投在賀顯金眼皮子上。

明明暗暗，隔著眼皮感知春風的世界。
賀顯金仰了下頜，舒舒服服地享受偷得浮生半日閒。
只是這閒沒享受太久，被一陣尖利聲響打破。
「在那兒！陳記在那兒！走，我們去討個公道！」
賀顯金蹙眉睜眼，迎著春光往外看。
七、八個頭戴青帽，身著長衫的讀書人氣勢洶洶地拐過牆角，浩浩蕩蕩往陳記紙鋪走來。
賀顯金瞇瞇眼，嗯，是熟人，都是「盲袋」的忠實擁躉。
賀顯金輕聲囑咐鎖兒，「去庫房搬三、四刀不好賣的紙出來。」
鎖兒正如臨大敵地看著外面，一時沒反應過來，「咱們要不把狗哥和幾位鄭家哥哥們叫出來？」
「叫出來做什麼？」賀顯金頭也不抬。
鎖兒看著越來越近的讀書人隊伍，再看看風輕雲淡的自家老闆，結結巴巴，「他們……他們看上去有點凶，像來砸場子的！」
賀顯金終於抬頭，笑得人畜無害，「傻丫頭，人家哪兒是來砸場子的，分明是來送錢的呀！」

第十五章　臉皮要厚

七、八個半大小夥子鼓著腮幫子直挺挺地立在櫃檯前，賀顯金一抬頭，見打頭的是個嘴唇賊厚，臉上吊著兩坨肉的書生，其後跟著五、六個憤憤不平的讀書人。

陳記的好朋友張文博，縮在後面，看神色頗為著急。

張文博一見賀顯金便欲衝上來提醒，卻被身邊人一把扯住，「你幹什麼？咱們來前說好的！」

張文博瞪著大大的眼，說好啥了啊！

書院剛開學，以孫順為首的幾個後進，約著要來尋陳記麻煩，說是買了幾十個「盲袋」也沒湊齊五色卡，篤定陳記這位美貌帳房在騙人，必要求一個公道！

照他看，公道個屁啊！

他一個買了一百來個的人都沒覺得上當受騙，這群買十幾個袋子的破落戶嚷什麼嚷？

沒錢，玩什麼集卡啊！

人家賣的時候，也沒承諾過，你買了就能集齊啊！那是六丈宣！這幾年，到處都絕版的六丈宣啊！憑什麼你買幾個袋子，就能集齊六丈宣啊？那些花幾百兩銀子買一刀六丈宣的人，想得通想不通？

張文博看不慣這窮酸臭毛病，嗓子扯得比天高，「說好什麼了說！我一下學，就被人捆著帶到這兒來！我再說一遍，孫順，我沒什麼冤屈，玩集卡，不就玩個願賭服輸嘛！」說著，看向賀顯金，「賀帳房，您若要秋後算帳，可別把我算進去！」

「是賀掌櫃。」鎖兒貼心糾正，隱晦炫耀，「年後，我家姑娘就升任陳記涇縣鋪子的大掌櫃了！」

張文博「哎喲」一聲，喜形於色，「賀您高升！賀您高升！等會兒我叫人給您送兩個攢盒作賀儀！」

賀顯金笑意盈盈地作揖回禮。

孫順見張文博將興師問罪歪成姐妹情深，不由急得頭髮都要豎起來了，「張文博，你不討公道就滾蛋，莫在此處混淆視聽！」

怕極張文博這傻子腦子不清楚，再次模糊重點，孫順雙手一叉，直入主題，把一個厚厚的牛皮袋子「啪」一聲丟到櫃檯上，氣急敗壞，「賀掌櫃，我們買這麼多盲袋，就為了集妳那五色卡，這都一個多月過去了，我找來找去，問來問去，硬是只湊齊四張色卡，最後一張怎麼也找不到。」

賀顯金垂眸，將袋子打開，抽出裡面皺巴巴的四張色卡，笑著抬起頭，「其實四張色卡湊齊了，在換取色卡本身代表的紙張後，您也可兌換一張四丈宣。四丈宣已是不易，我們店裡一刀四丈宣也要賣出一百兩的高價呢！」

孫順頓時被氣得吹鬍子瞪眼，「我集卡不就是為了集齊五色，換六丈宣嗎？誰要什麼四丈宣啊？我要四丈宣，我自己不會掏錢買嗎？」

孫順越想越氣，辛辛苦苦集這麼久的色卡，錢也花了，人情也欠了，結果最後一張是怎麼湊也湊不齊！

他那老爹給小妾生的兒子買地買田、買丫鬟買書，就因為那小娘生的考過了院試，成了秀才！

他呢？買點紙，就只是買了兩張紙！就被他那該死的老爹又是責罵又是查帳，還把他在銀號的存票給封了！

全怪這狗娘養的小蹄子！

他這卡越集越氣憤，就特意在陳記掌家人回涇縣過年的時候差人打聽這長得還不錯的「賀帳房」是個什麼來路，結果這不打聽不知道，一打聽就更氣憤了！

這詭計多端的小蹄子，果然是小娘養的，且還不是陳家的種！

「妳個小娼婦！」孫順氣到口不擇言，「妳壓根兒就沒把色卡放全，騙得我們團團轉！做生意的就是賤，為了錢什麼都肯幹！」

孫順聲音又粗又大，沒一會兒陳記門口就圍了好些周邊做生意的看客。

有觀眾了，孫順更有幹勁，他轉過身，雙手抬起，煽動情緒，「陳記騙錢！陳記退錢！」

他身後幾個讀書人抽空逮著看客便將「陳記騙錢」的具體事蹟，跟三姑六婆似的說個不停。

眼看孫順聲音越來越大，說得越來越難聽，鎖兒急得在門口跺腳，因對讀書人天生的敬畏又不敢去捂孫順的嘴，便一邊跺腳一邊哭。

「諸位！」賀顯金氣沉丹田，雙手叉腰立在門檻上聲音一度壓過孫順。

八段錦不是白練的，這些時日好好練下來，賀顯金的聲音中氣十足。

「我陳記賣盲袋，一百二十文一袋，裡面有夾貢、有玉版，有珊瑚箋，有桃花紙！大家都在涇縣，都是懂行的！你們評評理，這些是爛貨嗎？」

這些紙倒都是好東西，看客裡有人忍不住出言相挺。

孫順正欲開口罵娘，賀顯金卻一句話懟過去，「您是讀書人，我問您一句，『君之所以明者，兼聽也；其所以暗者，偏信也』，此言出自何處？」

孫順一下子沒反應過來。

「出自漢代王符《潛夫論．明闇》。」

賀顯金張口就來，這破時代，也沒啥娛樂項目，除了看書能幹啥？女扮男裝去紅燈區顯然只存在於小說，那些都是奇女子出現的地方，她一個做生意的不去湊這個熱鬧。

幸好陳家老宅有個藏書屋，按照一百個小時定律，當你做一件事做滿一百個小時，你怎麼著也算精通。她便購置了筆墨紙硯，找了一摞書，挨著抄，既練字又從書裡小窺這個時代最直觀的認知。

賀顯金抬起下頜，高聲道：「兼聽則明，偏聽則暗，孫稟生話說透了，也該我們陳記說兩句了，大家才能公正評判，是不是？」

「是！」鎖兒帶頭大聲回答，並雙手舉起，帶領大家「啪啪啪」鼓掌。

人都從眾，圍觀群眾不明所以地跟著鼓掌。

賀顯金讚賞地點點頭，做生意就是要這樣，臉皮要厚！

開門做生意，要笑迎四方來客。

四方來客，那自然謙謙君子有，尖酸小人也有；大氣不要折扣的有，斤斤計較非常會過日子的也有；說話客氣的有，花一分錢就把自己當上帝的也有。

做生意嘛，就是跟人打交道，人多了，裡面就混著鬼。

道理都懂，也存有心理預期，但當真遇到了，還是不由自主地捏緊了拳頭。

賀顯金深吸一口氣，將捏緊的拳頭緩緩鬆開，向圍觀看客娓娓解釋，「陳記賣『盲袋』，白紙黑字寫得明明白白，一百二十文您買的是袋子裡的紙，集齊五張色卡得一張六丈宣只是一個彩頭罷了！」

賀顯金踱步到人前，雙手一攤，「誰能保證自己一定能得到彩頭!?」

彩頭是啥？既是吉兆，又是比賽得勝後獲得的獎賞！

說白了，這彩頭本來就不是每個人都能有的東西！

要每個人都能有，那還叫什麼彩頭啊！

這死胖子也太要強了，彩頭沒佔到，還打上門來——這可要不得！

賀顯金環環相扣，每個環節簡明扼要，解釋清楚，看客們想了想，不禁連連點頭，看向孫順的眼光裡透露著不贊同。

孫順胸口頓生出一口濁氣，憤怒得臉上的油都快淌下來了，「妳妳妳！」

「孫廩生，您是讀書人，無益世言休著口，當慎言啊！」賀顯金開口截斷，目光如炬地看向孫順，「孫廩生說我陳記騙錢，我陳記立足涇縣，三代踏實做紙已有近百年，您空口白牙就說陳記騙錢？就憑自己花了錢？未免太過武斷！」

鎖兒看賀顯金的目光猶如看天神降臨，單方面宣佈，這人間世，她第一喜歡自家賀掌櫃！

「空口白牙!?」孫順瞇著眼咬牙切齒，一把拽過櫃檯上的牛皮紙袋，抽出裡面兩張厚厚實實的桑皮紙狠狠甩在地上，「臘月底，陳記在青城書院前擺攤賣盲袋，一共賣出八百袋，盡數被我書院書生買入！每張紙袋都有編號，我們十餘人一個人一個人地尋過去，一個紙袋一個紙袋地搜羅盡，沒有！袋子裡沒有出現過月白色卡，妳不是騙錢是什麼!?」

賀顯金心裡愣了愣，還真有人一個袋子一個袋子搜羅啊！

看來，基數還不夠大啊！

還有，這人也真是他媽的太閒了。

賀顯金心頭怔愣，面上卻絲毫不顯露，穩沉地彎腰撿起地上的紙，側眸問孫順，「您能保證每個袋子都找過了嗎？」

孫順眼珠子一轉，他們這幾個旌德的包攬了快五百個袋子，其他府買袋子的也都是後進後進惜後進，都是熟人，這又去掉兩百多袋。後來他和淮安府的張傻子打擂臺，出了高價求最後一張色卡，又挨個兒問過去，這又去掉八十來袋。

上上下下，左左右右，他們幾個幾乎摸遍了至少七百九十餘個袋子。

沒有，就是真的沒有。

孫順梗著脖子，「那自然！」

賀顯金將那兩張桑皮紙扣上，雙手抱胸，整暇以待，笑盈盈地看向孫順，「孫稟生，您說謊。」

這對讀書人是塌天的指控！

孫順還指望能兩榜出仕，光宗耀祖呢！

孫順手指賀顯金鼻子，「妳個小婊子，嘴上放乾淨些！」

賀顯金拳頭又硬了，這次深呼吸了兩下，才將想把他頭揪掉的衝動壓下去，「你嘴巴才要放乾淨！」轉頭面向大眾，高聲道：「我記得，貴書院喬山長之子就在陳記買了盲袋，但你這紙上沒寫！」

孫順衝口而出，「不可能！他不可能買！」

賀顯金笑了笑，歪頭回憶，「那日下著雪，喬公子看了陳記擺出的木牌後，嘀嘀咕咕說了些什麼『天元術』、『計算得當』之類高深的話，隨後便掏錢買了一個牛皮紙袋離開。我印象頗深，後來我們董管事告訴我，那是青城書院喬山長之長子，頗通算籌，且前年以解元頭名通過鄉試。」

聽聞有人鬧事，剛從庫房急匆匆趕來的董管事，莫名被點名，眼神中透露著「妳在說啥」的困惑。

賀顯金向董管事招招手，「董叔，我沒記錯吧？」

董管事眼中困惑的光越發明媚。

鎖兒急得想撩袖子，幾欲替叔上場。

董管事腦子裡過了過，忙點點頭，「是是是！這涇縣誰不認識喬家公子呀？青年才俊，年少成名，他來買盲袋，著實是我陳家之幸！」

賀顯金滿意點頭，又半側身轉向孫順，勾唇淺笑，「我看您這兩張紙上，沒寫喬公子的名字。您既沒說謊，那您到底是否問過喬公子？喬公子是沒告訴您呢？還是喬公子袋子裡也沒有呢？」

孫順囁嚅厚唇，看向跟著他來的幾個狗腿子。

狗腿子們默默躲開，假裝看不見老大求救的目光。

那可是解元喬徽！下個三年即將成為一甲進士的喬徽！

這種人，怎麼可能跟他們混在一起啊!?

他們是吃了熊心豹子膽，才敢大剌剌地去和喬徽勾肩搭背拉家常，「誒！徽哥，你也買袋子了？你袋子裡是啥啊？」

狗腿子們想到這個畫面，不由自主地打了個寒顫。

氣氛瞬間沉默了下來，隔了一會兒，人群裡響起十分委屈的聲音。

「好個喬徽！自己也買了，還嘲諷我！」

眾人望過去。

張文博雙手握拳，悲憤交加，像個被背叛的無辜怨婦。

孫順突然想起什麼，挺直腰桿，怒目圓瞪，「是了是了！妳說他買了，他就買了啊？我還說他沒買呢！」

賀顯金笑了笑，輕描淡寫，「那去請他來吧！」

孫順脖子前傾，像隻胖蛙，一聲「啊」聽起來像「呱呱呱」。

賀顯金抬了抬下頷，「你我二人爭論不休，看官們得閒的可當場好戲慢慢看，可好戲終究要落幕，始終要出個結果，還陳記一個清白。」

看客們繼續點頭。

有過路的從商人家，看著賀顯金的目光透露些許欣賞，側身問身旁人，「這位小娘子可是陳家的姑娘？」

身旁人是水西大街上的木匠店主，認得賀顯金，這小姑娘拿著個奇奇怪怪的東西說叫「算盤」的，請他幫忙做做看。

「是陳記紙鋪新任掌櫃，好像是陳三爺的女兒，但很奇怪，這姑娘姓賀。」

路過商賈愣了愣，正想再打聽，卻聽賀顯金繼續道：「張公子，你既與喬公子相熟，便請他辛苦拿上袋子跑一趟吧？」

被點到名的張文博略顯猶豫，他和喬徽的關係，依靠喬徽嘲諷他，他當場被嘲得啞口無言，回家因為沒及時想出反擊的話而痛哭流涕，來長期維繫，事實上一點都不熟。

賀顯金看出張文博的遲疑，附耳輕聲道：「勞您告訴喬公子，他若來，我就將天元術的解法告訴他。」著重強調，「必不忽悠。」

做生意，當真臉皮要厚，誰說一個事，不能忽悠兩次？

✣　✣　✣

「你說什麼!?」朝南的書房裡，喬徽皺著眉頭看面前氣喘吁吁的張文博，「陳記請我去拆袋子？」

張文博喘口粗氣，連連點頭，「對對對，賀帳房，哦不，賀掌櫃請你去陳記一趟。孫順夥同旌德幾個子弟去水西大街鬧事，好多人在旁邊看。哎呀呀，賀掌櫃真的厲害！」

語無倫次，顛三倒四，不知所謂，喬徽翻個白眼。

他昨晚剛把他爹正月十五布置下來的那道「致天下之民，聚天下自貨，交易而退，各得其所義」的命題經義寫完，挑燈夜戰，洋洋灑灑寫滿了兩頁紙。

思想上前進了一大步，精氣神上後退了兩大步。

故而午覺被張文博這傻蛋攪黃了，喬徽頂著兩隻烏青眼，內心十分暴躁。

不過暴躁歸暴躁，博兒說啥來著？

水西大街？賀掌櫃？

喬徽深吸一口氣，站起身，遞杯茶水給張文博，「你且慢慢說。」

張文博仰頭咕嚕咕嚕喝完，抹把嘴，「唉呀，你就說，是不是買了陳記的盲袋了？」

哪壺不開提哪壺，這麼多話題，偏偏提奇恥大辱。

「就當我買了吧！」喬徽決定自己問，「孫順因為沒集齊五張色卡去找事？帶了幾個人去？空手去的，還是帶了稱手的東西？陳記除了賀掌櫃，還有其他人在嗎？」

一問一答，對張文博來說，就簡單了很多，「是是是，他那龜孫子輸不起，集不齊五色卡不甘心，就像賀掌櫃說的，這東西就是個彩頭，咱們玩集卡，玩的是啥？不就是玩集卡中未知的快樂嘛！他偏生無限上綱，付出非得要有回報。嘖嘖嘖，歸根究柢還是不夠有錢……」

博兒又開始碎碎念。

喬徽默默地閉上眼，低聲斥道：「說重點！」

張文博趕緊把理智拉回來，「帶了六個人，都是旌德出身，平日就靠孫順指縫裡流下來的油水過活，是空手去的。陳記除了賀掌櫃，還有個凶神惡煞的小丫鬟，一個頭頂沒幾根毛的男禿子！」

還好有人，喬徽稍鬆了鬆。那孫順不是什麼善男信女出身，家裡開茶館，聽說裡面幾個美貌的茶博士都是從青樓買出來的，什麼生意都敢沾。

喬徽突然想起什麼，蹙眉問了句，「賀掌櫃請我拿著我買的袋子過去？」

張文博使勁點頭。

喬徽低著頭，指節在楠木桌面上輕敲兩下，腦子裡的線全都搭上了對線，想通後不由得輕笑了一聲，被氣笑的。

那小姑娘真是絕了，下一個套，坑兩遍人啊！

節儉到極點，一點都不浪費！

喬徽想起她在水西大街樹下坑蒙陳六老爺的畫面，那時候她才拿到六丈宣！

這小姑娘先騙他買袋子，再算準了他不屑於打開袋子，相當於把最後一步棋交到他手裡——這是給她自己找尋誆騙六丈宣贏取時間吧！

怎麼？當他是不要錢的當鋪，還帶暫存的!?

張文博眼見喬徽又是冷笑又是叩桌，這模樣他很熟悉，喬大解元發瘋前兆，趕緊加了句，

「賀掌櫃說了，你要是去了，她就把什麼天元術的解法告訴你。」

喬徽手一鬆，下頜差點兒磕桌上。

張文博害怕喬徽不去，強忍住對喬徽那張賤嘴的恐懼，「去吧去吧，小姑娘挺好的，腦子活絡又聰明，也漂亮……」

喬徽蹲下身，在摞成半人高的文稿裡翻找。

張文博繼續喋喋不休，「小姑娘最難得的是勇敢，孫順那肥頭大耳的，尋常男子都不願意跟他別苗頭，那姑娘卻一點不怵！」

找到了！喬徽將牛皮袋子一把扯出。

張文博見他還蹲下躲事，便鼓足畢生勇氣，「你只許州官放火，不許百姓點燈一事咱們不提也罷。我答應以後做啥都帶著你，你別偷偷摸摸地學當人精了，但你今天必須去為賀掌櫃正名啊！」

喬徽拎著牛皮紙袋，面無表情地站起身來。

他？學當人精？這話怎麼說的？

博兒啊，你沒有一頓打是白挨的。

「走吧！」喬徽揚了揚手裡的牛皮袋子，低頭見桌上另有兩張密密麻麻寫著算數的紙，心裡勾起一抹笑，天元術的解法？

他早就解出來了！

第十六章 另闢蹊徑

涇縣不過是一座依烏溪順流而建的小城，本身就不大，青城書院在烏溪支流的東側，陳記紙鋪在烏溪支流的西側，故而這一條街就叫水西大街。

喬徽腳下生風，剛過小橋便見對岸熙熙攘攘圍了裡三層外三層，路過的店肆鋪子人都走空了，全圍在陳記門口看熱鬧。

隔著人群，聽到孫順粗壯的聲音。

「我打聽過了，妳娘是陳三爺屋裡人，妳就是個父不詳的，誰知道妳爹是誰？妳爹若有名有姓，妳怎麼會跟著當娘的姓？」

從人群縫隙間，喬徽看到孫順翹著二郎腿得意洋洋地昂著頭在門口放屁。

「妳說說，妳娘跟著三爺以前，是幹什麼的啊？是青樓豔妓？還是船上唱姬？」

有聽不下去的看客回道：「你這樣說個小姑娘，嘴上太不積德！」

孫順眼見喬徽沒來，心裡知道張文博那廢物必定請不出來喬大公子，無所忌憚地朝著那仗義執言的看客啐一口，「呸！我不積德？她騙錢，她才不積德！一個小娼婦養的，穿得嚴嚴實實，樸樸素素的，騙男人錢的本事倒是學了個十成十！」

喬徽看向賀顯金，小姑娘緊緊抿著雙唇，臉色漲紅，手半掩在袖中捏得緊緊的，許是忍不了了，抬腳往孫順方向走去。

喬徽快步鑽過人群，擋住了賀顯金去路，將手上的牛皮紙袋抬到胸前，環視一圈，言簡意賅，「我買了一個袋子，因正月過年節一直未曾打開，諸位父老鄉親仔細看看，這口子是不是封著的。」

前排的人探頭看了看，點點頭，往後傳聲，「用漿糊封死的，口子上還有火漆呢！」

喬徽點點頭，將牛皮紙袋遞到賀顯金面前，「先幫我拿著。」

賀顯金接過牛皮紙袋，正準備打開，卻被喬徽攔了下來，「妳先等等。」

喬徽伸了伸胳膊肘，活動了一下頸脖和手腕，撩起長衫後一個大跨步走到孫順面前，胳膊肘猛的發力，右手成拳，打出「咻咻」風聲！

喬徽一拳頭打在了孫順左眼上，用了十成十的力！

力度之大，角度之準！

孫順哀嚎一聲，捂住左眼「哎喲哎喲」呻吟著蹲下身去。

賀顯金愣住了。

張文博也愣住了。

圍觀群眾也愣住了。

烏溪旁，春天的風似乎都停住了。

喬徽收回拳頭，動了動手腕，從賀顯金手裡拿回牛皮紙袋，行雲流水地撕開，蹙眉從裡面依次掏出幾張竹紙，幾張灑金熟宣，最後掏出了一張月白透亮，半臂長的色卡。

喬徽把紙張放回袋子，再把牛皮紙袋往懷裡一揣，疾步走向張文博，將月白色卡塞到半張著嘴的張文博手裡，「色卡給你，你幫我做一個月的寢宿內務。累死了，我要回去睡覺了。」

他走了他走了，揮一揮衣袖，不帶走一片雲彩，只留下一張月白色卡。

孫順捂住淚水漣漣的左眼，眼眶處傳來的澀痛感逐漸變得麻木，不由得驚恐尖叫，「啊——！我瞎了！我瞎了！」

一邊嚎叫，一邊朝張文博處跌跌撞撞摸去。

張文博趕緊把月白色卡往懷裡一揣，迅速走位——就算你眼睛被打爆了，也休想搶走我的色卡！

孫順撲了個空，然後如無頭蒼蠅般被兩個狗腿子齊齊捂住嘴巴，一左一右架著，灰溜溜地往醫館去。

烏溪旁，春天的清風由東至西重新吹拂。

圍觀的人群從「喬大解元」揮拳打人的震驚中醒轉，先前為賀顯金仗義直言的商戶帶頭稱讚，「能文能武，能文能武！喬大公子真是咱們涇縣的一大奇才！」

神他媽的能文能武！

「是是是！你沒注意喬解元揮拳的姿勢十分優美嗎？馬步扎實，一看就是有些基本功在身上的。」

神他媽的姿勢優美！

「那人也是欠揍！就算喬大解元不出手，我也是準備出手的！」

神他媽的馬後炮！

賀顯金額頭劃過三條黑線。

被揍的孫順往西跑了，揍人的解元向東跑了，人群也漸漸安靜下來。

賀顯金輕咳一聲，將目光重新聚焦回來，拱手一揖，大聲道：「承蒙諸位青睞，關門閉戶前來我陳記壯聲勢。更謝伯伯的出手相助，小賀感激不盡，您若來陳記買紙，全按八成計價，餘下兩成算是小賀懇切的謝意。」然後再轉向正前方，給這場鬧劇定了性，「咱們涇縣自古商事繁榮，南直隸更是錦繡昌盛，做生意遭人誤解，也屬常事。只是這青城書院的孫姓亹生言辭過激，辱我生母，汙我繼父，我為人子女者，必當與其積怨難消，不共戴天！」

賀顯金三指朝天，鄭重立誓，「從今往後，我陳記再不做與那孫亹生的一切生意，如有違背，我小賀天誅地滅！」

你只是買家，又不是我媽！

人都辱到臉上了，賀顯金剛剛拳頭在衣袖裡捏緊了，若不是喬徽突然衝出來，她必定一拳頭揮到了他臉上——這年頭，孝道大過天，你當眾嘲諷人家爹媽，人家打到你臉上都是輕的，就算告到衙門去，縣老太爺也只能各打五十大板。

大不了孫順帶點讀書人光環，縣老太爺責令她賠點錢罷了——到底也要顧忌陳記的臉面。誰家沒讀書人？陳家的希望之星可比那孫順有希望多了！

誰知喬徽衝出來了。

賀顯金微不可見地掃向東邊，那個方向已看不到喬徽的背影，只剩下一座白磚砌成的拱形小橋。

賀顯金抿抿唇，轉頭看向聽得目不轉睛的張文博，收拾心情，笑道：「不過，經此鬧劇，我們陳記紙鋪『第一屆盲袋五色卡』擁有者終於出爐，恭賀青城書院的張文博麈生！」

氣氛組王鎖兒小朋友興奮地高舉雙手，帶領大家「啪啪啪」鼓掌。

與己無關，看客們非常不走心，掌聲稀稀落落。

賀顯金提高音量，著重強調，「在使用五色卡兌換對應的紙張後，他還將獲得一張由陳記傾情出品的精製六丈宣！」

六丈宣！是真的六丈宣嗎!?

在陳記李老章師傅去世後，涇縣大小不一的數十家紙業作坊，已有三、四年的光景未曾有六丈宣出世了！

前兩年各家還有存貨，在朝廷派人來收貢品時還能進獻一二，如今這一、兩年，各家的存貨被消耗殆盡，朝廷已逐漸轉向福建等地收買絕品紙張作貢品——涇縣本身就靠紙業發家，此種形勢對涇縣衝擊非常大。

如今再聞六丈宣出世，看客們不由為之一振！

「陳記當真又做出六丈宣了嗎？」有看熱鬧的紙業小作坊掌門人高聲發問。

賀顯金笑而不言，轉向張文博，「張稟生，您要兌換六丈宣嗎？」

張文博滿面紅光地用力點頭。

是，集卡是為了快樂，但如果有六丈宣，豈不是快樂翻倍？

得到肯定回答，賀顯金便仰頭高聲道：「陳記將於近日焚香沐浴，擇佳期送六丈宣上門！」

張文博搓搓小手，表示十分期待。

眾人隨好戲落幕逐漸散去。

三日後，老黃曆寫「宜祭祀、入宅、出行、動土、嫁娶、立契」，總而言之是諸事皆宜。雞鳴之後，陳記陸續從店鋪裡躥出四個年輕精壯的小夥子，小夥子統一著白麻布背心，露出古銅色的健碩肌肉，肩上扛著扁擔，扁擔連接一塊二十米長的木板，木板上是一塊嶄新的竹簾，竹簾上蒙了一層撒金紅紗，幾條大紅綢緞繫成一朵大大的紅花結。

董管事今天特意起了個大早，拿頭油把頭頂上幾根倖存的殘毛捋順，穿上當年成親時的紅綢衫子，拿著嗩吶，仰頭站在陳記門口，鼓起腮幫子用力地吹了個長音。

嗩吶一出，百樂皆暗。

緊跟著另兩個健碩小夥子，用力敲鼓。

整個水西大街全都被熱鬧出來。

商戶們站在門口，探出腦袋往陳記觀望。

沒一會兒就見這一列紅彤彤的隊伍敲鑼打鼓地往青城書院過去，為首的董管事站在門口大聲道：「陳記敬請張文博稟生揭榜！」

身後六個小夥子跟著氣沉丹田，喊得震天動地，「陳記敬請張文博稟生揭榜！」

書院剛下早修，沒一會兒便密密麻麻地圍了好些人在門口觀望，張文博好奇地探了個頭，便被人拱到了最前面。

董管事笑著將嗩吶往腰間一塞，雙手給張文博遞了根長長的杆子，恭請道：「請您揭榜！」

所有人皆目光灼灼地看著。

一股虛榮心被滿足到頂點的熱意爬上張文博臉頰，激動的心，顫抖的手，哆哆嗦嗦地將紅綢緞捆成的活結挑開，露出很大很大一張光潔溫潤，紋理清晰又微黃細緻的紙。

差不多是書院學生們普通寢宿的大小。

圍觀諸人均不約而同地「哇」的驚嘆一聲。

張文博因集卡成功帶來的快樂，被陳記滿滿儀式感寵愛的驕傲，全都在這一刻化成了真正的、真實的、由衷的，對這傳承千百年古老技藝的震撼與心醉。

書院高臺之上，喬山長手撫翹鬚，輕聲道：「夏商殷周啟業，商為人行立銅錢上，無之以為用，有之以為利，窺史可鑒，商盛時者朝盛國盛，商衰時者朝弱國弱，此為商之道初也。」

文章每每被人當面宣之於口，總有三分羞恥之意。聽自己老爹背誦自己寫的為商經義，喬徽默默別過眼。

喬山長背了開頭，單手遙遙指向門階處激動得漲紅一張臉的張文博，又想起最後一張色卡的來路，不由感嘆道：「陳記現任掌櫃，確實非常聰明啊！」

非常聰明嗎？喬徽抿抿嘴。

還行吧，姑且算她一般聰明吧！

不得不說，賀顯金把六丈宣出世的氣氛烘托得非常到位，在三五天的時間內，涇縣的街頭巷尾討論的多是那場形式大於內容，主要以滿足張文博虛榮心為目的的揭榜儀式。

顧客也變得多起來，賀顯金去隔壁的布匹店定了三匹海青松江布，給店裡的所有夥計分別做了一套色調統一的衣裳，左胸處都繡了一個小小的「陳記」二字，還花了一兩銀子請對街扇子鋪的畫娘描了一個小而精緻的紙卷小畫，繡在「陳記」二字旁邊，又請萬能金牌家政婦張媽把每個人的名字都繡在了 LOGO 旁邊。

鎖兒有新衣服穿，非常興奮，隔一會兒，她指著董管事袖口三道槓，再看看自己袖口空蕩蕩，疑惑提問，「為啥我們不一樣？」

賀顯金把算盤一放，循循善誘，「妳月錢幾何？」

鎖兒老實回答，「一個月半吊錢。」

賀顯金看向董管事，「董叔，您月錢幾何？」

董管事摸把腦門，謙遜地模糊重點，「不多不多，二三四五兩銀足可維持生計，贍養家務。」

賀顯金笑起來，好吧，這個年代已經需要工資內部保密了。

她摸了把鎖兒的頭，「明白了吧？等妳月錢也漲到二三四五兩銀，袖口上也有三道槓。」

鎖兒恍然大悟，跟著去數店裡所有夥計袖口上的槓槓，「李師傅有三道槓，二狗哥是兩道，三狗哥和幾個鄭家哥哥都是一道槓，啊——」不禁哀嚎一聲，「只有我沒有槓！」

王三鎖小朋友頹了三秒，跟著握緊雙手，神色堅定，「但終有一天，我一定會有五條槓！」

賀顯金打算盤的手抖了一下。

很好，實習生都覬覦她執行長的位子了——有夢想，誰都了不起。

顧客多起來後，之前讓鎖兒搬出來的紙幾乎銷售一空，庫房裡的存貨已然不多，甚至大部分都是便宜難用的竹紙，這些賣出去是打陳記的臉！

對於這個問題，李三順焦慮許久，賀掌櫃叫他什麼都不要管，只管研究六丈宣和八丈宣的做法，但這怎麼能行？

六丈宣和八丈宣不是一天兩天就能做不出來的，難道他們一日做不出六丈宣，就一日不開張了？

存貨被賣完後，他們又賣什麼？

先前他的顧慮被賀顯金的豪言壯語打消不少，這幾天貨賣得越好，他那股心焦再次湧上心頭，焦慮得眉毛都要掉光了，只能趁晌午用飯時，趕緊把賀顯金攔住，必定要將自己的焦慮傾吐乾淨。

他算是發現了，這小丫頭身上有股力量，能非常好地撫平他，甚至撫平這個店鋪、這個作坊裡所有人的各式各樣的焦躁。

他隔老遠就見賀顯金急匆匆地過來了，正欲開口，卻聽她利索交待，「李師傅，您趕緊去把衣裳換了，我們要出個門，您自己琢磨是帶狗哥，還是帶鄭小哥。」說著，她探頭看了眼更漏，「半刻鐘後，咱們店門口會合。」話音未落，又急匆匆跑了。

無奈的李三順只能先去換衣裳，等會兒再找機會消除心中的焦慮。

李三順帶著周二狗上了門口等著的騾車，上車時賀顯金已經在上面等著了，手裡拿著本薄冊子翻看。

李三順正想開口，賀顯金抬頭看了眼他們，撩起簾子招呼一聲，「董叔，人齊了，咱們走吧！」說完，又低頭看冊子。

李三順滿腔的焦慮卡在嗓子眼，好煩，更焦慮了。

騾車搖搖晃晃，李三順一邊焦慮，一邊憂愁，完美實現自我內耗，最後焦慮得睡著。

約莫大半個時辰，騾車急剎車。

車一停，李三順眼一睜，迷迷糊糊地跟著賀顯金下了車，一眼望去荒郊野嶺，不遠處有一個小村落，大約有二十幾戶人家。

李三順丈二金剛摸不著頭腦，「金姐兒，這是哪裡啊？」

「這是小曹村。」

李三順恍然大悟點點頭，然後再問，「小曹村是什麼？」

賀顯金有種對牛彈琴的感覺了。

「咱們先進去吧！」董管事拴好騾車過來帶路，一邊走一邊跟李三順解釋，「小曹村離咱們涇縣縣城個把時辰的腳程，一個村子都是做紙的，但因要翻山又要涉水，他們的紙業生意不好做，現今是農閒時做紙，農忙時打麥。」

董管事來到一處小院，叩叩門，高聲道：「曹村長，我們當家的來了！」

沒一會兒，一個老頭兒慌裡慌張地開門，看到陳記一行人，沒有絲毫猶豫，先朝李三順打恭作揖，「陳爺您好！」

李三順趕緊躲開，蒲扇大的手把賀顯金向前一推，「這是我們作坊當家的，賀掌櫃。」

老頭兒見賀顯金身上沒有幾兩肉，年紀還比自己的孫女小，心裡不太樂意，臉上就帶了點出來，看向董管事，「您說陳記當家人要過來，俺們一村子的人今天都沒去田裡，全在家等著，您卻帶個小姑娘過來？」隨即把手擺得像鐘擺，送客之意很明顯，「您回去換個能決定事情的人來，俺這幾天插秧忙得很呢！」

董管事正準備解釋，卻被賀顯金拉到了身後。

賀顯金笑著回了個福禮，態度很謙遜，「人不可貌相，海水不可斗量，我年紀雖小，卻是涇縣陳記實打實的當家作主人，是老夫人親手蓋過章的。」一邊說，一邊從懷裡掏出一捲銀票和一摞疊得整整齊齊的文書，「您可以看看，若是雙方確認沒有問題，就可以一手交錢，一手摁印，銀貨兩訖，童叟無欺。」

文書能造假，銀票造不了。

曹村長瞇著眼睛看了看，趕緊笑道：「俺們莊戶人不懂事，但陳家的瞿老夫人俺們都知道，那俺先領各位到村裡看看吧！」

越往村落裡走，便越隨處可見山坳上晾曬風乾的稻草。曹村依水而建，村落蜿蜒曲折，時不時可見男人扛著一摞竹簾沿溪去。

李三順越看越不懂，撞了撞董管事，「老董，這是？」

董管事臉上維持著標準的笑容，側過頭，嘴巴不動，光出聲，「咱們如今沒人手做紙了不是嗎？掌櫃說咱們不做了，除幾類精品紙業，其餘紙張咱們均收購後轉手賣出，做……」賀顯金說的詞他也是第一次聽，還非常拗口，董管事想了一下才想起來，「代理經銷商，也就是不生產紙，只是紙的搬運工。」

啥啥啥？這是啥？每個字他都聽得懂，湊在一起就滿頭糊塗帳。

李三順還想再問，卻被董管事扯了把袖口，「別問了，金姐兒說話，你哪次聽懂的？跟著做就是了，少不了你這條老狗吃肉喝湯！」

董管事咬牙切齒地說完，一抬頭又恢復標準的笑容，雙手交貼放在腹間，昂首挺胸地快步跟到賀顯金身後，時不時地點點頭，打個岔，一副非常忠誠又善解人意的樣子。

李三順氣得撓頭，你才是條活死狗呢！

當初從宣城調任涇縣，請他喝酒時是怎麼個得意洋洋說的？

「三爺不管事，誰管？還不是我來管！我在涇縣管兩年，回去就升老總管，再等幾年榮退養老，這整個陳家當夥計的，誰還能比我更體面？還有誰！」

現如今呢？李三順抬頭看。

不知金姐兒說了什麼，董管事立刻露出矜持又熱情的微笑，「對對對，咱們賀掌櫃說得極是啊！」

李三順深吸一口氣。

軟骨頭，沒主見，馬屁精！

呸呸呸！涇縣錚錚男兒，怎能如此卑躬屈膝！

李三順倔強地扭頭，以表不滿。

一路往裡走，走到撈紙作坊，曹村長特意安排了八個經驗老到的中年師傅只著白褂子背心候在撈紙水槽旁，露出胳膊和部分胸膛。

曹村長偷覷賀顯金，見賀顯金未有半分羞赧和退卻，心裡放了心，高聲徵詢賀顯金的意見，「那就開始了？」

賀顯金點點頭，做了個「請」的手勢。

八個師傅立刻分列水槽上下兩側，帶頭的一聲吆喝，一面長方形的細竹簾鋪在簾架上，左右兩邊用捏尺壓好，八個人同心協力將簾子放入水中搖晃幾下，再提上來，一張薄薄的，均勻的滴水濕紙就呈現在簾片之上。

紙在簾片上稍稍停留片刻，帶頭男子再次一聲吆喝，將上述動作又重複三遍，第三遍完成紙張的厚薄已非常合適，緊跟著便是沖邊、回邊、打邊，再小心翼翼地將尚未成型的紙張疊放在一旁。

曹村長弓著背，笑眯眼，「還請諸位向西移步。」

緊跟著的西邊，便是倉庫。

比起陳記暖磚鋪就的庫房，小曹村的庫房顯得不那麼高科技，甚至可以說是非常簡陋。黃泥糊牆，桑皮做頂，頂上再蓋五層瓦片，庫房內未做通風、保暖和防水處理，四面牆只圍了兩層厚厚的黃皮紙充作隔離。

許多做好的宣紙都跟不要錢似的摞在地上，最頂上和最底層的已經被氤染成了泥土的顏色。

賀顯金彎腰摸了一把，最上面受潮的那一層紙，手感和陳記出品的紙有明顯不同——小曹村的帶著潮氣生潤，陳記是乾燥綿潤。

賀顯金起身，雙手抱胸環視一圈，神色冷冷，未置一詞。

曹村長被這眼神看得發毛，低頭扯了扯董管事的衣袖，「你們小當家是沒看上俺們的庫房？」一張臉皺成一朵老菊花，十分為難，「俺們只是個小村子，一整個村也只有二十來戶，百餘來人。前年旌德山洪，俺們舉村逃難到這兒，剛落腳沒多久，這庫房已是集全村之力修得全村最牢實的地方了。你們是沒見到俺么兒那茅草破屋，風吹都要倒。」

董管事笑咪咪地先糾正，「我們當家的。」

「啊？」曹村長一臉懵，這似乎牛頭不對馬尾啊！

「不是小當家，這就是我們正牌當家的。」董管事吐字清晰，態度鮮明。

至於後面的問題……董管事探頭認真打量了賀顯金的神色。

神色如常，即，看不出喜怒。

多年管事經驗養成董管事絕不輕易將猜測述之於口的習慣，便笑道：「這我可不知道，等會兒咱們坐下來細談的時候，要不您當面問問我們當家的？」

他要敢自己問，誰他娘的還求人啊！

沒看到你們陳記這小姑娘，不笑的時候，臉上像結了一層霜似的嚇！

曹村長在心裡罵了聲娘，繼續將人帶往全村建得第二牢實的宗祠。

待陳記一行人依次落坐，曹村長坐到賀顯金正對面，親自給賀顯金斟了一盞茶，搓搓手笑得眼睛看不見，「賀當家，您看這事能成嗎？」

賀顯金沒有回答他，而是抬眸尋人，「李師傅，勞您說說看，這事能成嗎？」問完，又跟曹村長介紹，「這是我們陳記的大師傅，李三順李師傅，出身百年造紙世家，丈八、丈六的傳承人，如今我們陳記推出的六丈宣就是李師傅們做的。」

曹村長看著精瘦老頭的眼光陡然發光。

賀顯金再笑著問李三順，「您覺得小曹村做紙還行嗎？」

說起做紙，李三順可就不睏了，「作坊夥計造紙的手上功夫，頭遍水靠邊，二遍水破心，頭遍水要響，二遍水要平……這些做得不錯，能粗粗判個合格。」

兩家會晤，李三順卻不講武德，不給戴高帽子，只講大實話，「我一路過來，看你們攪拌、撈抄、壓擠、晾曬還算有點章法，沒受潮的紙張也挺不錯的，摸起來綿潤勁道。唯獨一點，那是真埋汰！」

曹村長默默低下頭。

賀顯金笑著鼓勵，「您只管說。」

「你們那庫房像個什麼樣子！牆上還是潮的，手一摸黏黏糊糊，咱們做紙的靠的是一潭水沒錯，但成也蕭何，敗也蕭何，咱們依水而建，保存紙張的時候就一定要注意通風乾燥，這是基本功，做紙的都知道……」

李三順喋喋不休，曹村長臉越漲越紅。

為什麼不蓋乾燥通風的庫房，是他不想嗎？

賀顯金低頭喝了口茶，看差不多了，抬眸笑著打斷了李三順的嘮叨，「李師傅言之有理，說出我們的心聲啊！」又看向曹村長，「買貨且要比三家，何況兩家合作？既我們家李師傅看出了諸多毛病，那您容我回去好好想一想。」

賀顯金側身，以曹村長聽得到的聲音輕聲問董管事，「咱們下一家是去哪兒？」

董管事畢恭畢敬回答，「去丁橋。」

賀顯金點點頭，從懷裡摸了一個小銀錠出來放在曹村長面前，笑意真誠，「今兒耽誤您整村人插秧了，這算誤工費與茶歇錢，您老安安心心待在村裡，陳記有消息了，無論成與不成，必定立馬著人告知您，您看可好？」

曹村長一張臉漲得通紅，打從心底裡想推脫這錠銀子，卻實在又需要給村裡今兒耽誤工期的壯年一個交代，囁嚅半晌終是接了。

告辭小曹村，賀顯金留了周二狗駕騾車，把兩名三條槓高級管理人員都叫上了騾車。

技術總監李三順師傅忍了半天的焦慮，終於得到了釋放，追著問過來問過去。

賀顯金笑著言簡意賅地同李三順解釋，「您專心做丈六、丈八，其餘的紙張預備向其他不具備售賣能力的作坊購入，既解決周邊小作坊的生計問題，又解決陳家的貨源問題，對周邊的小作坊和陳記而言都是好事。」

這是經濟的第三種高級形態——三手流通，一是刺激貨幣互通，二是刺激生產製品更加優良專業，三是刺激當地貿易興盛。

這下李三順懂了，就是掛羊肉賣狗肉！

這怎麼能行！人家來買紙不就是衝著陳記的招牌來的嗎？若不是陳記生產的紙，那人家買什麼勁兒？陳記又賣什麼勁兒？這跟那些無本的倒爺有什麼區別!?

他們手藝人不能做這事！

李三順下意識反駁，「不能這麼做！這麼做會砸招牌的！」

賀顯金已經習慣李三順師傅遇到新概念，第一反應就是「不能這麼做」了。

有時候甚至都沒聽清沒理解，反正先投反對票就對了。

這極有主見的中年男性啊！

賀顯金笑了笑，沒說話。

行政總監董管事「嘖」一聲，語氣極其不贊同，「你剛剛也說了人家紙張綿潤勁道，手藝老到，也看了人家作坊現場做的夾貢，你心裡明明清楚，人家手藝不比咱們陳家的差！」

李三順的舌頭頓時打結了。

以子之矛，攻子之盾，真是百用百靈。

賀顯金笑著補充，「我是涇縣當家，我能不在意自己的招牌砸不砸嗎？我們購入小曹村的紙張，必定是要經過陳記審核、把關、蓋章才能投放到我們自己的鋪子裡，如有必要，我甚至會派出人到小曹村做指導和監工。如果在小曹村，我們發現了很好的做紙苗子，我們也可以擢升提拔到陳記來，為我們所用。」

賀顯金沾著茶湯，在騾車上的小板桌畫了個小圈，再畫了個大圈，指著小圈，「這就是如今的陳記，依靠我們上上下下這不到十個人做這個買賣。」又指向大圈，「這就是小曹村，我們不需要支付他們的勞力、原料甚至場地費用，我們只需要挑好的買！這個小圈的人便可盡數從無盡的雜事中解脫出來。您難道只想做一輩子夾貢，不想做六丈宣了？」

前面的話，李三順似懂非懂，最後的問句，震耳欲聾。

李三順挺直腰板，又迅速彎慫，訥訥出言，「想。」

賀顯金笑著點了點頭，單手將小板桌上兩個圈抹去，側眸看向窗外。

老頭兒也跟著賀顯金的目光看向窗外，驚訝道：「這不是去丁橋的官道呀！」

賀顯金點點頭，「對，不去丁橋。」

剛剛不是說要貨比三家，他們接著去丁橋看看嗎？

老頭兒疑惑地看向董管事。

「不去丁橋了，我滿城鎮地找，只找到了小曹村這一家較為合適的作坊，其他小作坊要麼太遠，要麼手藝太差，我們調教起來非常麻煩。」

那……那剛剛為何說要去？

李三順毫不掩飾的疑惑神色逗樂了賀顯金，這老頭兒除了做紙，是真的一竅不通。

賀顯金笑道：「做生意哪有第一次去就成的啊？他們不得漫天要價？那時候我們就處在劣勢，又怎麼能坐地還價？自然要先殺一殺對方的銳氣，先找找他們哪兒不好，之後的價格才好談嘛！」

「所以就是小曹村了？」李三順愣愣發言。

「就是小曹村了。」賀顯金篤定點頭，接著便轉頭交待董管事，「等會兒把由陳記支出三十兩銀子修繕倉庫寫進文書契約裡，把珊瑚箋、撒金、夾貢、桑皮這幾項好貨的單價，買入價扣一半，另幾樣銷路不算太好的玉版、白澤等買入價漲三成。」

董管事低頭記下，「那修繕庫房的三十兩銀子，是讓小曹村打借條，還是用貨款沖抵？」

賀顯金擺擺手，「不讓他們還。」

董管事一愣，他們家夜叉，還能吃這個悶虧？

賀顯金自然不會吃悶虧，「再在文書上加一句，小曹村所出紙張除陳記外，不可再賣與他人，如有違背，由小曹村賠償三百兩銀子為底，視陳記損失，賠償上不封頂。」

好狠的心，但非常賺錢啊！

董管事學賀顯金的樣子，拿著竹管筆奮筆疾書，興奮得頭頂的幾根毛都在隨風飄動，「那咱們何時給小曹村合適准信？」

賀顯金沉吟道：「五日吧，三日太短，十日太長，太短則吊不起他們胃口，太長則容易把事情磨化掉。」

「五日後，我就不出現了。我今天唱了紅臉，就要勞煩董叔您唱白臉，您邀上衙門的文書，同來小曹村把文書簽了。」

有陳左娘與涇縣現官定親的關係在，衙門的人應該也不難請。

賀顯金又交代了幾項，董管事連連點頭，「對對對，咱們賀掌櫃說得極是。」

李三順默默別過臉去，他是真看不上老董這副狗樣子。

賀顯金交待完畢，笑著同李三順打趣，「等董管事來找小曹村簽文書時，您帶著狗哥先把他庫房裡能用的紙張收回家。等咱們庫房徹徹底底不唱空城計了，我再多招幾個人從旁輔助您做六丈宣，您看可好？」

李三順立刻轉頭，笑得真摯，「好好好，咱們賀掌櫃安排得極是！」

第十七章 延聘名師

隔了五日，董管事拿著新修的契約文書去小曹村，同去的還有從衙門請來的公證員和前去看品質收購紙的周二狗，賀顯金問李三順怎麼不去，李三順理直氣壯道：「妳一個小丫頭，攛掇著我唱了個大紅臉，我可不好意思再去了！」

賀顯金嘿嘿直笑，竟然被這老頭兒看出來了！

下次把他當槍使，還得做得更隱蔽點。

契約文書簽訂得很順利，如賀顯金所料，因為李三順在人家祠堂開啟鍵盤俠模式，成功實現「被賣還說謝謝」套路，導致小曹村深覺只要能賣出去，有筆除種地以外的額外收入就感謝天感謝地了。

故而文書都沒念完，曹村長就簽署完畢，第二日，周二狗就趁夜拖著兩車收購回來的宣紙入庫了。

契書約定，陳記每月向小曹村至少保證二百刀紙的進貨，工錢月結，當月所需產量如有變動，需提前三日告知，如有急貨，在約定購入價格的基礎上增加百分之三——這是對陳記的約束。

同時也約定，小曹村出品紙張不能供往除陳記以外的任何紙行，紙張如有品質問題，如數退換，一百刀紙裡超過十張紙的退換，當月工錢直接抵扣百分之十——這是對小曹村的約束。

雙方都有權利，也有義務，很公平。

賀顯金親擬的這份契書，除了靈活運用李三順老頭兒，成功把價格壓下來，確保了自己的進貨的成本外，對於其他條款，她沒有動一絲一毫的歪心思，全然站在公平的立場，按照記憶中她老爸擬條款的路子從頭到尾，全都規定清楚，誰也佔不了便宜，誰也不吃虧上當。

做生意，講的就是誠信二字。那些不講誠信的商家，或許能賺快錢，也或許足夠幸運一直沒有翻車，但對不起自己良心。這種泯滅良心的商戶，始終會遭報應的，不是不報，是時候未到。

她老爸經常喝了酒就罵，「裝潢的行規都是被那些龜孫子帶壞的！先拿便宜整裝把人騙進來，給你個極低的價格，再在裝修途中一點一點往上加價，用這個牌子要加錢，用那個牌子沒有貨，真是沒良心！」

不得不說，她老爸算是暴發戶，但就做生意而言，總的來說，還算是個一絲不苟的暴發戶。

追憶完前世的爹，今生的爹在吃早膳時，見打完八段錦，穿一身尼姑裝，還挽了個尼姑髻的閨女，頗為鬧心，先給閨女夾了顆素餡八寶灌湯包，再語重心長地開口，「金姐兒，妳剛剛走過來，我還以為是哪家的大蠊成了精，學會兩條腿走路了。」

賀顯金剛做完早操，正累著，氣喘吁吁地喝了口枸杞杏仁露，沒懂大蠊是什麼，便以詢問的目光投向張婆子。

張媽舉起雙手，做了個觸鬚的動作，緊跟著又做了個地面爬行的動作，表情略顯猥瑣，動作極為寫實。

噢，蜚蠊啊——這名字專屬於浪漫的古代。

在現代，牠有個大家耳熟能詳的名字——蟑螂，別稱偷油婆，也叫小強。

賀顯金低頭看了眼自己深咖啡色的小襖衣裳。

再聯想到，自己一個衣櫃的咖色、灰色、麻色衣裳，確實有點像來自天南海北的蟑螂大會。

不禁撓撓頭，忍不住為自己解釋一句，「這類顏色耐髒，就算不小心沾上髒東西，旁人也看不出來。」

陳敷一口包子差點兒沒吞下去。

艾娘是他見過最講究的人，通常晨、午、暮一日要換三身衣裳，翠碧色的褙子就得配水頭好的翡翠，絳紅色的襖子最好配精細出挑的紅絨花，她最喜歡穿月白色的衣裳，戴上一套銀首飾，就像院子裡沾了露水，嬌嫩白淨的花朵。

陳敷不無哀怨地看著眼前大口吃素餡包子，吃到一半被哽住，又端起牛乳「咕嚕咕嚕」往下順，順完還發出一聲舒服喟嘆的女兒。

除了這張臉，通身沒有哪裡像艾娘！

陳敷默默將夾過去的素餡八寶灌湯包夾回來，一抬頭就見陳箋方神色如常地自外院進來，神色如常地朝他行禮後，又神色如常地坐在了下首，揭開了蓋上存熱的木蓋子。

陳敷探頭一看，喲呵，不是白饅頭了——蓋子下是和賀顯金一樣的素餡包子、牛乳和涼拌豆腐絲、雞蛋羹。

陳敷笑道：「二郎不吃白饅頭和白菜了？」

賀顯金瞪了一眼陳敷，怎麼這麼喜歡挑事？人家吃個飯也不依不饒的。

這在古代也有個專屬的浪漫名稱，叫「槓頭」，現代人稱「槓精」。

陳敷轉了頭，裝作沒看見。

陳箋方執筷的手頓了頓，低了低頭。

前幾日，他的餐食就發生了變化。

從豆腐、白菜、蘿蔔乾換成了色香味俱全的全素席，甚至並未規避蛋和奶，他派小廝小山去問，打理老宅內務的張婆子便誠惶誠恐地來告罪，說是賀掌櫃如今也在守熱孝，左右都要做，不如多做一份，又說讀書費腦子，單吃豆腐和青菜蘿蔔，怕是要出問題。

下人是不會擅自更換食譜的，多半是那位賀掌櫃的意思。

張婆子又說，若是觸了規矩，她立刻換過來就是，卻被他鬼使神差地阻止了。

祖母一向推崇苦行僧式的用功，常以天將降大任於斯人也，必先苦其心志，勞其筋骨，餓其體膚，空乏其身來激勵他，自父親死後，這般的激勵越發多了。

叫人如鯁在喉，卻不能一吐為快。

如今至涇縣，他方有終得一方自由天地之感。

他不重口腹之欲，連吃數日的白饅頭與白菜，他也無甚抗拒，但當他吃上精心準備的素宴時，他卻終於覺出了幾分活著的樂趣。

倒不是為享樂，卻是如何在規則與底線允許的範圍內，努力叫自己舒服一點——這門學問叫人著迷。

在這方面，賀掌櫃可謂爐火純青。

陳籛方低頭喝了口牛乳，再抬頭時笑了笑，「吃什麼都改變不了兒對亡父的追思，想來亡父在天有靈也不願見兒勞苦自損，叔父，您說是吧？」

陳敷還想再槓，卻在桌下被賀顯金踢了踢小腿，一抬頭就對上了繼女瞪圓的警告眼神，這才作罷。

賀顯金算是看明白了，陳敷就是宅鬥文裡面最討厭的那種男配及女配於一身：作為男配，他寵妾還文不成武不就，好吃懶做，一心想掏空自家老媽的錢包；作為女配，他真的是到處挑事，且有股不煽風點火不甘休的看熱鬧精神，屬於活不過三章的龍套。

賀顯金與陳箋方用完早膳，一道從正堂出來，陳箋方去青城書院，賀顯金去水西大街，算是同路。

分道揚鑣前，賀顯金情真意切地為龍套挽救尊嚴，「三爺便是這麼個荒唐性子，這麼些年了，大家聽也聽過了，看也看過了，老夫人罵也罵了，打也打了，狗尚且改不了吃屎。」陳敷又怎麼可能改掉抬槓。

賀顯金自認為這個比喻打得非常精妙。

陳箋方手裡提著竹籃，裡面放了筆墨紙硯，聽賀顯金這般說，嘴角不自覺地向上勾，「無礙，三叔在讀書上也是受了磋磨的，聽父親說，三叔年少時被祖母狠狠責罵過，十幾年間，漸漸變成了如今的模樣。」

果然，不是每一個槓精都是天生的。

賀顯金洗耳恭聽「槓精」成長史。

陳箋方看小姑娘側著臉，把耳朵伸得老長，像頭……很乖巧的驢，便輕笑起來，語聲輕緩地娓娓道來。

「三叔四歲啟蒙，便可熟背《百家姓》、《三字經》、《千字文》等啟蒙書冊，那時候在十里八鄉都是有些名氣的，後來祖母便送三叔進了學堂。學堂每次考試，祖母都很關心，若三叔沒考到第一，便會罰他跪祠堂和抄書，時常一罰就是一夜。」

陳箋方言行舉止，有股賀顯金從未在身邊人中見過的氣質，她也不自覺地沉靜下來。

「這懲罰，越罰越重，越罰越頻繁，三叔的經義考試便越考越差，這書越念越不想念，如此循環下，家中常常是雞飛狗跳，祖母要打，三叔要跑。之後祖母又硬著頭皮送三叔去考院試，估摸著是想試試運氣，三叔當然考不上，祖母便放出話來，長子讀書，二子經商，她還不如不要三子，兩子足矣。那天晚上，三叔喝得爛醉，把書全都燒了，把小時練過的字帖也燒了，從此不再去學堂，整日在家中與街上……」

陳箋方低垂眼眸，似在琢磨一個合適的詞語。

賀顯金適時解圍，「胡混。」

陳箋方看了眼賀顯金，便笑了笑，「也可這麼說。」又言歸正傳，「祖母越表現出傷心的樣子，三叔的行為便越發過分。後來成親了，有些轉了性，與三嬸老老實實過了幾年平靜日子。再後來……」陳箋方隱晦模糊道：「再後來的事，妳便也知道了。」

再後來，不就是遇到她娘後，乾柴遇烈火，紈褲遇真愛，一發不可收拾了嘛！

賀顯金點點頭，表示理解。

總的來說，這就是一部順毛驢怎麼被內捲母親逼瘋的故事。

在賀顯金看來，陳敷是一個大智若愚之人，極為自我，是一眾黑色裡的白色。若他這抹白，放在現代，那他一定會在茫茫人海找到與他同色的同類，但他不幸的是生活在十根手指都要求一樣齊的古代。

故而要麼自我封閉，精神內耗，要麼徹底放開，穩定發瘋，幸好陳敷選擇了後者。

與其消耗自己，不如逼瘋別人。

賀顯金認可地點了點頭，餘光掃到陳箋方那張溫潤又內斂的臉，鬼使神差地問了一句，「那你呢？」

在家族與長輩的重壓下，你好像還沒瘋？

陳箋方腳下一滯，堪堪停在陳家老宅的大門門檻前。

商賈家的門檻，不高，不過一寸些許，什麼也攔不住。

這世道就是這樣，縱使家有寶塔夜明珠，坐擁城池半壁的商賈都不准門檻高過三寸，只有官宦與勛貴之家的門檻，才可以高得將那些平凡且低賤的人，攔在上等人的白玉錦繡之外。

陳箋方低了頭，腳輕輕踩在門檻上。

老宅的門檻略有脫漆，紅漆之下露出老朽的木紋。

他思索良久，抬起頭來，見小姑娘眸光純良，清得像一汪山澗無魚的泉，便勾起唇角笑了笑，邁步前行，「小時，與我同在私塾的兒郎，讀完《論語》就回去砍柴挑擔；府學時，我的同窗一天兩個白饅頭，早上半個乾吞，中午一個夾鹹菜，晚上半個泡在鹽巴水裡發脹，胃裡脹滿了鹽水和白饅頭，晚上才不會被餓醒。」

陳箋方聲音飄渺，如遠山之外被風吹響的青松。

賀顯金亦步亦趨跟隨其後。

「而我呢？雖無綾羅加身，卻衣料舒適乾淨，三餐兩點，瓜果時蔬，我無需為銀錢奔波，更不用為衣食擔憂。」陳箋方笑著輕聳肩，「所有對我的期待，只有一件，讀好書。」

所以他無法想像，如果他如三叔一般讀不好書，會怎麼樣——將顛覆他十七年來一日一日、一時一時、一刻一刻堆疊起來的認知。

二人並肩拐過老宅的街角，水西大街在右，青城書院在左。

可陳箋方的話，分明還沒說完。

賀顯金放慢腳步，等待他將後話道出。

可等了半天，再沒有言語傳來。

賀顯金側眸看過去，陳箋方低垂著眼眸，長長翹翹的睫毛映在下眼瞼的臥蠶上，稜角分明的側顏配上直挺的鼻梁，有一絲叫人意外的文弱感。

嗯，就是文弱感。

就是前世，諸多花旦、小生，兵家必爭的文弱感。

如今見到這土生土長的舊時讀書人，才知道文弱感可不是在眼角點個痣，把腮紅塗到鼻頭，或者是戴個深棕色的大直徑美瞳，就簡單存在的。

這玩意兒，是天生的，是浸潤在舊時光的書卷氣中十數載，站在縱橫交錯的青磚大街上，頭頂飛出一角瑞獅簷角的氛圍；是讀書人拎著一只泛白磨毛的布袋，布袋露出軟毛筆小小紅穗的點綴；是書生眼下長睫的暗影，更是大家族長房嫡孫肩上隱藏著的無法推卸的重擔。

這些全部加在一起，才構成了文弱的破碎感。

賀顯金眨了眨眼，吞了口唾沫，不知做何感想，更不知該如何作答。

十字路口，人潮喧囂，朝食與朝飲佔據半條長街，豆漿的香、湯圓的甜、菜粥的清與油果子的熱鬧、糖油粑粑的膩氣混雜出一股複雜的人間煙火氣。

賀顯金被這人間煙火氣猛的一擊，如夢初醒，手慌亂地指了指西邊，「我……我該去店裡了。」

陳箋方朝賀顯金輕輕頷首，「去吧，晚上見。」

晚上見？晚上不見，賀顯金加班。

周二狗從小曹村拖了兩騾車的紙張回來，肌肉男胸大無腦又粗獷蠻幹，從小曹村庫房搬上車時，沒有分門別類；從騾車上搬到陳記庫房時，也沒分門別類，兩百多刀紙，就這麼東一榔頭西一棒槌地堆在庫房裡。

十文一張的玉版，旁邊放著二十文一張的蘭亭蠶紙；三十文一張的撒金四丈，旁邊得意洋洋地躺著白送都不要的毛邊，甚至毛邊還支稜個角，蓋在四丈宣上。

就如同李嘉誠的鄰居是要飯的，要飯的還伸了條毛腿，搭在李嘉誠臉上。

真正實現了一視同仁和眾生平等。

賀顯金理解不了周二狗偉大的理想，並將他偉大的理想殘忍地扼殺在了搖籃裡，「狗哥，您能不能稍稍按照價格，把紙理順，靠近窗口與門口，易遭風的地方擺放稍稍物美價廉的紙張，靠裡隱蔽又避光的地方，擺放咱們店裡值錢的紙。」

周二狗撓撓頭，袖子快被突出的肌肉崩裂，嘿嘿笑道：「我們以前就是這麼放的。」

賀顯金無語，她當然記得，以前就是這麼放的。

她上次來這庫房，門鎖得嚴嚴實實的，側面還開著一扇窗呢！

前些時日，既要與陳六老爺和朱管事纏鬥，又要填上帳面的欠債，實在分身乏術，如今稍有空閒，賀顯金才感受到涇縣作坊原先在陳六老爺的管轄下，如同一盤散沙，像極了一群散兵游勇，店肆作坊買賣進出皆無規章，全憑掌事的喜好安排，底下做事的人，做紙的不管賣，賣紙的不懂做，算帳的只管吞錢，管事的……管事的最壞，啥也不管。

一群人，各有特點。

李三順就不說了，遇到事情先否定，渾身上下嘴最硬，中老年男性有的毛病，他都有，他還多了幾分霸總最欣賞的倔強和單純。

接著就是周二狗大哥，憨憨的肌肉男一枚，能指哪兒打哪兒，但放他自己提槍，估計能給自己的腳來上一下。

跟著周二狗的幾個鄭姓小哥，就是不折不扣的跟班，沒太大存在感。

唯一能讓賀顯金切實感到並肩作戰的就是頭髮沒幾根毛的董管事，還有一直企圖在她嘴裡炒盤菜的張婆子。

王三鎖小朋友，瘦胳膊瘦腿，不會寫不會看，暫時不具備戰鬥力，能順順利利把瘦臉吃成胖瓜子，賀顯金就阿彌陀佛，算上天垂憐了。

這支隊伍啊，通身的問題噢！

臨到太陽從西邊沉下，天色微醺，賀顯金將帳冊與當日清單結餘整理妥當放進櫃檯，正欲出門時，卻見店肆後院的庫房外還亮著燈。

賀顯金去看，庫房裡沒有點燈，只能借門廊的光見飛塵四揚。

周二狗背上一刀紙，胳膊下還夾著一刀紙，手裡拿著一本薄薄的冊子，靠在窗欞旁，又不敢開窗，只能借窗欞縫隙透進來的那縷光瞇著眼看。

賀顯金探了頭，「狗哥，你在幹啥呢？」

周二狗被嚇了一個激靈，「我，我在對著冊子擺紙呢！」邊說邊揚了揚手裡的小冊子，「您不是叫我按照價格高低擺放紙張嗎？我腦子笨，只知道每種紙，記不得每種紙的價格。今天一天擺了五次，好像都不太對。大家都有事要做，我不能總佔人時間耽誤工期，就請李師傅幫忙寫了下來，這下總不至於忘記。」

賀顯金走進去，掃了眼那本冊子。

寫得很簡潔，「夾」代表「夾貢」，「毛」代表「毛邊」。

賀顯金指著「一條魚」的圖案問周二狗，「這是啥？」

「玉版。」周二狗一笑，八顆牙白燦燦，「李師傅是咱們這兒認字最多的人，可有些字他也不會寫，就只能用畫的。」

果然，下面還畫了各式各樣的圖形，比如代表珊瑚箋的「山」，代表澄心紙的「心」，代表月影紙的「月」。

賀顯金將冊子還給周二狗，「好好擺吧！」便轉頭欲離。

張婆子說今天晚上吃辣豆豉湯鍋，會放她最喜歡的炸豆腐泡和白蘿蔔片，還會蒸一鍋野菜土豆鍋巴飯，叫她按時回家吃晚飯，聽著就賊帶勁兒。

賀顯金走到門口，聽身後嘟嘟囔囔，「這是彎彎的……彎彎的什麼？彎彎的月亮……月亮是什麼？」

賀顯金腳步停在了門口，腦子裡兩股力量瘋狂戰鬥。

再見了，我的野菜土豆鍋巴飯。

再見了，我的辣豆豉湯鍋。

再見了，我的油炸豆腐泡與白蘿蔔片。

賀顯金終是鬆開拳頭，轉過身，認命似的向周二狗走去，聲音有氣無力，「那是月影紙，八文錢一張的月影紙。算了，我來幫你吧！」

這群人，通身的問題噢！

但有一個共通之處，也是最大的好處，心地純良，聽話聽勸。

這已很難得了。

第二日用了早膳，賀顯金低著頭，拿腳尖踹老宅的門檻，踹到第一百二十八下時，那個文弱書生的身影出現在她視野裡。

賀顯金抬起頭，目光灼灼地看向陳箋方。

陳箋方朝她一笑，「還以為妳一早就去鋪子上了。」跨過門檻，放慢腳步，「昨天晚上張媽嘟囔許久，說專為妳做的辣豆豉鍋，妳卻不在。」

賀顯金趕忙跟上，「鋪子有事，回不來。」還是找虐般問一句，「好吃吧？」

陳箋方眸色含笑，「好吃，三叔吃得痛不欲生，直說若張媽再做辣子，他就把小稻香的少東家請回家做飯，砸了張媽的飯碗。」

賀顯金笑起來，陳敷是最標準的徽州胃，鹹鮮清淡，要吃本味。她祖籍四川，除了和熊貓一樣喜歡吃筍，還愛一口辣子。

張婆子口味彈性很大，基本上她喜歡誰，口味就跟誰一樣。

張婆子最近的心頭好是賀顯金，桌子上的菜，就多放山椒、胡椒和朝天椒，把陳敷吃得叫苦連天，據說一天蹲八次茅房。

不過也沒差，以前他也愛上茅房，不是在茅房，就是在去茅房的路上，也不知哪裡來的那麼多存貨？

她前世的爹也這樣，號稱「蹲廁所是男人最後享受孤獨的時光」。

賀顯金伸伸胳膊，活動一下筋骨和手腕，裝作漫不經心地抬了抬下頜。

陳箋方敏銳地問道：「有事？」

賀顯金頓時打蛇隨棍上，「也不是什麼大事，就想問問，你近來可忙？」

陳箋方餘光掃去，快到東西分界的拐角了，便刻意放慢步調，「不算很忙，青城書院的喬師本也是我舊師，我熱孝在身，不便跟班習課，喬師將我安頓在單舍，習學時間較為隨意。」相當於找了個環境好點的圖書館自習，只是這圖書館還配了個國家級名師。

賀顯金點點頭，話就在喉嚨口，有點不好意思說。

拐角就在眼前了，陳箋方索性停下腳步，「可有急事？」

賀顯金搓搓手，「是這樣，鋪子上的幾位夥計沒有開過蒙，只能認極為簡單的幾個字，稍稍複雜一些的字便不知了。咱們陳記這個生意，較為特殊，做的是讀書人的生意。若都是些大老粗，這生意便也沒法兒做，這店子便也沒法管。」

賀顯金昨天晚上和周二狗一起盤紙到很晚，晚到陳敷氣勢洶洶地來鋪子上接她，說是以為她「攜款私逃了」。

她回去後，思索良久。

做生意，必得有章程，無論掌櫃還是小夥計，無論執行長還是實習生，都必定要照章行事才得其法。

她手下的兵，連字都認不得，怎麼照章行事？

靠周二狗發達的二頭肌，還是靠李三順如教科書般標準的倔強？

她思來想去，還是要教會夥計們認字。

無論是為了以後鋪子的發展也好，還是夥計們自身的職業前景也罷——認字可比睜眼瞎值錢多了。

那麼，問題來了。

誰來教？她？

她倒是能寫會讀，但她從無教學經驗？

況且她與他們隔著好幾千年的鴻溝，真不知該從何教起？是要先教拼音，還是直接學字？

若是這個年代有社區大學，她必定會毫不猶豫地送這群文盲去掃盲。

可是沒有呀！

倒是有書院，但是先生不一定願意收這幾個五大三粗的爺們兒，跟一群垂髫小兒一起開蒙。退一萬步說，就算先生願意，垂髫小兒那群交了學費的爹媽，估計也要持反對意見。

賀顯金一晚上都在琢磨這事，琢磨來琢磨去，總算是琢磨到考過鄉試的陳二郎舉人身上。

反正他戴孝無事，若願意來教，是件極好的事！

賀顯金見陳箋方半天沒有回應，決定拿出殺手鐧，「你放心，我們請夫子是有束脩的，我打聽過了陳家孫輩郎君，未成親的一個月不過二兩銀子，我們的學生不超過十人，我給你開一個月三兩銀子，你只要把常用字教會，無需教得出口成章。」

陳箋方臉上的笑意越發明顯。

賀顯金還在勸，「我們鋪子上的夥計年紀雖大，但是不笨，實在不行，您想打就打。一日為師，終生為父，您一下多了幾個兒女，可謂是此生之福……」

見她越說越離譜，陳籛方做了個手勢，請她打住，「我可以去，但不能教得太晚，我還要回老宅吃飯，錯過辣豆豉湯鍋，會心疼的。」

那擦肩而過的辣豆豉湯鍋噢！賀顯金臉上的表情很豐富，有一閃而過的惋惜，有追悔莫及的暗恨，有「今晚必須吃到它」的信誓旦旦。

大家都長著同樣的五官，怎麼有些人就能一瞬間表達出這麼多層意思？陳籛方被逗笑了。

賀顯金咳了一聲，清清嗓子，把辣豆豉湯鍋拋諸腦後，默念成年人不會在意這一頓兩頓的辣豆豉湯鍋，把話題拉回正事，「書院晌午要午休嗎？」

陳籛方點點頭，「午時至未時半。」

那就是上午十一點到下午兩點，比較大眾的休息時間。

賀顯金沉吟片刻後，「那就晌午吧？晌午客少，大家也湊得齊。書院走到鋪子不過半刻，你每日教個十來個字，我再給你備個休憩用的小間，你來鋪子一道吃了午膳，教了學，還能睡會兒。」

不做生意，賀顯金還能當管家，瞧她把希望之星的作息安排得多好，又能吃飯又能睡覺，還能利用午休賺個外快。

陳籛方想了想，輕輕點了點頭。

賀顯金再琢磨起其他事來，「還要拖幾張桌子，筆墨備好，紙倒是管飽……要告訴張媽把你的飯送到鋪子上來，再拿幾床棉被和褥子……」

小姑娘絮絮叨叨，把陳箋方當備忘錄了。

陳箋方低著頭走路，沒一會兒兩人就走到了東西分界點，陳箋方笑著揮手，「晌午見。」

「晌午見！」賀顯金略帶雀躍。

陳箋方目送賀顯金轉過街角，走進鋪子後，才步履穩重地向書院走去。

他不知道這小姑娘有沒有發現一件事——

按照她的安排，一旬十日，一日三餐，每一餐飯，他們都在一起吃。

全八冊，未完待續

國家圖書館出版品預行編目資料

一紙千金／董無淵 著. -- 初版.
-- 臺北市：東佑文化事業有限公司，2025.3
冊； 公分. --（小說 house 系列；688）
ISBN 978-986-467-492-3（第 1 冊：平裝）

857.7 114001464

小說 house 688 > **一紙千金・卷一**

作者：董無淵
美術總監：T.Y.Huang
美術編輯：賴美靜
企劃編輯：江秋阮
發行人：黃發輝
出版者：東佑文化事業有限公司
地址：103022 台北市南京西路 61 號 5 樓
電話：02-2550-1632
傳真：02-2550-1636
E-mail：tongyo@ms12.hinet.net
網址：http://tongyo.pixnet.net/blog
劃撥帳號：18906450
戶名：東佑文化事業有限公司
登記證：行政院新聞局局版台業字第 5360 號
法律顧問：黃玟錡律師
出版日期：2025 年 3 月初版一刷
定價：290 元

書店總經銷：旭昇圖書有限公司
地址：235026 新北市中和區中山路二段 352 號 2 樓
電話：02-2245-1480 傳真：02-2245-1479
出租總經銷：華中書局
地址：108056 台北市萬華區長泰街 34 號
電話：02-2301-5389 傳真：02-2303-8494

阅文集团 本書由閱文集團授權出版
原著作名／一紙千金

版權所有・翻印必究
未經同意不得將本著作物之內容以任何形式重製、轉載、翻印。
本書如有破損、缺頁、裝訂錯誤請寄回更換。